… PLUS BABY MACHT FÜNF

Die Cowboys von Mule Hollow Serie
Buch vier

DEBRA CLOPTON

… plus Baby macht fünf

IM ACHTEN MONAT SCHWANGER UND IN EINER KALTEN WINTERNACHT MIT WEHEN GESTRANDET BLEIBT DER EINZELGÄNGERIN LILLY TIPPS NEBEN EINEM STOSSGEBET NUR EINE HOFFNUNG: IHR GELIEBTER KLEINER ESEL SAMANTHA. DOCH REICHT IHRE VERZWEIFELTE AKTION, UM DIE HILFE ZU RUFEN, DIE SIE UND IHR BABY SO DRINGEND BRAUCHEN

DAS LETZTE, WAS PFERDETRAINER CORT WELLS IN EINER FROSTIGEN TEXANISCHEN NACHT ERWARTET, IST, VON EINEM EISVERKRUSTETEN ESEL GEWECKT ZU WERDEN, DER ES IRGENDWIE GESCHAFFT HAT, IN SEIN HAUS EINZUBRECHEN. SCHNELL BEGREIFT ER, DASS SEINE DISTANZIERTE NACHBARIN IN SCHWIERIGKEITEN STECKT – DOCH KANN ER ES RECHTZEITIG ZU IHR SCHAFFEN?

EIN MIESEPETER VON EINEM COWBOY, EINE SCHWANGERE EINSIEDLERIN, EIN DEPRESSIVER HUND UND EIN ESEL, DER DIE BEIDEN VERKUPPELT … EINE UNGEWÖHNLICHE KOMBINATION. DOCH WENN NOCH EIN BABY INS SPIEL KOMMT, UM ALLE ZUSAMMENZUBRINGEN, DANN ENTSTEHEN GANZ NEUE AUSSICHTEN FÜR DAS LEBEN UND DIE LIEBE … AM HORIZONT WARTEN SONNIGE TAGE.

KAPITEL EINS

Samantha – möge Gott ihre schelmische kleine Seele segnen – hatte nichts Gutes im Sinn.

Lilly Tipps wusste das. Sie wusste es, bis in die Spitzen ihrer wassereinlagernden, geschwollenen großen Zehen. Ärger war im Anzug, und Samantha war der Grund dafür.

Schon wieder!

Lilly runzelte die Stirn und sah sich suchend in der eisigen Dunkelheit um, während sie geistesabwesend ihren verspannten Bauch massierte, als die nächste Vorwehe immer stärker wurde. Die Scheinwehen hatten sie seit zwei Wochen immer wieder geplagt, doch heute Abend … oohhh! Lilly holte tief Luft und atmete langsam aus. Heute Abend waren sie stärker als sonst, und das war alles Samanthas Schuld. Um den Schmerz zu ignorieren, zog sie ihren Mantel enger um ihren runden Bauch, schlug ihren Kragen bis zu den Ohren hoch und zog ihre rote Wollmütze über ihre Korkenzieherlocken. Sie konzentrierte sich auf ihre Mission, als der Schmerz, der eher lästig war als alles andere, seinen Höhepunkt erreichte.

„Ich muss zugeben, süßes Baby …", sagte sie laut. Sie hatte schon früh in der Schwangerschaft angefangen, mit ihrem Baby zu reden und zu singen. Sie wusste, es war gut, ihr Kind an ihre Stimme zu gewöhnen, und außerdem war es schön, mit jemand anderem als immer nur mit Samantha reden zu können. „Ich würde meinen gesamten Vorrat an Bananentoffee und die Hälfte meiner Schokoerdnüsse gegen einen Mann eintauschen, der mir bei der Suche nach Samantha hilft." Sie atmete tief ein und langsam wieder aus. „Ich habe wirklich keine Lust, bei diesem eiskalten Wetter draußen herumzustolpern, um nach einem störrischen alten Esel zu suchen."

Es war ein bisschen seltsam. Nicht jeder lebte mit einem Esel unter einem Dach, und Lilly hatte feststellen müssen, dass das alte Mädchen zu Hause zu halten keine leichte Aufgabe war, besonders für eine im achten Monat schwangere alleinstehende Frau, die mit jeder Sekunde runder wurde.

Beschwer dich nicht, Lilly. Du hast sie freiwillig bei dir aufgenommen.

„Ja, das habe ich", sagte sie in den Wind und spürte das stechende Prickeln der eisigen Kälte auf ihrem ungeschützten Gesicht. Es war offensichtlich, dass Samantha sich entschieden hatte, ihren alternden kleinen Hintern die Straße hinunter in Richtung ihres alten Gehöfts zu schwingen. Es war auch offensichtlich, dass die einzige, die sie zurückholen konnte, Lilly war. Schwanger oder nicht. Scheinwehen oder nicht.

Dann musste es eben so sein.

Lilly ergab sich ihrem Schicksal und watschelte aus dem Schutz der Scheune in den eisigen Wind und auf ihren Truck zu. Ja, sie hatte Verständnis für

Samantha. Gezwungen zu werden, sein Zuhause aufzugeben und umzuziehen, war schwer, selbst, wenn es nur ein Stück die Straße hinunter war. Lilly war in Mule Hollow zur Welt gekommen und aufgewachsen und konnte sich nicht vorstellen, woanders zu leben. Samantha musste lernen, dass Lillys Zuhause jetzt auch ihr Zuhause war. Den Esel am Weglaufen zu hindern war eine fast unmögliche Aufgabe, denn er schien die Reinkarnation des großen Houdini zu sein und lief dauernd davon.

Lilly biss sich auf die Lippe. Sie musste einen Weg finden, ihre kleine Freundin dazu zu bringen, zu Hause zu bleiben. Es war zu Samanthas Bestem. Wenn die Hälfte von dem, was Lilly über den neuen Besitzer von Samanthas ehemaligem Gehöft gehört hatte, stimmte, dann bestand die Gefahr, dass der kleine Esel beim Betreten seines ehemaligen Zuhauses erschossen wurde.

Endlich hatte Lilly es zu ihrem Truck geschafft, und Gott sei Dank waren die Schmerzen für den Moment auch verflogen. Warum konnten diese Scheinwehen nicht am Tag kommen, wenn sie in ihrem warmen Haus saß und Viehverkaufskataloge designte? Zumindest könnte sie dann Pause machen und sich entspannen, bis sie vorbei waren. Doch die Schmerzen *mussten* mitten in der Nacht einsetzen, genauso wie Samantha ausgerechnet dann auf die Idee kam wegzulaufen. Lilly seufzte, dankbar, dass die Schmerzen aufgehört hatten. Sie öffnete die Tür ihres alten Trucks und zog sich hinauf in den hohen Fahrersitz, was nicht einfach war angesichts der Tatsache, dass sie im Moment fast so rund wie groß war. Als sie es in den Sitz geschafft hatte, brauchte sie eine kurze Pause. Ein paar Augenblicke später konnte sie wieder atmen, drehte den Schlüssel in der Zündung und lauschte, während der Motor zum Leben erwachte.

„Großartig", murmelte sie, doch was jetzt? Sie hatte Angst, dass, wenn Cort Wells Samantha auf seinem Land erwischte, er nicht nur ihr das Fell gerben würde, sondern Lilly auch.

Doch sie durfte sich nicht von den Gerüchten über ihn einschüchtern lassen. Niemand konnte in Mule Hollow dem Tratsch entkommen – wo manche Orte eine Gerüchteküche hatten, hatte die von Mule Hollow die Ausmaße einer gewerblichen Küche. Über Mr. Wells wurde im Futterladen gesprochen und an der Tankstelle – besonders an der Tankstelle. Gerade gestern, als sie ihren Truck aufgetankt hatte, hatten Applegate Thornton und Stanley Orr keinen Meter von ihr entfernt gestanden und diskutiert, warum dieser Mann immer so ein finsteres Gesicht zog. Selbst, wenn er erst vor Kurzem hergezogen war, seine finstere Miene war legendär, und auch wenn sie ihn nie gesehen hatte, schien er immer so dreinzublicken, wenn er mit den Einheimischen zu tun hatte.

Die Frauen im Heavenly Inspirations Haarsalon hatten sogar darüber gesprochen. Wenn sie es bemerkten, musste etwas dran sein, denn Lacy Brown, die Eigentümerin, mochte Tratsch überhaupt nicht und tolerierte keinen in ihrem Salon. Sie hatte zu den Frauen gesagt, dass sie für den Mann beten sollten, da er offensichtlich ein ernstes Problem hatte, wenn er alle immer so finster anblickte.

Lilly betete, dass Samantha sich benahm und sie sich davonschleichen konnten, ohne ihm über den Weg zu laufen. Natürlich war das nicht sonderlich christlich.

Und Einsiedler oder nicht, sie musste sich immer noch wie eine gute Nachbarin benehmen. Wie sie es auch drehte und wendete, seit sie Gott wiedergefunden hatte, war das *der* Punkt, der ihr besonders schwerfiel.

Doch andererseits hatte sie von den Frauen ihrer Familie die vielen Gründe gelernt, die schlechtes Benehmen im Umgang mit Männern rechtfertigten. Zwei Großmütter und ihre Mutter hatten sich von den Männern, die sie geliebt hatten, auf den Herzen herumtrampeln lassen müssen und hatten dadurch jedes Mitgefühl verloren, was die Empfindsamkeiten von Männern anging.

Ihre Urgroßmutter Shu-Shu hasste Männer. Ihre Großmutter Gab hätte einen Mann bei den Zehen aufgeknüpft und keine Gnade gezeigt. Es hatte in Mule Hollow einmal eine Zeit gegeben, als die Männer die Straßenseite gewechselt hatten, wenn ihre Großmütter in den Ort kamen, um einzukaufen.

Über die Jahre und dank der Intervention der süßen Granny Bunches, die nicht ihre Großmutter, sondern ihre Großtante war, war es zu einer Art Burgfrieden gekommen. Doch ihr ganzes Leben lang hatte Lilly gelernt, immer das Schlimmste anzunehmen, was Männer anging.

Und es war schwer, mit alten Angewohnheiten zu brechen.

Doch nachdem sie Gott gefunden hatte, war ihre Erziehung keine akzeptable Ausrede, ihrem neuen Nachbarn gegenüber unhöflich zu sein.

Nachdem sie den Motor hatte warmlaufen lassen, drehte Lilly die Heizung auf, machte jedoch keine Anstalten, einen Gang einzulegen.

Natürlich … sie hielt inne, als ihr ein Gedanke kam. Es war spät und Cort Wells würde anders als sie wie jeder normale Mensch schlafen. Sie würde einfach auf den Hof schleichen, Samantha holen und sofort wieder nach Hause fahren.

Er musste nie erfahren, dass sie dagewesen war.

Sicher schnarchte er in einem warmen Bett und würde von alldem nichts mitbekommen.

Okay. *Okay, Gott.* Lilly holte tief Luft und straffte ihre Schultern. Niemand konnte so schlimm sein, wie die Gerüchteküche sie glauben machen wollte. Der Mann war Pferdetrainer, kein Axtmörder. Darum hätte sie schon lange bei ihm vorbeischauen und sich vorstellen sollen. Schließlich war er ihr einziger Nachbar in einem Radius von zehn Meilen.

Wenn sie sich Leroys Anwesen hätte leisten können, wäre Cort Wells nie ihr Nachbar geworden. Sie wäre weit, weit draußen gewesen, glücklich und allein, genau, wie sie es mochte. Doch du hast dir die Ranch nicht leisten können, dachte sie, und jetzt hast du einen neuen Nachbarn, und heute Nacht oder in den nächsten paar Tagen wirst du auf die eine oder andere Weise seine Bekanntschaft machen müssen.

Bevor sie es sich anders überlegen konnte, trat sie auf das Gaspedal und schnitt eine Grimasse, als der Truck einen Satz nach vorn machte.

Lilly runzelte die Stirn und stellte sich ihren launischen, großen, finster dreinblickenden Miesepeter von einem Nachbarn als Axtmörder vor.

Mitten in der Nacht fuhr sie zu seinem Haus. Natürlich war Cort Wells kein Axtmörder – zumindest noch nicht. Doch er war ihrer alten Samantha ja auch noch nicht begegnet.

Betonung in beiden Fällen auf *noch nicht.*

Cort Wells glaubte, dass seine Ohren zu Eis gefroren und viel kälter waren, als Ohren sein sollten. Seine Finger waren taub, seine Nase war kälter als die seines Hundes, weil er in den Fischteich hinter der Scheune gesprungen war. Nachdem er drei Stunden lang im Pferdestall auf der Lauer gelegen hatte, war Colt sicher, dass seine Zehen in seinen Stiefeln steckenbleiben würden, wenn er versuchte, sie auszuziehen, doch er war zu unterkühlt, als dass es ihn interessierte.

Er hasste die Kälte.

In Texas sollten die Temperaturen im Winter nicht unter minus zehn Grad fallen, das war einer der Gründe gewesen, warum er hierhergezogen war, anstatt in seinen Heimatstaat Oklahoma. Die Tatsache, dass Mule Hollow kaum Einwohner hatte, machte den Ort perfekt für einen Mann wie ihn.

Oder zumindest wäre es das, wenn er endlich den Vandalen erwischen würde, der seit ein paar Tagen immer wieder sein neues Zuhause beschädigte. Wenn er diesen Typen in die Finger bekäme…

Cort ballte seine tauben Hände zu Fäusten und

schloss sie um das dünne Seil, das er hielt. In gespannter Erwartung saß er da. Erwartungen hatte er sonst so gut wie keine mehr seit einem Monat, nachdem er sich mit Mumps angesteckt hatte und Ramona ihn mit gepackten Koffern informiert hatte, dass er nicht mehr in der Lage war, ihre emotionalen Bedürfnisse zu erfüllen. Damit hatte sie auf dem Absatz kehrt gemacht und war, ohne sich noch einmal umzusehen, hinaus marschiert.

Mumps. Das war eine Kinderkrankheit! Selbst jetzt, ein Jahr später, konnte er kaum fassen, wie sehr diese *Kinderkrankheit* sein Leben verändert hatte.

Einen Tag hatte er alles, was ein Mann sich wünschen konnte: ein eigenes Haus, ein gut laufendes Geschäft und eine schöne Frau, mit der er eine Zukunft voller Liebe, Lachen und irgendwann Kindern aufbauen konnte. Vielen Kindern.

Dann hatte er sich mit Mumps angesteckt.

Er hatte lange gebraucht, es zu akzeptieren, und es hatte die Grundfesten seines Glaubens erschüttert. Er war sich noch nicht klar darüber, welchen Plan der Herr damit verfolgte, doch schließlich war es Cort gelungen, das Leben, das ihm geblieben war, auf einen wackligen Pfad in Richtung einer Zukunft zu bringen, die er nicht geplant oder gewollt hatte, und von der er sich nicht vorstellen konnte, jemals mit ihr glücklich zu sein.

Entschlossen, eine gewisse Kontrolle zurückzugewinnen, hatte er vor einer Woche diese abgelegene Ranch gekauft und war sofort eingezogen. Er hoffte, dass er hier für sich und seinen Hund Loser so etwas wie eine Zukunft aufbauen konnte. Er wollte die Wut vergessen, mit der er zu kämpfen hatte, und die Situation, die ihm aufgezwungen worden war, verstehen.

Doch nachdem sein neues Zuhause sechs Nächte in Folge von Vandalen heimgesucht worden war, freute sich Cort geradezu auf einen Weg, seine aufgestaute Wut herauszulassen.

Heute Nacht würde irgendein armer Spinner herausfinden, wie wenig Humor Cort Wells besaß. Wer auch immer Spaß daran fand, die Tore seiner Stallungen zu öffnen, um Zuchthengste, die Tausende von Dollars wert waren, zum Tango mit den Stuten rauszulassen, war auf der Suche nach Ärger. Und dann hatte er auch noch eins draufgelegt und Corts Futterlager geplündert und sein Heulager verwüstet. Dieser Clown war nicht nur erbärmlich, er war kindisch, denn in Corts Futterlager gab es außer Alfalfa-Würfeln nichts von Wert. Vandalismus – purer Vandalismus – das war alles, was es war.

Das machte Cort wütender als einen Bullen im Rodeochute. Der Ärger hatte es tatsächlich gewagt, an seine Tür zu klopfen. Das Knirschen von Schritten auf dem Kies kündigte einen Besucher an. Er straffte seine Schultern und genoss die heiße Erwartung, die durch seinen kalten Körper strömte. Mit einer kurzen Handbewegung erwachte das Seil in seiner Hand zum Leben, als die hölzerne Tür knarzte und den Ehrengast ankündigte. Eines der Pferde wieherte leise, und ein neugieriger Junghengst scharrte mit den Hufen.

Aus seinem Versteck konnte Cort hören, wie der Eindringling den betonierten Gang zwischen den Boxen hinunter ging. Ein, zwei, drei Schritte, und der Clown – der pummelige kleine Clown – trat in den Lichtkegel der elektrischen Insektenfalle. Cort zögerte, überrascht von der kleinen, untersetzten Statur des Eindringlings. Er warf das Seil und hörte ein leises Flüstern, als es durch die Luft segelte. Mit einem perfekten Ruck zog er das Lasso an – und hatte den Eindringling gefangen.

Noch bevor er den ersten gedämpften Schrei hörte, fühlte Cort ein Gefühl der Befriedigung, als der Mann mit einem dumpfen Schlag und einem Stöhnen zu Boden ging.

Jedoch nur, bis der Mann sich umdrehte und er eine Frau sah.

Eine sehr schwangere Frau.

„Whoa!" Cort sprang zurück, schüttelte den Kopf und starrte sie an. Die Halluzination verschwand jedoch nicht und wurde nicht weniger schwanger.

Stattdessen starrte sie ihn mit großen, warmen Augen aus goldenem Feuer an. „Das war jetzt aber wirklich nicht nötig", sagte sie gedehnt und atmete schwer, während sie vorsichtig ihren vorstehenden Schwangerschaftsbauch betastete. „Machen Sie sowas öfter?" Cort wusste nicht, was er darauf sagen sollte. Wie ein Idiot konnte er sie nur anstarren.

Sie rümpfte die Nase. „Ich weiß, ich weiß. Ich sehe aus wie ein Kürbisschmuggler, aber das bin ich nicht. Ich bin ihre Nachbarin. Ich wohne ein Stück weit die Straße runter."

Ihre Stimme war klar, Feuer und Eis – und putzig, wie sie nur sein konnte. Er stellte sie sich vor, wie sie mit dieser Stimme mit kleinen Kindern herumspielte oder süßes Nichts in die Ohren eines einsamen Cowboys flüsterte.

„Nachbarin?", brachte er schließlich heraus und kam sich wie ein Narr vor. Er war sich sicher, dass er auf jeden Fall wie einer aussah.

Langsam, als spräche sie mit den Kleinkindern, mit denen er sie sich vorgestellt hatte, nickte sie mit dem Kopf und wiederholte: „Nachbarin. Darum ist das Seil wirklich nicht nötig. Sie können mich losmachen, ich verspreche, dass ich Ihnen nichts tun werde."

Damit erwachte Cort aus dem Nebel. Er hatte gerade eine schwangere Frau mit dem Lasso gefangen, sie mitsamt Babybauch zu Boden geworfen und sie nur angestarrt.

Jetzt wedelte sie mit den Armen wie eine

Schildkröte, die auf dem Rücken lag und versuchte, wieder auf die Beine zu kommen – oder in ihrem Fall, sich aufzusetzen. Cort ergriff ihren Arm und zog sie hoch. „Danke", stöhnte sie. Mit Augen voller lachendem Bedauern blickte sie zu ihm auf. „Wenn ich am Boden bin, bin ich so gut wie erledigt. Sie wissen schon, wie in der Hausnotrufwerbung? *Hilfe, ich bin gestürzt und kann nicht aufstehen?*" Sie lachte über ihren eigenen Scherz.

Cort war jedoch nicht zum Lachen zumute. „Haben Sie den Verstand verloren? Das ist nicht zum Lachen. Sie hätten sich verletzen können. Sie sind zu Boden gegangen wie ein Sack Zement!"

„Herzlichen Dank für die bildhafte Darstellung", antwortete sie. „Ich finde, ich sehe eher aus wie ein gestrandeter Wal, der versucht, Schneeengel zu machen."

Cort verkniff es sich, ihr zuzustimmen, und zog sie in eine sitzende Position – oder zumindest in etwas, das daran erinnerte, denn mit ihrer kleinen Statur und ihrem großen Bauch war an aufrechtes Sitzen nicht zu denken. Die unbequeme Haltung zwang sie, sich an seinen Arm zu lehnen, und er beugte sich über sie. Sie atmete schwer vor Anstrengung, und weiße Atemwölkchen stiegen aus ihrem Mund auf, als sie zu ihm aufblickte. Sie hatte ein niedliches Elfengesicht, das von glitzernden Augen und langen Wimpern dominiert wurde. Intelligente, hellwache Augen.

„Ich bin ein Ausbund an Anmut, nicht wahr?", fuhr sie fort und rümpfte erneut die Nase.

Cort runzelte die Stirn. „Würde es Ihnen etwas ausmachen, mir Ihren Namen zu verraten? Und was hat Sie geritten, Ihr Kind in einer Nacht wie dieser derart in Gefahr zu bringen?"

„Lilly Tipps. Und ich bin gut genug gepolstert, dass der Sturz ihm nichts getan hat."

Das war zu viel für Cort. „Können Sie mir sagen, was für ein Idiot Ihr Mr. Tipps ist, seine schwangere Frau nachts durch die Gegend streifen zu lassen?"

„Es gibt keinen Mr. Tipps. Hat es auch nie gegeben."

Corts Blick fiel auf ihren Bauch und das Lasso, das darüber hing. In diesem Moment traf es ihn erneut wie ein Schlag. Er hatte eine Schwangere mit dem

Lasso gefangen. Sie musste ihm sein Entsetzen angesehen haben, denn sie tätschelte tröstend seinen Arm. „Jetzt schauen sie nicht so ernst drein", sagte sie. „Ich bin ohne zu fragen in ihren Stall eingedrungen. Sie haben jedes Recht, mich mit dem Lasso zu fangen. Immer noch besser, als erschossen zu werden."

„Das ist wahr", nickte er mit finsterer Miene. „Doch darüber reden wir später. Erst einmal müssen wir sie vom Boden hochbekommen und sichergehen, dass Sie und das Baby unverletzt sind." Er schob die Hände unter die Achseln der seltsamen Einbrecherin und wuchtete sie auf die Beine. Warum sie, hochschwanger, mitten in der Nacht draußen herumschlich, konnte er immer noch nicht fassen, und als sie sich schwer atmend an ihn lehnte, schrillten alle Alarmglocken in seinem Kopf.

„Sind Sie verletzt?", fragte er und blickte zu ihr hinunter. Sie reichte ihm kaum bis zum Kinn. Fusseln ihrer roten Strickmütze kitzelten in seiner Nase, als sie den Kopf schüttelte. „Aber irgendwas stimmt doch nicht."

„Nein, nein, schon gut", sagte sie an seiner Brust.

„Muss nur zu Atem kommen."

Trotz der Intelligenz, die er in ihrem Blick gesehen hatte, schien sie nicht alle Tassen im Schrank zu haben, wenn sie glaubte, dass es normal war für eine Schwangere, mitten in der Nacht Landfriedensbruch zu begehen. Allein. Während eines Sturms. Ohne Schutz.

Wo war der Vater des Babys?

Als sie schließlich wieder zu Atem gekommen war, trat sie aus dem Schutz seiner Arme, und zu seiner Überraschung fiel es ihm schwer, sie loszulassen.

Er beobachtete, wie sie ihren dicken Mantel über ihrem runden Körper zurecht zurrte. Ihr Gesicht strahlte, ihre Augen glitzerten. „Danke."

Cort konnte den Blick nicht von ihr abwenden.

„Wegen dem hier bin ich ein bisschen kurzatmig", sagte sie und strich liebevoll mit der Hand über ihren Bauch. „Doch in drei Wochen ändert sich das. Auch wenn der Arzt meint, dass es wahrscheinlich erst nach dem Entbindungstermin zur Welt kommt."

Cort konnte sich das nicht vorstellen. Sie sah aus,

als könnte das Baby jeden Moment kommen.

„Aber natürlich nur", fuhr sie fort, „wenn Samantha mich nicht vor Ende dieser Schwangerschaft umbringt. Wenn ich sie in die Finger bekomme, brauche *ich* das Lasso."

„Wer ist Samantha?", fragte Cort, und die diversen Szenarien, die in seinem Kopf auftauchten, zerrten an seiner Beherrschung.

„Oh, tut mir leid. Sam–"

Ein nervenzerfetzender Schrei zerriss die Nacht.

Cort zuckte geschockt zusammen.

Die Pferde, die eben noch geschlafen hatten, erwachten und wieherten und schnaubten, aus dem Haus konnte er seinen Hund bellen hören. Loser bellte nie. „Was in aller Welt–?", keuchte Cort und ging auf die Stalltür zu.

Auf Lillys Lachen hin drehte er sich um. „*Das* ist Samantha."

Lilly verbarg ihr Lächeln hinter ihrer Hand. „Wenn Sie das Schloss am Heuschober ausgewechselt haben, dann dürfte sie ziemlich wütend sein. Bitte sagen Sie mir, dass Sie es nicht ausgewechselt haben."

„Doch, heute erst. Das alte war kaputt. Irgendein Spinner reißt seit einer Woche meine Heuballen auf."

„Samantha", sagte Lilly leise. „Sie mag keine Schlösser an ihrer Scheune." Lilly kicherte. „Oh, sie wird wütend sein."

Sie wird wütend sein? „Wer ist diese Samantha?", polterte Cort und stapfte in Richtung Tür, um herauszufinden, wer da draußen solche schauerlichen Geräusche machte.

„Passen Sie auf!", rief sie ihm hinterher. „Der Heuschober hat ihr gehört."

An der geschlossenen Tür angekommen wirbelte Cort herum und starrte die Frau finster an. „Was? Wer ist diese Samantha?" Er hatte die Worte kaum ausgesprochen, als die Tür der Scheune aufflog, ihm in den Rücken schlug und ihn zu Boden schickte.

Lilly keuchte. Cort rappelte sich auf und starrte fassungslos über seine Schulter. In der Tür stand der fetteste kleine Esel, den er je gesehen hatte.

„Cort Wells, darf ich vorstellen, Samantha", sagte Lilly mit theatralischer Geste.

Cort konnte sie nur anstarren. „Ein Esel!"

Lilly lachte und watschelte auf ihn zu.

„Sie wollen mir weismachen, dass *das* da mein Futterlager verwüstet hat?"

„Absolut. Samantha hat hier gelebt und sich noch nicht an ihr neues Zuhause bei mir gewöhnt."

Als ob sie zeigen wollte, dass das hier ihr Reich war, hob Samantha die Nase, wedelte mit dem Schwanz und marschierte an ihnen vorbei. Was für ein Anblick – klein, grau, mit diversen Speckrollen, die kein Esel haben sollte, war sie das groteskeste Tier, das Cort je gesehen hatte.

Er blickte ihr nach, als Samantha schweren Schrittes zur Tür des Futterlagers trottete, ihre nassen, rosa Lippen um den ovalen Türknauf legte, daran drehte und die Tür aufzog. Dann ließ sie los, streckte die Nase in die Höhe und ging mit stolz schwingendem Schwanz hinein.

„Das gibt's doch nicht." Cort stand auf, klopfte seine Jeans ab und kratzte sich am Kopf. „Wenn ich das nicht mit eigenen Augen gesehen hätte, würde ich es nicht glauben."

„Leroy, der vorherige Besitzer dieser Ranch hat

sie mit der Flasche großgezogen. Sie hat zwanzig Jahre hier auf der Ranch gelebt. Und übrigens, sie hält sich für einen Menschen oder zumindest für einen Hund. Als sie klein war, hat sie Brot aus ihrem eigenen Brotkasten in der Küche gefressen."

„Daher müssen die Kratzspuren an der großen Schublade kommen."

„Die sind vom Zahnen. Sie mag es auch, wenn man sie auf der Schaukel neben der Scheune anstößt."

„Sie schaukelt? Sie machen wohl Witze."

Samantha trottete aus dem Futterlager, einen grünen Alfalfa-Würfel zwischen den Lippen. Cort eilte zur Tür und stöhnte, als er das Chaos sah, das sie in der kurzen Zeit angerichtet hatte.

Lilly folgte ihm. „Oh nein. Was für ein Alptraum. Leroy hat ihren Eimer mit den Würfeln immer offengelassen. So hat sie kein Chaos hinterlassen und sich trotzdem für clever gehalten."

„Genau was ich brauche, ein blöder Esel–"

„Samantha mag nicht als blöd bezeichnet werden. Außerdem ist sie eine Eselin." Cort runzelte die Stirn.

„Und *sie* hat Ihnen das gesagt."

Diese Frau hatte eine Schraube locker, doch

zwischenzeitlich hätte er ihr alles abgenommen.

„Nicht wirklich", sagte sie und rümpfte die Nase.

„Na, Gott sei Dank. Ich dachte schon…"

Lilly kicherte, und er lächelte, denn es war ansteckend.

Vielleicht war sie ja doch nicht ganz verrückt.

„Sie hat es Leroy gesagt, und er hat es mir erzählt."

Lillys neuer Nachbar glaubte, dass sie nicht alle Tassen im Schrank hatte. Das konnte sie sehen. Es stand ihm ins Gesicht geschrieben. „Sie sind gar nicht so schlimm, wie alle sagen", platzte sie heraus und hätte sich dafür in den Allerwertesten treten können. Doch andererseits hielt sie nicht viel von falscher Zurückhaltung.

„Und was sagen alle über mich?", fragte er gedehnt und starrte sie missbilligend an.

Diese Missbilligung und all die Falten in seinem Gesicht passten gar nicht zu ihm, Junge, er konnte –

Ein plötzliches Krampfen in ihrem Bauch unterbrach Lillys Gedanken. Sanft rieb sie den Bauch.

Ihr Rücken schmerzte, und plötzlich forderte der Ausflug seinen Tribut. Von einem Moment auf den anderen war sie erschöpft. Gerade rechtzeitig hatte der Schmerz sie von ihrem Interesse an ihrem neuen Nachbarn abgelenkt. Sie hatte ihre Lektion, was Männer anging, vor siebeneinhalb Monaten gelernt. Und das *Ich-hab's-dir-ja-gesagt* von drei Generationen von Tipps-Frauen würde ihr für den Rest ihres Lebens in den Ohren widerhallen. Ja, es war Zeit, Samantha einzusammeln und nach Hause ins Bett zu gehen, bevor sie noch in Cort Wells eiskaltem Stall umkippte.

Doch sie konnte diesen miesepetrigen Blick nicht länger ertragen. Er musste sich entspannen. Sie schüttelte ernst den Kopf. „Die Tratschen in Petes Futterladen sagen gemeine Sachen über Sie. Sie würden nicht glauben, was für Gerüchte über Sie kursieren."

Er presste seine Lippen aufeinander. „Ich verstehe. Und diese Gerüchte – glauben Sie sie?"

Lilly nickte ernst. „Ich hatte Angst, heute Nacht herzukommen. Ich zittere in meinen Stiefeln." Naja, nicht ganz.

Er musterte sie streng. Anspannung strahlte aus

seinen kobaltblauen Augen, und Lilly sah genau den Moment, als ihm bewusst wurde, dass sie ihn aufzog, denn seine Augen wurden weicher.

„Ach ja?", sagte er gedehnt, zog eine Augenbraue hoch und senkte den Blick zuerst auf ihre Stiefel, dann auf ihren Bauch und dann zurück zu ihrem Gesicht. „Sie zittern nicht", bemerkte er ausdruckslos.

Lilly lachte. „Nein, Cort Wells, mein lieber Nachbar, ich zittere nicht in meinen Stiefeln. Und ich gebe auch nichts auf Tratsch. Das einzige, was ich ihnen geglaubt habe, ist, dass sie nicht viel lächeln und dazu neigen, die Geduld zu verlieren." Nicht wirklich wahr, doch in gewisser Weise schon.

„Und das ist der Grund, dass Sie hergekommen sind, um Samantha zu retten, bevor ihr Ungeheuer von einem Nachbarn sie erschießt, oder noch schlimmer, Kleber aus ihr macht."

„Ganz genau", sagte Lilly und begegnete seinem Blick.

Einen Moment lang musterte er sie, dann strafte er alle Gerüchte Lügen und lächelte.

Und Lilly? Sie zitterte in ihren Stiefeln.

KAPITEL ZWEI

Cort stand mitten in der eiskalten Scheune, starrte seine durchgeknallte Nachbarin an und spürte, wie sich das erste Mal seit über einem Jahr ein Lächeln auf seinem Gesicht ausbreitete. Es war ein seltsames Gefühl – nicht unangenehm, doch vollkommen unerwartet. Es machte ihm klar, dass er ganz schnell einen Tritt in den Hintern brauchte.

Er war sechsunddreißig, und es ging ganz schnell bergab auf die vierzig zu. Seine Frau hatte ihn verlassen, er konnte keine Kinder bekommen, und jetzt fühlte er sich zu einer Frau hingezogen, die viel zu jung für ihn war.

Das war nicht gut. Alles, was er sich als Jugendlicher für seine Zukunft vorgestellt hatte, war bisher schiefgelaufen. Er hatte geglaubt, dass man einen Mann an seinem Erfolg als Ehemann und Vater messen konnte, und das…. Doch all seine Fehlschläge änderten nichts daran, dass er davon überzeugt war, dass ein Kind eine Mutter und einen Vater verdiente.

Lilly hatte ihn informiert, dass es keinen Mr. Tipps gab, gerade so, als wäre es die natürlichste Sache der Welt, dass eine alleinstehende Frau schwanger war. Offensichtlich wich ihre Einstellung deutlich von seiner ab. Sie war vielleicht niedlich, doch wusste sie überhaupt den Namen des Vaters ihres Babys?

Ganz gleich, wie gut es sich anfühlte zu lächeln, das Beste, was er für sich tun konnte, war, Lilly von seinem Land zu schaffen – und ihren ungezogenen Esel mit ihr.

Doch bevor er das tun konnte, musste er sich versichern, dass sie in Ordnung war. Denn auch wenn sie lebhaft wirkte, sah sie aus, als hätte sie Rückenschmerzen.

„Sie müssen am Erfrieren sein", sagte er und blies sich in die Hände, um sie zu wärmen. „Warum kommen Sie nicht ins Haus und ich mache uns eine Kanne Kaffee zum Aufwärmen. Ich stelle Ihnen meinen Hund Loser vor, und danach bringen wir Sie und Samantha nach Hause." Es war ein simples Angebot sich aufzuwärmen, nicht mehr.

Ihre Augen strahlten. „Kaffee", sagte sie. „Ich würde fünfzig Kniebeugen machen für eine Tasse heißen Kaffee – wenn ich nach der ersten wieder hochkommen würde. Doch ich muss Samantha wirklich nach Hause schaffen, bevor der Sturm uns umbringt. Das kleine Biest weiß gar nicht, wie anstrengend ihre Eskapaden für ein Mammut wie mich sind."

Cort schnitt eine Grimasse angesichts ihrer schwangeren Selbstironie. Doch er hätte seinen Vorrat an Bananentoffee verwettet, dass sie mit ihrem schrägen Humor nur ihr Unbehagen überspielte. Vielleicht interessierte sie der Vater ihres Kindes nicht, doch ihr Baby schien ihr wichtig zu sein, auch wenn es dumm von ihr gewesen war, in einer Nacht wie dieser das Haus zu verlassen.

Als hätte sie seine Gedanken gelesen, senkte sie den Blick auf ihren Bauch und legte schützend ihre Hand darauf. Plötzlich hatte Cort das Bedürfnis, auch seine Hand auf ihren Bauch zu legen und das Leben darunter zu spüren. Eine unerwartet heftige Welle des Bedauerns erschütterte ihn. Er würde nie sein eigenes Kind so berühren können.

Er wollte nicht an die Erlebnisse eines Vaters denken. Er würde nie einer sein. Er war nach Texas gekommen, um zu vergessen. Er hatte gehofft, sein Wunsch Vater zu werden würde schwächer werden und ihn nicht bis in alle Ewigkeit quälen. Lilly war in Richtung Tür gegangen, eine Hand auf ihrem Bauch, die andere auf ihrem Rücken.

Sie hatte nur ein paar Schritte gemacht, als sie plötzlich keuchte.

Sofort war er an ihrer Seite. „Sie haben sich verletzt."

Kopfschüttelnd blieb sie stehen und atmete langsam aus. „Keine Panik. Das sind Braxton-Hicks-Kontraktionen, Vorwehen. Die habe ich andauernd."

Sie holte erneut scharf Luft. „Mein Arzt sagt, das ist nichts, worüber man sich Sorgen machen muss."

„Ihr Arzt wusste nicht, dass ein Cowboy Sie mit dem Lasso einfangen könnte, als er Ihnen das gesagt hat."

„Vergessen Sie's. Sie hatten jedes Recht anzunehmen, dass ich ein Dieb war." Sie lächelte ihn an. „Den Trick würde ich eines Tages gern lernen. Zu wissen, wie man ein Lasso verwendet, könnte sich irgendwann als nützlich erweisen. Vielleicht sogar, um Baby Tipps einzufangen. Oder Samantha." Sie zwinkerte. „Wie auch immer. Ich bin froh, dass sie nicht mit einer Flinte auf den vermeintlichen Dieb gewartet haben. So gut, wie Sie zielen, würde ich jetzt wahrscheinlich am Himmelstor anklopfen."

Cort wollte etwas sagen, doch sie legte die Hand auf seinen Arm und berührte seine Lippen mit dem Zeigefinger der anderen Hand. Hitze schoss durch ihn hindurch.

„Mit mir ist nichts, was ein warmes Bett und ein bisschen Schlaf nicht kurieren könnten."

Cort hatte vergessen, was er hatte sagen wollen.

Sie hatte ihn berührt. Und wenn schon. Sie war müde, und sie faselte vor sich hin, was er ohne es zu wollen liebenswert fand. „Wie weit mussten Sie für den Esel laufen?"

Sie ging weiter. „Oh, ich habe am Ende Ihrer Auffahrt geparkt. Ist nicht weit, besonders, wenn man bedenkt, dass ich jeden Tag zwei Meilen laufe, um in Form zu bleiben. Die arme Samantha – sie will wirklich keinen Ärger machen."

Die arme Samantha? Was hatte sie sich nur dabei gedacht, sich in ihrem Zustand in einer stürmischen Nacht auf die Suche nach einem Esel zu machen? Wie war er nur auf die Idee gekommen zu glauben, dass ihr Baby ihr wichtig war? „Ich hoffe, dass Sie es sich nicht zur Gewohnheit machen, nach Mitternacht spazieren zu gehen", brummte er, verärgert über sich genauso wie über sie.

„Sie haben doch nicht etwa Angst im Dunkeln, Mr. Wells?"

„Ich, Angst! Wir reden davon, dass Sie allein auf einsamen Straßen unterwegs sind. Sie sind eine Frau. Eine werdende Mutter, die um diese Zeit draußen nichts zu suchen hat, schon gar nicht bei diesem Wetter. Sie sind vielleicht jung, aber soviel Verstand sollten Sie zumindest haben.“

Sie zog ihre Augenbrauen hoch und stemmte ihre Fäuste in die Hüften. „Ich glaube nicht, dass mir Ihre Einstellung gefällt.“

„Meine Einstellung? *Meine Einstellung!* Lady, kein Wunder, dass sich Ihr Mr. Tipps vom Acker gemacht hat.“ Die Worte sprudelten nur so aus ihm heraus, und er konnte nicht aufhören. „Jeder weiß, dass eine Frau nicht nach Mitternacht mitten im Sturm draußen herumgeistern sollte, und schon gar nicht auf der Suche nach einem fetten, haarigen Vieh. Und ganz besonders nicht, wenn sie jeden Moment ein Kind zur Welt bringen könnte!“ Cort hielt inne, um Luft zu holen, doch er spürte schon die nächste Tirade, die sich aufbaute, als lange aufgestaute Wut ein Ventil sah. Er nahm den Hut vom Kopf, fuhr sich mit der Hand durchs Haar und biss sich auf die Zunge.

Sie musterte ihn, dann schüttelte sie langsam den Kopf. „Du meine Güte, Mr. Wells. Die Gerüchte über Sie stimmen offensichtlich. Sie sind ganz rot und kochen ja vor Wut."

Die Frau trieb ihn in den Wahnsinn. Er kannte sie noch keine halbe Stunde und schon trieb sie ihn in den Wahnsinn. Das war vollkommen untypisch für ihn.

„Samantha!", rief sie.

Cort ertappte sich dabei, wie er sie anstarrte, als sie ihre ulkige rote Mütze zurechtrückte und ihr Kinn trotzig vorschob.

Kalter Schneeregen peitschte ihm von der offenen Tür ins Gesicht. Irritiert von seiner Reaktion atmete er durch, um sich zu sammeln, und dann ging er hinaus, um zu sehen, wie gefährlich es draußen war.

Ohne zu zögern folgte Lilly ihm in die eisige Nacht.

Unfassbar! Was glaubte sie, was das war? Eine milde Sommernacht? „Hey, geht's noch?", schrie er. Er schrie nie. „Sie können nicht hier draußen rumscharwenzeln mit dem … mit dem Baby."

Als er sie einholte, hielt er sie am Arm fest und war sich sicher, sie vor einer eisigen Katastrophe zu bewahren.

Undankbar wie sie war, versetzte sie ihm einen

Klaps auf die Hand; dann riss sie sich los und warf ihm einen bösen Blick zu.

„Wenn es Ihnen nichts ausmacht? Lassen Sie mich in Ruhe", blaffte sie über eine Windböe hinweg.

Im blassen Licht des Strahlers über der Tür loderten ihre Augen wie die tanzende Flamme eines Streichholzes. In diesem Moment bemerkte Cort, dass sie niedlich aussah, wenn sie wütend war. Sie hatte Temperament. Und auch, wenn er es nicht wollte, gefiel ihm das Leben, das diese kleine Frau ausstrahlte. Er fragte sich, was für ein Herz in ihrer Brust schlug.

„Ich bin kein Idiot, Mr. Wells", fuhr sie fort und holte ihn zurück in die Realität. „Der Eisregen hat gerade erst angefangen. Sie sollten wissen, dass es noch nicht lange genug regnet, um zu überfrieren. Würden Sie also bitte die *ich Tarzan, du Jane*-Nummer stecken lassen? Und übrigens, das ist mein Kind. Allein meines. Es hat nie einen Mr. Tipps gegeben – und es wird auch keinen geben, wenn es nach mir geht! Nur, um es noch einmal zu betonen, damit auch Sie es verstehen, ich kann mich gut allein um mein Baby kümmern!"

Cort starrte sie an. Wölkchen heißer weißer Luft umwaberten Lilly wie der Dampf der Dampfwalze, die ihn gerade überrollt hatte.

Sie fuhr fort. „Und herzlichen Dank nochmal, dass Sie bewiesen haben, dass meine Grannies in jeder Hinsicht Recht hatten."

„Oh ja?", brachte er recht lahm heraus. Er fühlte sich aus dem Gleichgewicht gebracht und … ja – lebendig! Lilly war vielleicht schwanger. Sie war vielleicht forsch und schwierig – die Liste hätte sich noch recht lange fortsetzen lassen – doch nachdem er ein Jahr wie in Trance durchs Leben gewandert war, wurde ihm bewusst, dass Lilly Tipps ihn zurück ins Leben geholt hatte.

Ob er soweit war oder nicht.

„Also", sagte sie und unterbrach damit seine wirren Gedanken. Ihre Worte schienen wohlüberlegt zu sein. „Um es mit den Worten meiner Urgroßmutter Shu-Shu auszudrücken, außer, um ein Baby zu machen, sind Männer mehr oder weniger nutzlos und darüber hinaus zu herrisch, um sich mit ihnen auseinanderzusetzen." Damit drehte sie sich um und ging mit dem Esel im Schlepptau seine Auffahrt hinunter.

Später, als er die Rücklichter von Lillys Truck langsam im Nieselregen verschwinden sah, ermahnte Cort sich, dass es besser so war. Einen Moment lang hätte er fast den Kopf verloren. Sie hatte ihn mit einem Schlag zurück in die Realität gebracht. Ihm gefiel nicht, dass sie in diesem Sturm allein nach Hause fuhr, doch das ging ihn nichts an. Sie war eine erwachsene Frau.

Es ärgerte ihn, dass sie der Meinung war, dass Männer nutzlos waren. Doch was interessierte es ihn, wie sie über Männer dachte.

Sie hatte den verrückten Esel auf der Ladefläche ihres Trucks festgebunden und sich in Schrittgeschwindigkeit auf den Weg nach Hause gemacht. Es waren nur zwei Meilen, doch ihr Haus stand am Ende einer einsamen Straße.

Der Makler hatte Lilly erwähnt und dass sie ein einsiedlerisches Leben führte.

Hier draußen lebten sie einsam und so ziemlich von der Welt abgeschnitten – außer voneinander. Cort hatte angenommen, dass sie älter war, und als er den Vertrag unterschrieben hatte, hatte er sich darüber gefreut, dass seine einzige Nachbarin in mehreren Meilen Umkreis ihn nicht stören würde.

Der Makler hatte nichts davon erwähnt, dass sie schwanger war. Oder … durchgeknallt.

Er hatte Cort wahrscheinlich nicht abschrecken wollen.

Smarter Mann. Cort würde ihn im Gedächtnis behalten für den Fall, dass er sich jemals entschloss, wieder zu verkaufen.

Er starrte gen Himmel. Der Sturm würde seine volle Wucht erreicht haben, wenn sie zu Hause angekommen war. Das Eis brannte wie Nadeln in seinem Gesicht.

Andererseits, bei dem Tempo, mit dem sie fuhr, könnte sich der Sturm bereits verzogen haben, wenn sie zu Hause ankam.

Er schnitt eine Grimasse. Das war kein Witz. Das Wetter würde die Rekorde für diesen Teil des Bundesstaates zu dieser Jahreszeit brechen. Todmüde und durchgefroren drehte er sich um und ging die

Auffahrt hinauf in Richtung seines warmen Hauses und des Bettes, das er schon fast vergessen hatte. Die ganze Zeit redete er sich dabei ein, dass er nicht für Lilly verantwortlich war, eine Tatsache, die sie ihm mehr als deutlich klargemacht hatte.

Dennoch konnte er nicht aufhören, an sie zu denken, als er die Tür öffnete und müde in seine Küche stapfte. Was, wenn ihr Truck eine Panne hatte? Der neuste Truck war es nicht gewesen. Was, wenn sie auf dem Weg in ihr Haus ausrutschte und stürzte? Wer würde ihr helfen? Samantha?

Der Gedanke trieb ihn zum Fenster. Loser kam aus dem anderen Zimmer herüber geschlendert und legte seufzend seinen Kopf auf die Fensterbank.

Als Loser erneut seufzte, sah Cort seinen mitleiderregenden Hund an. Ein schwacher Moment der Einsamkeit vor einem Supermarkt hatte sein Schicksal besiegelt. Das, und ein süßes braunäugiges Mädchen, das es sich zur Mission gemacht hatte, ein neues Zuhause für den hässlichsten Mischlingswelpen, den er je gesehen hatte, zu finden. Da Cort Kinder nun einmal liebte, hatte er ihr den Welpen abgekauft und den verloren dreinblickenden kleinen Kerl in einem melancholischen Moment Loser genannt. Das hätte er nicht tun sollen. Es war nicht die Schuld des Welpen, dass Ramona sich von Cort hatte scheiden lassen und er sich deswegen wie ein Loser fühlte.

Er streichelte Loser mit vor Kälte steifen Fingern zwischen den Ohren. Sie kribbelten, als das Blut wieder zu fließen begann und die Wärme zurückkehrte. Loser schnaubte – was mehr Reaktion war, als Cort normalerweise von ihm bekam. Cort war jedoch selbst daran schuld. Er hatte dem Hund nicht viel gegeben, wonach er streben konnte, indem er ihm einen derart lausigen Namen gegeben hatte. Er sollte ihn wirklich ändern.

Der Hunde war eine treue Seele. Er liebte heiße Mahlzeiten, ein warmes Bett, eine kühle Brise und sonnige Nachmittage. Kaltes Wetter mochte er genausowenig wie Lärm oder Haarbürsten in der Nähe seines verfilzten Fells. Wenn er nicht schlief, blies er Trübsal, stolperte über seine eigenen Ohren oder starrte unter hängenden Lidern und buschigen Brauen hervor Leuten auf die Füße. Den armen Hund umgab eine Aura von Selbstmitleid – ein Zustand, der dem von Cort nicht unähnlich war.

In gewisser Weise war der Umzug nach Westtexas Corts erster Schritt in die richtige Richtung gewesen. Zumindest lebte er sein Leben weiter, nachdem ihm bewusst geworden war, dass er in seinem alten Zuhause keinen Neuanfang hätte machen können. Cort wusste, dass er es überstehen würde. Doch im selben Moment jegliche Hoffnung auf Kinder *und* seine Frau verloren zu haben … das war ein harter Schlag. Er fuhr sich mit der Hand durchs Haar. Er musste sich damit abfinden.

Doch eines war sicher – er brauchte keine Nachbarin, die alles repräsentierte, was er nicht haben konnte. Alles, was er verloren hatte. „Wir haben echte Probleme, alter Junge", sagte er zu Loser. „Ich hab dich bellen gehört. Ich habe einen Moment gebraucht, bis mir bewusst wurde, dass du es warst, doch dann wusste ich, dass mir der Ärger bis zum Hals steht. Du auch, nicht wahr?" Loser nahm seine Schnauze von der Fensterbank und wedelte halbherzig mit dem Schwanz. Auch das war mehr als sonst. Cort kraulte Loser hinterm Ohr.

„Was hat dich denn gepackt, mein Junge? Ich sehe deinen Schwanz wedeln. Wenn du länger so lebhaft bist, muss ich wirklich deinen Namen ändern."

Loser seufzte erneut, dann wandte er seinen Blick wieder dem Sturm zu. Corts Blick folgte dem des Tieres, und seine Gedanken kehrten zu Lilly zurück. „Ich weiß nicht, warum ich mir solche Sorgen mache, Loser. Sie scheint sich keine gemacht zu haben. Sie hat gerade so getan, als wären alle Männer Aussätzige oder sowas." Er sah den Hund an. „Hat doch glatt gesagt, dass wir nichts wert sind, wenn wir keine Kinder machen können…" Als Loser Cort einen mitleidigen Blick zuwarf, schüttelte Cort den Kopf angesichts seiner Reflexion in den Augen des Hundes. Die Reflexion des Narren, zu dem er sich beinahe wieder gemacht hätte. „Ja, ja, ich weiß", sagte er müde, rieb sich die Augen und ging in Richtung Schlafzimmer. „Sie hat sich angehört, als hätte sie mit Ramona gesprochen."

KAPITEL DREI

Lilly öffnete die Augen und starrte an die Decke. Sonnenlicht tanzte auf der blassgelben Farbe. Alles war still. Kein Eisregen mehr, Gott sei Dank!

Langsam rollte sie sich auf die Seite. „Ohh!", stöhnte sie, dann stützte sie sich mit den Armen in eine sitzende – oder zumindest halbsitzende Position hoch. Die letzten Wochen der Schwangerschaft waren wirklich eine Qual. Da ihr Bauch beinahe sekündlich wuchs, musste sie sich abstützen, um aufrecht sitzen und durchatmen zu können.

Alles tat ihr weh.

Die Begegnung mit ihrem neuen Nachbarn und seinem Lasso war doch nicht so schmerzfrei an ihr vorübergegangen, wie sie sich erhofft hatte.

Zu ihrer Erleichterung hatten zumindest die Scheinwehen aufgehört. Sie hatte es nicht zugeben wollen, doch eine Weile hatte sie befürchtet, dass tatsächlich die Wehen eingesetzt hatten, doch das durfte nicht passieren. Zumindest noch nicht. Sie hatte so viel zu erledigen. Heute war die erste Aufführung des Mule Hollow Cowboy Dinnertheaters. Und auch, wenn sie sich mit Händen und Füßen dagegen gewehrt hatte, freute sie sich jetzt darauf, daran teilzunehmen.

„Oh, Würmchen, was für eine Nacht", sagte sie, gähnte und rieb sich den Bauch. „Ich hoffe, dir tut nichts weh." Mit ihrem Baby zu reden zauberte ein Lächeln auf ihre Lippen. Als er mit einem gezielten Tritt gegen ihren Bauchnabel antwortete, lachte sie. Oh, wie schön es doch sein würde, sich mit ihrem kleinen Jungen zu unterhalten.

Ein Junge. Der Arzt hatte ihr gesagt, dass sie einen Jungen erwartete, und sie konnte es immer noch nicht fassen. Ein Tipps-Junge! Nach all diesen

Generationen. Ihre Grannies wären definitiv überrascht.

Lilly rieb sich die Augen und konzentrierte sich auf ihren Tag. Sie musste einen Weg finden, Samantha zu Hause zu behalten, doch sie hatte keine Zeit. Um zwölf Uhr musste sie im Ort sein. Alle wollten, dass sie es ruhig angehen ließ, doch sie wollte zumindest bei den Vorbereitungen für die Show helfen.

Doch sie wusste, dass sie nicht noch einmal ein Risiko eingehen konnte wie gestern Nacht.

Laut Wetterbericht würde dieses eisige Wetter die ganze Woche kommen und gehen. Cort hatte Recht gehabt, als er gesagt hatte, dass es unnötig war, ihr Baby in diesem Wetter in Gefahr zu bringen, entlaufener Esel hin oder her. Es war ein Wunder, dass ihr gestern Nacht nichts zugestoßen war. Sie hatte sich entschlossen, es nach der Show heute Nacht langsamer angehen zu lassen und anzufangen, sich zu verhalten, wie sich eine Frau in ihrem Zustand verhalten sollte.

Doch erst einmal musste sie die Show überstehen.

Sie und Samantha. Sie spielten eine sehr wichtige Rolle.

Sie stemmte sich vom Bett hoch, watschelte ins Bad und schaltete das Wasser an. Während der Schwangerschaft hatte sie vierzehn Kilo zugenommen, doch bei ihrer Größe hatte sie das Gefühl, so rund zu sein wie groß. Nicht, dass das etwas Unnatürliches gewesen wäre — schließlich war sie schwanger!

Granny Gab hätte gesagt, dass es bei diesem wunderbaren Grund auch egal wäre, wenn sie so breit wie eine Scheune gewesen wäre. *Sie war schwanger!*

Und etwas Wundervolleres gab es nicht im Leben.

Alles andere war egal. Selbst, wenn sie die Wahl gehabt hätte, sie hätte alles gerne noch einmal durchgemacht, was zu ihrer Schwangerschaft geführt hatte. Sie fühlte sich gesegnet.

Sie *war* gesegnet.

Sie streckte die Hand in die Dusche, um das Wasser zu testen und dachte an das Dinnertheater. Hoffentlich würde das schlechte Wetter die geplante Veranstaltung nicht stören. Seit die älteren Damen aus dem Ort ihre Kampagne, Frauen ins aussterbende Mule Hollow zu bringen, gestartet hatten, war der Ort wie neugeboren. Das Leben war zurückgekehrt – und alles hatte angefangen mit einer Zeitungsanzeige, in der sie geschrieben hatten, dass einsame Cowboys auf der Suche nach Ehefrauen waren.

Lilly hatte natürlich kein Interesse an einem Ehemann. Alle wussten, dass sie ein Risiko eingegangen war und sich allem widersetzt hatte, was ihre Grannies sie gelehrt hatten, als sie Jeff Turner geheiratet hatte.

Und alle wussten, dass sie nicht vorhatte, diesen Weg noch einmal zu gehen. Sie hatte ihre Lektion gelernt.

Sie hatte gedacht, sie könnte die unglückliche Tradition der Tipps-Frauen mit Männern brechen. Lillys Mutter hatte dasselbe geglaubt.

Beide hatten sich geirrt.

Ihre Mutter hatte einen Mann der untersten Kommodenschublade aufgegabelt. Und Lilly hatte es nicht viel besser gemacht. Doch das war Schnee von gestern und sie war darüber hinweg.

Etwas Gutes war jedoch aus ihrer Ehe hervorgegangen – das Baby, das sie jetzt unter ihrem Herzen trug. Weder ihr noch ihrer Mutter war es gelungen, das Erbe der schlechten Entscheidungen was Männer anging abzuschütteln, doch wie ihre gute Freundin Lacy Brown neulich zu ihr gesagt hatte, hatte sie eine andere Entscheidung zu treffen. Sie konnte sich entweder in Selbstmitleid suhlen oder ihr Leben weiterleben.

Und jetzt traf sie Entscheidungen für zwei. Ein kleiner Mensch zählte auf sie.

Während Lilly sich duschte, kreisten die Gedanken an ihre kurze Ehe in ihrem Kopf. Sie würde sie nicht als Fehler bezeichnen, denn sie hatte ja ihr Baby, doch wiederholen würde sie es nicht. Sie hatten im Rathaus im nächstgrößeren Ort Ranger geheiratet, und die Ehe hatte einen Monat gehalten, bevor Jeff sie schwanger und allein zurückgelassen hatte. Sie war eine solche Einsiedlerin, dass die Leute in Mule Hollow nicht einmal gewusst hatten, dass sie mit ihm ausgegangen war – davon, dass sie ihn geheiratet hatte, ganz zu schweigen! Doch alle waren unglaublich verständnisvoll gewesen, als sie erklärt hatte, wie es zu diesem furchtbaren Fehler gekommen war. Und alle hatten sich gefreut, als sie erfahren hatten, dass sie das erste Baby in Mule Hollow seit zehn Jahren zur Welt bringen würde. Sie hatte ihren Nachbarn angelogen, als sie ihm gesagt hatte, dass sie nie verheiratet war, doch den Monat mit Jeff konnte man kaum als Ehe bezeichnen.

Sie verdrängte den Nachbarn aus ihren Gedanken.

Norma Sue Jenkins, Esther Mae Wilcox und Adela Ledbetter waren die drei Damen, die sich den ursprünglichen Plan ausgedacht und die Zeitungsanzeige geschaltet hatten. Lacy Brown – jetzt Lacy Matlock – war voller Ideen in den Ort gekommen, um den Kupplerinnen zu helfen, ihren Traum umzusetzen. Und dann war sie die erste gewesen, die geheiratet hatte. Heute Abend war das Ergebnis einer weiteren ihrer Ideen. Lilly hätte sich nie träumen lassen, dass sie je bei diesem Cowboy-Dinnertheater mitwirken würde. Doch das tat sie.

Und das alles, weil Lacy sie im Kirchenchor singen gehört und sie überredet hatte, heute Abend mitzumachen.

Sie zu überreden war nicht einfach gewesen, doch Lilly hatte schon immer gerne gesungen. Und nachdem

Jeff sie verlassen hatte, war sie weiter in die Kirche gegangen, um im Chor zu singen, weil es ihr half, den Schmerz der Zurückweisung, den sie durchmachte, zu lindern. Es bedeutete nicht, dass sie ihre Meinung was Männer anging geändert hatte. Es wäre ein Wunder nötig, um jemals wieder einen Mann als potentiellen Ehemann zu betrachten.

Ihre Grannies hatten Männer gehasst und ihr früh beigebracht, dass sie alle nutzlose, wertlose Lügner waren. Und aus gutem Grund, da jede von ihnen das Schlimmste erlebt hatte, was die Männerwelt zu bieten hatte. Und nach ihrer Erfahrung mit ihrem eigenen Loser war sie zu dem Schluss gekommen, dass es am besten war, sich auch von ihnen fernzuhalten.

In den vier Monaten, die sie Lacy jetzt kannte, war sie weicher geworden und war zwischenzeitlich zumindest in der Lage, mit ein paar der einsamen Cowboys, die in Mule Hollow lebten, herumzuscherzen. Lacy hatte ihr geholfen einzusehen, dass sie ein nachsichtiges Herz brauchte und nicht alle Männer über einen Kamm scheren durfte. Darum hatte sie sich während der Vorbereitungen zum

Dinnertheater heute Abend mit einigen der Jungs sogar angefreundet.

Doch mehr als Freundschaft war einfach nicht drin.

Schließlich zog sie sich langsam an, sammelte alles ein, was sie brauchte, und lud zu guter Letzt Samantha in den Anhänger.

Sie hoffte nur, dass alles wie geplant laufen würde. Heute Abend konnte sie keine Scheinwehen gebrauchen.

Auf Samanthas Rücken sitzend zu singen war in ihrem Zustand schon genug der Herausforderung.

* * *

„Was denkst du?", fragte Molly Popp.

Lilly sah sich im Zimmer um. „Sieht großartig aus. Hast du, als du vor ein paar Monaten hergezogen bist, je gedacht, dass wir so viel Spaß haben würden, während wir versuchen, andere Frauen davon zu überzeugen, hierherzuziehen?"

Molly lachte. „Um ehrlich zu sein, bin ich nur

hergekommen, weil es mich fasziniert hat, was die Ladys zu erreichen versucht haben. Doch ich habe nie geglaubt, dass ich selbst Teil des Abenteuers werden würde. Unglaublich. All die Wochen der Planung und der Proben waren fantastisch."

Lilly lächelte und streichelte ihren Bauch. Molly war eine Journalistin mit einer wöchentlichen Kolumne in der Houstoner Zeitung. Nachdem sie zu dem altmodischen Jahrmarkt gekommen war, den die Ladys organisiert hatten, um Frauen anzuziehen, hatte Molly sich entschieden, nach Mule Hollow zu ziehen, um den Prozess zu dokumentieren, während sie anfing, das Buch zu schreiben, von dem sie immer geträumt hatte.

Sie war mit ein paar der Jungs ausgegangen, doch bisher hatte sie einfach noch nicht den Richtigen getroffen. Anders als Lilly war Molly jedoch immer noch auf der Suche.

Zwei der alten Gebäude waren zu einem rustikalen Theater umgebaut worden. In den letzten paar Monaten hatten alle mitgeholfen, hatten Wände herausgerissen, eine Bühne gebaut und Holzöfen eingebaut, um zu heizen und zur Atmosphäre der guten alten Zeit beizutragen. Eine großartige Idee.

Heute Abend würde die erste Aufführung in Mule Hollows neuem Gemeindezentrum/Theater stattfinden.

„Lilly!", rief Lacy, als sie in den Raum gejoggt kam. Ihre kurzen weißblonden Haare sahen aus wie ein geplatztes Sofakissen mit Federn, die in alle Richtungen abstanden.

„Was gibt's?", fragte Lilly.

„Ich wollte nur sehen, wie's dir geht. Wie fühlst du dich? Keine Schmerzen? Nicht zu müde?"

„Immer mit der Ruhe, Lacy. Mir geht's gut."

„Als ich dich gebeten habe mitzumachen, habe ich nicht daran gedacht, wie kalt es sein würde. Bist du sicher, dass du deinen Teil der Show draußen am Lagerfeuer machen kannst?"

„Zu meinem Kostüm gehört eine Decke, die über meine Schultern drapiert ist. Kalt dürfte mir also nicht werden. Und ich liebe die Idee mit dem Lagerfeuer. Ich war vorhin drüben und habe es mir angesehen, als die Jungs die Heuballen aufgebaut haben. Sieht fantastisch aus. Lacy, mach dir keine Sorgen, alles wird gut. Leroy hat mir beigebracht, Samantha zu reiten, und glaub mir, sie hat lange nicht mehr so viel Energie wie damals. Das Feuer wird es schön warm machen, und es soll erst spät heute Nacht wieder anfangen zu regnen, darum mache ich mir keine Sorgen. Alles wird gut."

Lacy zog sie und Molly in ihre Arme. „Unser Programm heute Abend wird fantastisch. Ich kann es spüren. Jupp, das wird fantastisch."

Lilly hatte in den letzten drei Monaten eine erhebliche Entwicklung durchgemacht. Sie war immer noch eine Einzelgängerin, doch sie war auf einem guten Weg, ihre Vergangenheit hinter sich zu lassen.

Lacy hatte ihr den Zuspruch gegeben, den sie brauchte, um anzufangen, Leute in ihr Leben zu lassen. Sie bedrängten sie nicht. Sie wussten, dass sie von Zeit zu Zeit allein gelassen werden wollte, und das taten sie auch.

„Okay, Zeit zum Umziehen", sagte Lacy. „Da kommen auch schon Adela und Esther Mae. Sie dürften also bald mit dem Einlass anfangen."

Lilly und Molly folgten ihr hinter die Bühne, wo

ihre Kostüme hingen. Lillys Auftritt war erst nach dem Dinner, darum würde sie während des Theaters beim Bedienen helfen. Alle hatten versucht, sie zu überreden, es nicht zu tun, doch sie hatte darauf bestanden. Lilly hatte sich immer gepusht und ließ sich auch nicht von ihrer Schwangerschaft davon abhalten.

Sie kannte es nicht anders.

Als Cort das hell erleuchtete Gebäude voller Geplapper und Gelächter betrat, fiel sein Blick auf Adela Ledbetter. Sie war eine echte Südstaatenlady mit einer sanften Eleganz. Ihre weißen Haare brachten ihre blauen Augen zum Strahlen, als sie ihn herzlich begrüßte.

„Schön, Sie wiederzusehen", sagte sie, als er den Hut abnahm und sich ein wenig unsicher in dem gut besuchten Raum umsah. „Ich freue mich so, dass Sie gekommen sind. Als ich Sie neulich eingeladen habe, war ich mir nicht sicher, ob Sie kommen würden."

„Um ehrlich zu sein, war ich mir bis vor einer Stunde selbst nicht sicher, ob ich kommen würde,

Ma'am." Cort strich mit dem Finger über die Krempe seines Hutes und sah sich erneut um. Überall waren Frauen – was ihn an seiner Entscheidung zu kommen zweifeln ließ. Was hatte er sich nur gedacht?

Mrs. Ledbetter legte eine Hand auf seinen Arm und lächelte zu ihm auf. „Wir freuen uns auf jeden Fall, dass Sie gekommen sind. Das müssen Sie einfach erleben."

Cort sah sie an und wollte widersprechen, doch sie sah ihn mit einer derartigen Überzeugung und Weisheit im Blick an, dass er schwieg.

„Na, wen haben wir denn hier?", sagte Norma Sue Jenkins und blieb abrupt vor ihm stehen. Sie trug eine Latzhose, Gummistiefel und auf dem Kopf einen Strohhut mit einem roten Halstuch anstelle eines Hutbandes. Cort war Norma Sue bereits ein-, zweimal im Futterladen begegnet. Beide Male hatte sie versucht, ihn in ein Gespräch zu verwickeln, doch er hatte sich nicht darauf eingelassen und war wenig freundlich gewesen. Jetzt kam er sich schäbig vor deswegen.

Ihr Lächeln, das von Ohr zu Ohr reichte, war echt

und herzlich. „Schön, dass Sie kommen konnten, mein Junge. Wir brauchen alle Anziehung, die wir kriegen können."

„Anziehung?", fragte Cort.

„Sie wissen schon, Gründe, um diese Frauen davon zu überzeugen, nach Mule Hollow zu ziehen."

„Norma", sagte Mrs. Ledbetter in ruhigem Ton. „Cort ist neu hier und versteht noch nicht ganz, wie wichtig unsere Bemühungen sind."

„Das wird sich bald ändern. Jeder Cowboy braucht eine Frau", sagte Norma Sue voller Überzeugung.

Mrs. Ledbetter lächelte herzlich. „Kommen Sie mit mir, und ich finde für Sie einen schönen Platz zwischen zwei netten Ladys."

„Mrs. Led–", begann er, doch sie tätschelte seinen Rücken.

„Adela, bitte. Alle meine Freunde nennen mich so. Lassen Sie sich von Norma keine Angst machen."

„Ma'am, ich bin nur gekommen, um mir die Show anzusehen." Er sah sich skeptisch um. „Können Sie mir nicht einen Platz irgendwo hinten geben, wo ich nicht im Weg bin?"

Norma Sue lachte und schob sich an Adela vorbei, bevor sie ihn am Arm packte und ihn hinter sich her zu einem Tisch voller Frauen schleifte.

Widerwillig nahm Cort zwischen zwei Frauen Platz, die sofort anfingen, ihn mit Fragen zu bombardieren, die er nicht beantworten wollte. Er suchte gerade nach einer Ausrede, um nach Hause zu verschwinden, als sein Blick auf seine Nachbarin fiel, die gerade in den Raum gekommen war.

Passend zum Hillbilly-Thema des Abends trug auch sie eine Latzhose. Ihre Haare hatte sie zu zwei Gretchenzöpfen geflochten.

Niedlich.

In der Hand trug sie einen großen Krug mit Eistee. Er konnte es nicht fassen – sie bediente! War ihr nicht bewusst, wie schwanger sie war?

Sollte eine Frau in diesem Schwangerschaftsstadium nicht sitzen und die Füße hochlegen?

Er beobachtete sie, während sie von Tisch zu Tisch ging. Sie wirkte reservierter als in der vorigen Nacht, als er sie in seiner Scheune erwischt hatte. Sie lächelte und nickte und schenkte Tee aus. Doch sie war bei Weitem nicht so schlagfertig und redselig wie sie es in seiner Scheune gewesen war. Er fragte sich, ob sie müde war.

Sie war schon fast an seinem Tisch angekommen, als sie ihn sah. Als ihr Blick auf ihn fiel, stemmte sie eine Hand in ihre Hüfte. Zuerst dachte er, dass sie sich abwenden und gehen würde. Gestern Nacht war er ein bisschen anmaßend gewesen und hatte versucht, sie zu bevormunden, doch aus gutem Grund.

„Wie ich sehe, haben Sie die Nacht überstanden", sagte er, nachdem er sich entschlossen hatte, das Gespräch zu beginnen, wenn sie es nicht tat. Er hoffte, sie fühlte sich besser.

Ihre Miene wurde weicher. „Ja, wir haben es geschafft. Ich sollte mich bei Ihnen bedanken–"

„Nicht nötig. Ich bin derjenige, der Sie zu Boden geworfen hat, schon vergessen?"

„Was?", keuchten die Frauen neben ihm.

„Sie haben sie zu Boden geworfen!", rief eine der beiden.

„Nein, das Lasso war eine gute Idee", sagte Lilly eilig mit Blick auf die Frauen, bevor sie sich wieder ihm zuwandte.

„Ein Lasso?", keuchte die andere Frau.

Er warf ihr einen finsteren Blick zu, der ihr sagte, dass sie sich raushalten sollte.

Lilly schnitt eine Grimasse. „Alles gut, meine Damen. Er hat mich für einen Einbrecher gehalten. Wie auch immer, wie ich schon gestern Nacht gesagt habe, müssen Sie mir das unbedingt beibringen. Man weiß nie, wann sich das als nützlich erweisen könnte."

Dann lächelte sie, und Cort wusste, warum er sie den ganzen Tag nicht aus dem Kopf bekommen hatte. Dieses Lächeln war das hübscheste, das er je gesehen hatte, doch es war etwas in ihren Augen, das ihn anzog, etwas, das sagte, *Finger weg*. Als wäre sie es gewohnt, allein zu sein, als erwartete sie immer das Schlimmste von anderen Menschen … oder Männern.

Die Lichter wurden abgedunkelt, und eine Gruppe von Leuten, die auf die Bühne ging, riss ihn aus seinen Gedanken. Lilly füllte schnell die Gläser an seinem

Tisch und ging weiter. Für Cort war das okay. Er war heute Abend nicht hierhergekommen, um darüber nachzudenken, was ihm an seiner Nachbarin gefiel und was seine Neugierde auf sie geweckt hatte. Er war gekommen, um … nein, er war sich nicht sicher, warum er heute Abend hierhergekommen war. Er hatte sich einfach das Dinnertheater ansehen wollen.

KAPITEL VIER

Lilly saß auf Samanthas Rücken und wartete im Schatten. Das Dinner war ein großer Erfolg gewesen. Die Cowboys hatten scharfes Chili serviert, und sie hatte sich die Show von einem Platz am Ausgang angesehen. Alle lachten und amüsierten sich. Lacy hatte eine großartige Besetzung ausgesucht. Sie hatte Cowboys, die nie zuvor auf einer Bühne gestanden hatten, dazu gebracht, zu singen und Cowboy-Poesie zu rezitieren, als hätten sie ihr Leben lang nichts anderes getan. Lacy, Esther Mae und deren Ehemann Hank führten einen Hillbilly-Sketch auf, bei dem die Zuschauer Tränen lachten. Esther trug einen mottenzerfressenen erbsengrünen Morgenmantel, der aussah, als wäre er hundert Jahre alt, ihre Haare waren zur Hälfte auf grellrosa Lockenwickler gedreht, und sie hielt eine Fliegenklatsche in der Hand, mit der sie immer wieder nach Hank schlug, der überzeugend eine Couchkartoffel von einem Ehemann spielte. Jedes Mal, wenn Esther ins Publikum grinste, lachten alle. Einen ihrer Schneidezähne hatte sie schwarz angemalt, und das reichte schon, um die Leute zum Lachen zu bringen – doch wenn es ihr nicht genug war, versetzte sie Hank mit der Fliegenklatsche einen Klaps.

Lacy brachte alle mit ihrer Darstellung der wenig intelligenten Tochter auf Männerjagd zum Johlen. Die drei harmonierten wunderbar auf der Bühne und hatten genauso viel Spaß beim Schauspielern wie die anderen beim Zusehen. Dann kam Clint – Lacys tatsächlicher Verlobter –, der im Sketch ihre neu gefundene Liebe spielte, auf die Bühne. Es weckte beinahe Hoffnung in Lilly, zuzusehen, wie die beiden Liebeslieder zum Besten gaben. Sie trafen keinen Ton, doch das machte den Sketch noch lustiger.

„Du bist als nächste dran, Lilly."

Als Lilly aufblickte, lächelte Bob Jacobs sie an. Seit sie angefangen hatten, für das Stück zu proben, waren Bob und sie gute Freunde geworden. Er hatte niedliche Grübchen und war freundlich, aber schüchtern. Wenn auch nicht für sie, würde er sicher bald für eine andere Frau ein wunderbarer Ehemann sein. Vielleicht würde die Show heute Abend ihm helfen, eine Frau zu finden.

„Halt dich fest, wir wollen nicht, dass dir heute Abend irgendwas passiert", sagte er und kontrollierte den Sattel, um sicherzugehen, dass er festgezurrt war. „Okay, auf geht's."

Lilly lächelte und hielt sich am Damensattel fest, der bei ihren derzeitigen Proportionen half, beim Reiten einigermaßen bequem zu sitzen. Sie war eine gute Reiterin, denn sie hatte vom Besten gelernt. Leroy, der einzige Mann, der eine Konstante in ihrem Leben gewesen war, hatte es ihr beigebracht, und sie fühlte sich sicher im Sattel. Alle anderen hatten heute ein bisschen Angst um sie, doch alles würde gutgehen. Samantha würde nie absichtlich etwas tun, das sie in

Gefahr bringen konnte. Und wenn Lilly nicht schwanger gewesen wäre, hätte sie sie ohne Sattel geritten. „Auf geht's, Bob. Viel Glück – ich meine, Hals- und Beinbruch."

Er schmunzelte, zog die Kapuze seines Kostüms über den Kopf und schlüpfte in seine Rolle des Josef, der Maria nach Bethlehem brachte.

„Hopphopp, Samantha", sagte sie und tätschelte den Hals des kleinen Esels, als der den ersten vorsichtigen Schritt machte. Normalerweise tänzelte Sam, doch mit der schwangeren Lilly auf dem Rücken gab sie sich größte Mühe, sie zu beschützen. Es war, als verstünde der kleine Esel die ernste Rolle, die sie in dem Drama spielten. Samantha spitzte die Ohren und wedelte mit dem Schwanz, dann folgte sie Bob ins Licht des großen Lagerfeuers.

Unter den Zuschauern konnte Lilly die Gesichter von Frauen, vereinzelter Kinder und mehrerer Cowboys sehen. Heute Abend hatten viele einsame Singles Freundschaften geschlossen, und Lilly freute sich für sie. Je mehr soziale Events der Ort veranstalten würde, desto mehr würde er wachsen. Sie war froh, ihren Beitrag dazu leisten zu können, ob sie nun daran glaubte, dass es da draußen Liebe für sie gab, oder nicht.

Cort stand in der Nähe des Lagerfeuers. Roy Don, einer der Männer, die Cort im Futterladen kennengelernt und mit dem er sich unterhalten hatte, spielte die Rolle eines alten Cowboys, der Geschichten aus der Bibel erzählte. Bei jeder Geschichte, die er erzählte, kam jemand als die entsprechende Figur verkleidet ans Feuer und sang ein Lied. Es war unterhaltsam und kreativ. Das musste Cort ihnen lassen – die Leute hier hatten Talent. Alle, die um das Lagerfeuer herum versammelt waren, schienen den Abend zu genießen. Es hatte etwas anheimelnd Altmodisches an sich und war ein schöner Abschluss für den Abend.

Trotz seiner Bedenken hatte er den Abend genossen.

Er hatte so viel gelacht, dass ihm jetzt der Bauch wehtat.

Er ließ den Blick schweifen. Die Organisatoren hatten etwa vierzig Heuballen im Dreiviertelkreis um das Lagerfeuer aufgebaut, und eine Wand aus Heuballen dahinter, an denen sie die Deko aufgehängt hatten.

Jemand hatte viel Zeit investiert, um diesen Abend vorzubereiten. Wenn sie in diesem Ort etwas taten, dann richtig.

Er lehnte sich an einen Pfosten und beobachtete die Menge. Er hatte seine Nachbarin schon eine Weile nicht mehr gesehen. Zu seiner Erleichterung hatte sie außer Tee auszuschenken nicht bedient. Ein paar Cowboys, die nicht mitspielten, hatten das Essen serviert. Cort hatte sich entspannt. Er wusste nicht, warum er sich solche Gedanken um diese kleine werdende Mutter machte, doch er tat es. Vielleicht war ihre dumme Aktion von gestern Nacht nicht auf Desinteresse ihrem Baby gegenüber zurückzuführen, sondern auf fehlgeleitete Sorge um ihren dummen Esel. Als sie auf Samanthas Rücken sitzend ans Lagerfeuer geführt wurde, nahm er jedes nette Wort, das er gerade gedacht hatte, zurück.

Diese Frau konnte jeden Moment ihr Baby zur Welt bringen, und sie saß auf einem Esel! Er schüttelte empört den Kopf und musste sich zusammenreißen, nicht ans Feuer zu stürmen und sie aus dem Sattel zu heben. Diese Verrückte musste sich dringend ihren Kopf untersuchen lassen. Doch als sie zu singen begann, erstarrte er. Die tief bewegende Melodie zog ihn magisch an.

Eine schöne Melodie, gesungen von einer schönen Stimme.

Es war wie ein Flüstern, das über das Publikum hinweg schwebte und ihn auf eine erstaunliche Reise mitnahm. Sie sang von einer werdenden Mutter mit einer unglaublichen Geschichte, die nicht wusste, was die Zukunft ihr bringen würde, nicht wusste, was Gott für das Baby, das sie unterm Herzen trug, geplant hatte, die Angst hatte, Fehler zu machen, doch darauf vertraute, dass es einen Plan gab.

Cort war wie hypnotisiert und staunte, wie gut Lilly es gelang, so viel Angst und Hoffnung zugleich in ein Lied einfließen zu lassen. Und während sie sang, stand Samantha ganz still und spielte ihre Rolle als

Esel, der diese besondere Mutter mit ihrem besonderen Kind nach Bethlehem brachte, um allen Menschen Hoffnung zu bringen.

Ein erstaunlicher Auftritt. Von all den wunderbaren Nummern, die Cort an diesem Abend gesehen hatte, war das die Wichtigste und die, die ihn am meisten berührte. Diese eine Szene rückte das Leben ins rechte Licht.

Jetzt verstand er die Bedeutung der Szene für Lilly. Warum sie vielleicht geglaubt hatte, dass sie trotz ihrer fortgeschrittenen Schwangerschaft in der Lage war, auf dem Rücken des Esels zu sitzen. Sie wirkte entspannt, auch wenn sie sich ein bisschen zurücklehnen musste, damit ihr runder Bauch sie nicht aus dem Sattel zog. Und Samantha hatte sich tadellos verhalten.

Er war gerade dabei, sich zu entspannen, als er aus dem Augenwinkel sah, wie ein Kind etwas Schwarzes ins Feuer warf.

Peng! Peng! Peng!

Als die ersten Knallkörper explodierten, brach sofort heilloses Geschrei aus. Als weitere Explosionen schnell aufeinander folgten, schreckte Samantha auf und wich zurück – ins Lagerfeuer hinein, obwohl Bob sie am Führstrick hielt.

Cort spurtete bereits auf sie zu, um Lilly zu helfen, als die Spitze von Samanthas Schwanz Feuer fing.

Der Esel warf panisch den Kopf in die Luft, trat aus und ging mit vor Angst weit aufgerissenen Augen durch.

Cort nahm ein Lasso von der Deko und sprang dem panischen Tier in den Weg. Lilly klammerte sich am Damensattel fest, hatte jedoch keine Zügel, um Samantha zu kontrollieren. Cort konnte sich die Angst vorstellen, die sie empfinden musste. Bob war zwischendurch gestolpert und rannte ihnen hinterher, kam jedoch nicht mit.

Der Büschel am Ende von Samanths Schwanz stand in Flammen, und Cort wusste, dass er sie einfangen musste, bevor das Feuer ihre Haut versengte und sie Schmerzen empfand.

Mit einer Handbewegung ließ Cort das Lasso kreisen. Er stellte sich breitbeinig auf und ließ es fliegen. Cort schickte ein Stoßgebet gen Himmel, dass seine Zielgenauigkeit ihn nicht im Stich lassen möge, und wurde belohnt, als sich das Seil um ihren Hals legte. Er zog das Lasso fest gerade, als jemand eine Decke über Samanthas Schwanz warf, um das Feuer zu ersticken. Lilly war es wie durch ein Wunder gelungen, nicht abgeworfen zu werden.

Alles hatte nur wenige Sekunden gedauert, doch jetzt waren alle in Bewegung, löschten das Lagerfeuer und stürmten auf Lilly zu. Cort schob sich an allen vorbei und hob sie vom Rücken des Esels.

„Sind Sie okay?", fragte er.

Lilly lachte.

Sie lachte!

Ihre Augen glitzerten amüsiert. „Sie sind wirklich gut mit dem Lasso. Wow! Samantha? Was ist mit Samantha? Geht's ihr gut? Mann, was für ein Ritt!"

Wie bitte? Hatte diese Frau nicht alle Tassen im Schrank? Schon wieder hatte sie ihr Kind in Gefahr gebracht. Ihr hilfloses kleines Baby, das so, wie sie sich verhielt, vielleicht nie das Licht der Welt erblicken würde.

„Dem Esel geht's gut", knurrte er. „Sie sind

diejenige, die sich dringend den Kopf untersuchen lassen sollte. Das Feuer hat nur ihren Schwanz versengt. Was haben Sie sich nur dabei gedacht?"

Alle um sie herum verstummten, und außer dem kalten Wind, der um die Häuserecken pfiff, war nichts zu hören. Cort war es egal. Waren wirklich alle so vernagelt, dass sie es nicht für falsch hielten, dass eine Hochschwangere auf einem dummen Esel ritt?

„Ich dachte, ich hätte alles unter Kontrolle. Ich dachte, ich wüsste, wie man–"

„Die Annahme war ja wohl falsch."

„Jetzt mach mal halblang!", mischte Bob sich ein. Er hielt immer noch Samanthas Führstrick. Diesmal hatte er ihn fest um seine Hand gewickelt. „Wenn du jemandem die Schuld zuweisen willst, dann mir. Ich sollte Samantha festhalten. Wenn du also jemanden zusammenstauchen willst, dann bitte mich." Ihm war anzusehen, dass ihm das Geschehene furchtbar unangenehm war, und so sollte es auch sein.

Er hatte einen schweren Fehler gemacht. Cort starrte die Männer an und konnte nicht fassen, warum keiner von ihnen verhindert hatte, dass Lilly sich auf den Rücken des Esels gesetzt hatte.

„Tut mir leid, Lilly", fuhr Bob fort. „Das Lied macht mich jedes Mal fertig. Jedes Mal, wenn du es singst, vergesse ich alles um mich herum, und ich habe sie nicht richtig festgehalten."

„Bob, ich bin ein großes Mädchen." Sie tätschelte seinen Arm. „Ich kann gut auf mich selbst aufpassen, sei es auf einem Esel oder auf einem Pferd. Entspann dich." Sie schob das Kinn vor und sah Cort an.

Cort zweifelte stark daran. „Ach ja? Sie konnten sich ja kaum an Samanthas Sattelhorn festhalten. Sie könnten jetzt auf dem Weg ins Krankenhaus sein. Sie sind die unvernünftigste Frau, die mir je über den Weg gelaufen ist."

Lilly fuhr sich mit der Hand durch die Locken und trat einen Schritt auf ihn zu. Man konnte beinahe den Dampf sehen, der aus ihren Ohren schoss. Gut, dachte Cort zufrieden. Sie war wütend. Jemand musste zu ihr durchdringen und ihr verständlich machen, dass sie kostbare Fracht in ihrem Bauch trug; dass nicht jeder so viel Glück hatte.

„Unvernünftig? Cort Wells, jetzt schwingen Sie

sich mal von Ihrem hohen Ross! Habe ich in irgendeiner unserer bizarren Begegnungen Ihnen gegenüber den Eindruck erweckt, dass ich es nötig habe, mich von Ihnen gängeln zu lassen? Ich glaube nicht."

Cort beobachtete, wie die Wut über ihr hübsches blasses Gesicht huschte.

Oh nein! Er riss seine Gedanken zurück zu dem Problem. „Sie glauben das vielleicht nicht, doch das ändert nichts an den Umständen."

„Ohhh!" Sie funkelte ihn böse an und stampfte mit dem Fuß auf. „Das war so ein schöner Abend, und jetzt ist alles wie ein schlechter Traum. Und Sie sind–"

Lacy Brown trat neben Lilly und legte ihr die Hand auf den Arm. „Wenn ihr dann alle soweit seid, können wir mit der Aufführung weitermachen?"

Cort blickte finster drein, und Lilly durchbohrte ihn mit Blicken. Ihre blitzenden Augen loderten vor hitziger Empörung, als Lacy alle zurück an ihre Plätze schickte.

Lacy hatte Recht. Es war sinnlos, vor dem ganzen Ort und den Besuchern noch länger eine Szene zu machen. Er hatte überhaupt keinen Grund dazu.

Lilly bedeutete ihm nichts.

Er kannte sie nicht einmal. Er wusste nicht, wie er darauf gekommen war, dass er das Recht haben könnte, ihr zu sagen, was sie zu tun oder zu lassen hatte.

Als alle an ihre Plätze zurückkehrten, ging er zu seinem Truck. Er hatte sich noch nie viel aus Menschenaufläufen gemacht und hatte bereits mehr *Spaß* gehabt, als er an einem einzelnen Abend ertragen konnte.

KAPITEL FÜNF

Lilly brauchte eine Dusche. Sie sehnte sich nach dem Gefühl des heißen Wassers auf ihrer Haut, um den Nebel aus ihrem Gehirn und den Schmerz aus ihren Muskeln zu vertreiben. Ihr tat alles weh. Sie war zugegebenermaßen dumm und leichtsinnig gewesen und jetzt bezahlte sie dafür. Zum Glück hatte ihr Baby nicht dafür bezahlen müssen. Ihm schien es gut zu gehen. Er trat und boxte und schien sich an diesem Morgen prächtig zu amüsieren.

Sie zuckte zusammen, als es an ihrer Tür klopfte. Besuch? Um diese Zeit? Ihre Finger erstarrten am obersten Knopf ihres Flanellpyjamas. Wann hatte das letzte Mal jemand an ihre Tür geklopft?

Das war eine Ewigkeit her.

Das Klopfen wurde zu einem Hämmern, darum drehte sie das Wasser ab und watschelte den langen Flur hinunter, dessen Wände Fotos von Generationen von Tipps-Frauen zierten.

„Hey, Grannies, jemand klopft an meine Tür." Sie hatte äußerst selten Besuch – doch Lilly war sich nicht sicher, ob das die Tatsache, dass sie mit den Fotos sprach, weniger jämmerlich machte. Vielleicht sollte sie öfters aus dem Haus. Sie erinnerte sich daran, dass sie letzten Monat zwei Abende die Woche bei den Vorbereitungen für das Dinnertheater geholfen hatte. Doch jetzt, wo die Aufführung vorbei war, hatte sie keinen Grund mehr, auszugehen.

Aber das war okay. Ihre Sozialkompetenz war offensichtlich nicht die beste. Gestern Abend hatte sie sich nicht gerade von ihrer besten Seite gezeigt. Es war so ein schöner Abend gewesen, und dann hatte sie zugelassen, dass sie es sich dank ihrer scharfen Zunge endgültig mit ihrem Nachbarn verscherzt hatte. Sie hatte die ganze Nacht immer wieder vor ihrem inneren Auge gesehen, wie Cort wütend davon gestapft war. Sie hatte ihn angeschnauzt, dabei hatte er nur helfen wollen. Ja, er war herrisch, und Worte waren nicht seine Stärke, doch sie war da nicht anders, und sie *hatte* die Kontrolle über Samantha verloren. Die Aufregung hatte ihren Adrenalinpegel ins Unermessliche ansteigen lassen, darum hatte sie ein paar ziemlich dumme Dinge gesagt. Sie musste sich bei Cort entschuldigen. Verflixt nochmal, sie waren Nachbarn. Warum konnten sie sich nicht vertragen? Sie waren meilenweit die einzigen Menschen.

Ein schneller Blick in den Spiegel, und sie schlug sich die Hand vor den Mund.

„Oh Gott." Sie sah aus wie eine gerade aus dem Bett gekrochene Shirley Temple.

Furchtbar.

Sie hatte die Dusche wirklich dringend nötig.

„Ich hoffe, dass, wer auch immer vor der Tür ist, ein gutes Herz hat", murmelte sie, dann straffte sie den Rücken und hob ihr Kinn. *Wen interessiert es schon, wie ich aussehe?*

Als sie Cort auf der Veranda stehen sah, fuhr sie zögernd mit der Hand durch ihre zerzausten Haare, doch als sein eiskalter Blick ihrem begegnete, wusste sie, dass es nichts half. Sein Blick wanderte zu ihren Locken, wirkte alarmiert oder amüsiert – zwei sehr ähnliche Gesichtsausdrücke – und dann zurück zu ihrem Gesicht. Sie rechnete ihm hoch an, dass er nicht loslachte.

Wenn er überhaupt lachen konnte. Genau wie letzte Nacht sah er auch jetzt ungefähr so freundlich wie ein Stachelschwein aus. Granny Gab würde sagen, er sieht aus, als hätte er eine Zitrone ausgelutscht.

„Ich glaube, ich habe da etwas, das Ihnen gehört", sagte er gedehnt und hielt wenig begeistert das Ende eines Führstricks in die Höhe. Ein Führstrick, an dessen Ende–

„Samantha!", rief Lilly und trat auf die Veranda. „Du hast doch nicht etwa…? Nicht schon wieder."

„Nicht, dass das was Neues wäre?" Er klang verärgert, nicht, dass Lilly ihm das zum Vorwurf hätte machen können.

„Ich habe sie gefunden, als sie bis zu den Ohren in

einem Eimer Alfalfa gesteckt hat, als ich heute Morgen ausreiten gehen wollte. Geben Sie dem Vieh nichts zu fressen?"

„Tut mir leid– und *ja*, ich füttere das Biest. Leroy hat sie so dermaßen verwöhnt, dass ich nicht weiß, was ich mit ihr anstellen soll." Lilly schlang ihre Arme um ihren Bauch und zitterte in der eisigen Morgenluft. Nachdem die Show gestern Abend geendet hatte, hatte es wieder angefangen zu graupeln. Heute Morgen war die Sonne zwar wieder herausgekommen, doch der Wind war immer noch bitterkalt.

Trotz seiner offensichtlichen Verärgerung und Abneigung ihr gegenüber deutete Cort in Richtung Tür (und blieb damit seinen Bevormundungsversuchen treu). „Sie sollten besser wieder reingehen. Ich kümmere mich um Samantha, Sie kümmern sich um Ihr Baby."

Wenn sie wegen ihres Benehmens gestern Abend kein schlechtes Gewissen gehabt hätte und es nicht so kalt gewesen wäre, hätte sie ihm vielleicht Kontra gegeben, doch stattdessen kehrte sie ins Haus zurück. Das Letzte, was sie wollte, war, dass dieser Mann sich um ihre Angelegenheiten kümmerte, doch ihr war zu kalt, um zu protestieren. Und er hatte Recht. Sie konnte es sich nicht leisten, einen Sturz zu riskieren. „Ihre Box ist die zweite in der Scheune. Sie ist sicher erschöpft von ihrem Ausflug. Ich denke, sie dürfte zumindest eine Weile dableiben."

Cort sah nicht überzeugt aus. Er stapfte von der Veranda und ging mit langen, entschlossenen Schritten auf die Scheune zu.

Er war noch nicht weit gekommen, als er auf einer vereisten Pfütze ausrutschte und direkt vor Samanthas Hufen landete.

„Oh!", keuchte Lilly und wollte zu ihm eilen.

„Sie bleiben, wo Sie sind!" Corts barscher Ton ließ sie mitten in der Bewegung innehalten. „Denken Sie nicht daran, auch nur einen Fuß auf die Veranda zu setzen." Langsam setzte er sich auf und rieb sich den Hinterkopf, während er Samantha böse ansah. Sein Hut war von seinem Kopf geflogen, und seine dicken, dunklen Haare fielen ihm in die Stirn. Nicht, dass es die beste Zeit für diese Feststellung gewesen wäre, doch er hatte schöne Haare.

„Das kleine Biest wird noch einen von uns umbringen. Es ist furchtbar glatt hier draußen, darum bleiben Sie im Haus."

Schöne Haare oder nicht, es war unnötig, dass er sich wiederholte. Lilly hatte bereits auf ihn gehört – doch nur, weil sie fürchtete, dass sie neben ihm am Boden landen könnte, wenn sie es nicht tat. Ihre Knochen schmerzten schon genug von den letzten beiden Nächten. Noch mehr Anstrengung brauchte sie wirklich nicht.

Sie beobachtete, wie er sich langsam aufrappelte. Cort war ein extrem attraktiver Mann, auch wenn er schwierig war.

Ihren Grannies würde es gar nicht gefallen zu wissen, dass ihr das auffiel. Lilly biss sich auf die Unterlippe. Natürlich half es nichts, dass sie seit zwei Tagen immer wieder an sein Lächeln denken musste. Doch noch öfter hatte sie an seine finstere Miene gedacht.

Was brachte einen Mann dazu, dauernd so finster dreinzublicken? Sie wollte es wirklich wissen. Und ein Teil von ihr wollte ihn zum Lächeln bringen.

Der arme Kerl – die Begegnungen mit ihr hatten ihm definitiv keinen Grund zum Lächeln gegeben. Abgesehen von dem einen Mal. „Sie wissen schon, dass es eine bewiesene Tatsache ist, dass Lachen oder auch nur ein Lächeln die Stimmung hebt, wenn man einen schlechten Tag hat.“

Warum in aller Welt hatte sie das gerade gesagt?

Er beantwortete ihre Bemerkung mit einem finsteren Blick. Sie trug nichts zur Verbesserung seiner Stimmung bei. Im Gegenteil. Seine Laune war schnell von schlecht zu schlechter abgerutscht.

Und es half auch nichts, dass Samantha – sehr zu Lillys Entsetzen – im nächsten Moment Corts Hut vom Boden aufhob und anfing, darauf herumzukauen!

Lilly schloss die Augen. „Oh Samantha, wie kannst du nur?“

Was seine neue Nachbarin anging, hatte Cort so ziemlich alle Demütigung ertragen, die ein Mann ertragen konnte. Hätte er Samantha nicht am Morgen in seiner Scheune erwischt, wäre ihr Hof so ziemlich der letzte Ort gewesen, den er heute aufgesucht hätte.

Nach gestern Abend hätte es ihm nichts ausgemacht, Lilly nie wiederzusehen. Sie und ihr Esel schienen es sich zur Aufgabe gemacht zu haben, ihn zu quälen.

Pfeif darauf, dass er sich wieder lebendig fühlte. Er war sich nicht sicher, ob ihm der Preis dafür gefiel.

In diesem Moment war er kalt und nass und seine Meinung über Lilly und Samantha verbesserte sich dadurch nicht gerade. Beide schienen eine ausgeprägte Abneigung ihm gegenüber zu haben. Sein Hut jedoch – das war eine ganz andere Geschichte.

Dieses fette Mistvieh starrte ihn aus unschuldigen braunen Augen an, während es auf seinem Lieblingsstetson herumkaute, als wäre er ein Kaugummi!

„Du kleines Biest! Lass ihn los.“

„Samantha!“ Lilly konnte vor Lachen kaum an sich halten.

Cort warf ihr einen scharfen Blick zu. Wie konnte sie es wagen, ihn auszulachen, wenn ihr dummer Esel seinen Hut verspeiste?

„Samantha hat dringend Erziehung nötig", blaffte er. „Was ist mit diesem E–" Er wäre beinahe wieder hingefallen, als Sam plötzlich den Hut losließ und davon trottete und ihren angesenkten Schwanz gemächlich hin und her schlenkern ließ.

Cort brummte etwas Unverständliches, setzte seinen Hut auf und folgte Samantha dorthin, wo sie stand und ihn erwartungsvoll wie ein Hundewelpe ansah. In all den Jahren, in denen er mit Pferden zu tun gehabt hatte, war ihm noch nie ein Tier wie Samantha begegnet. Ihr Verhalten war beinahe menschlich.

„Cort, lassen Sie sie da und kommen Sie rein. Sie sind kalt und nass, und das alles tut mir furchtbar leid. Bitte." Sie zögerte und rang die Anspannung in ihrer Stimme nieder. „Bitte, lassen Sie mich Ihnen einen Kaffee kochen. Glauben Sie mir, für den Moment wird sie nirgendwohin gehen. Und ich denke, wir müssen dringend von vorn anfangen. Was sagen Sie dazu?"

Angesichts der Einladung taute Cort ein bisschen auf und wandte sich Lilly mit einer hochgezogenen Augenbraue zu. „Woher wollen Sie wissen, dass sie nirgendwo hingeht?"

Lilly lachte. „Sie ist furchtbar neugierig. Sobald Sie das Haus betreten haben, dauert es nicht lange und sie klebt mit ihrer Nase an der Fensterscheibe. Sie will immer alles genau wissen."

Kaffee hörte sich wirklich gut an. Der Esel war zu Hause, und Lilly lächelte und bot ihm Kaffee an … und sie waren Nachbarn. Sie mussten einen Weg finden, miteinander klarzukommen. Warum also stand er draußen in der Kälte, wenn er drinnen eine Tasse heißen Kaffee trinken könnte?

Wenn er sich die lachenden Augen seiner Nachbarin ansah, fielen ihm viele Gründe ein.

Doch in diesem Moment wollte er sie nicht aufzählen.

KAPITEL SECHS

Lilly hielt die Tür weit auf, damit Cort ins Haus kommen konnte. Er trat gerade weit genug auf das Linoleum, damit sie die Tür schließen konnte, und wirkte dabei, als wäre er sich nicht sicher, ob er hier sein wollte. Sie konnte es ihm nicht verdenken. Sie war sich selbst nicht sicher, ob sie ihn hier haben wollte, doch sie hatte ihn einladen müssen. Gute Nachbarn taten das einfach.

Im kleinen Flur wirkte er noch riesiger als sonst, und ihr Größenunterschied war noch offensichtlicher.

Mit dem mitgenommenen Hut in der Hand, nassen

Jeans und einer ebenso nassen schweren Winterjacke wirkte er überaus unbehaglich.

„Oh, bitte", sagte Lilly schnell und griff nach seinem Hut. „Lassen Sie mich den nehmen. Der arme Hut! Tut mir so leid, dass sie darauf herumgekaut hat. Warum ziehen Sie Ihre Jacke nicht aus und stecken sie in den Trockner, während ich mich um den versprochenen Kaffee kümmere?"

Junge, sie konnte auch dringend einen gebrauchen. Sie wusste wirklich nicht, was in sie gefahren war. Normalerweise machten Männer sie nicht nervös. Doch andererseits war sie auch noch nie so unhöflich zu einem Mann gewesen wie zu Cort.

Natürlich hatte sie zuvor auch kein Mann je so wütend gemacht wie er.

Doch nichts davon erklärte, warum ihr Herz so wild pochte oder warum ihr Verstand gen Westen gewandert war. Oder war es Süden? Uff! Sie brauchte dringend Kaffee. Und ein bisschen Toffee würde auch nicht schaden.

„Sie müssen meine Jacke nicht trocknen", sagte er und zog sie aus. „Ist wasserdicht. Von außen sieht sie nass aus, doch ich bin trocken – abgesehen von meiner Jeans natürlich."

Lilly nahm ihm die Jacke ab und sah sie an. Auf der Innenseite war sie tatsächlich trocken. Corts würziges Aftershave stieg ihr in die Nase und kitzelte ihre Sinne.

Oh nein. Schluss damit. „Dann hänge ich sie nur auf", sagte sie und hängte die Jacke und den Hut an den Kleiderständer neben der Tür. Dabei fiel ihr Blick auf ihr Spiegelbild, und sie erschauderte innerlich. Sie konnte Granny Gab geradezu ausrufen hören: „Kind, du siehst aus wie etwas, das die Katze ins Haus geschleift hat!"

Dann war es ebenso. Sie verdrängte ihren Stolz und ging in die Küche. „Kommen Sie nur rein", rief sie über ihre Schulter, während sie die Kaffeemaschine einschaltete. Sie bereitete die Maschine immer am Vorabend vor, damit sie am Morgen nur auf den Knopf drücken musste. Sie hatte es mit entkoffeiniertem Kaffee versucht und gehofft, sie könnte sich daran gewöhnen, doch bisher ohne Erfolg. Darum erlaubte sie sich um ihres Babys willen nur eine einzige Tasse normalen Kaffees am Morgen.

„Stellen Sie sich doch am besten da drüben hin." Sie wedelte mit der Hand in Richtung Wandheizung und vermied direkten Blickkontakt mit Cort, als sie eine Dose neben dem Kühlschrank öffnete und ein paar Toffee-Stücke herausnahm. So, wie sie sich fühlte, kostete es sie eine Menge Selbstbeherrschung, nicht die Dose unter den Arm zu klemmen, sich irgendwohin zu verkriechen, um sie allesamt zu verspeisen. „Sie können ihre Jeans trocknen, während ich etwas gegen den Mop auf meinem Kopf tue." Sie wartete nicht auf eine Antwort, sondern eilte aus der Küche und den Flur hinunter.

Zumindest versuchte sie das. Watscheln war eine passendere Beschreibung, und von schnell konnte schon gar keine Rede sein. Doch sie wusste, wie sie aussah, und konnte unmöglich so bleiben. Mann oder nicht, niemand hatte es verdient, sie so ansehen zu müssen.

Cort blickte Lilly nach, als sie im Flur verschwand. Sie

war wirklich süß, besonders mit ihren zerzausten Haaren. Ihre Locken schienen ein Eigenleben zu besitzen, so wie sie in alle Richtungen von ihrem Kopf abstanden. Ihm war sofort aufgefallen, dass sie bei jedem Schritt mitwippten. Ihm war auch aufgefallen, wie sie ihr Elfengesicht einrahmten und was für einen hübschen Kontrast die dunklen Haare zu ihrer blassen Haut bildeten, der ihre goldenen Augen in der Morgensonne warm wie Honig wirken ließ. Doch da war mehr an ihr als nur ihr Aussehen, das ihn ihr mit dem Blick folgen ließ. Sie strahlte einen nicht greifbaren Argwohn aus. Sie war solch ein Paradox. Manchmal wirkte sie so draufgängerisch, und manchmal sah er etwas in ihren Augen – als hätte auch sie eine Vergangenheit. Eine Vergangenheit, die ganz wie seine Narben hinterlassen hatte. Er fragte sich, wie tief ihre waren.

Was dachte sie nur?

Er mochte die Wirkung, die seine Nachbarin auf ihn hatte, nicht. Er war hier, um sein Leben wieder in die Spur zu bekommen. Und das hatte nichts mit dieser Verrückten zu tun, die bald ein Baby zur Welt bringen würde. Er ging zur Heizung und wartete darauf, dass Lilly zurückkam, während er sich den Rücken wärmte und sein plötzliches Bedürfnis nach Gesellschaft niederrang.

Gesellschaft, die für einen Mann wie ihn zu nichts führen würde.

Er fühlte sich wie ein Bär in einer Falle, darum sah er sich um, um sich abzulenken. Lillys Zuhause erinnerte ihn an das Haus seiner Großmutter. Die Küche war groß und offen, mit weißen Schränken und einer grün marmorierten Resopalarbeitsfläche. Die grün-weiß karierten Vorhänge zierte eine Bordüre mit roten Hühnern. In der Ecke der Küche neben dem Gasherd stand ein großer, weiß lackierter Schrank mit Hasendrahteinsätzen vor einem Sammelsurium Untertassen. In der Mitte des Raumes war eine große Kücheninsel, und Cort stellte sich vor, dass viele Mahlzeiten dort vorbereitet worden waren. Es war eine typische Farmhausküche – warm, zweckmäßig und einladend.

Ein Geräusch am Fenster neben dem Frühstückstisch zog seine Aufmerksamkeit an.

Samantha stand davor, die Nase an die Scheibe gepresst. Das war wirklich ein seltsamer kleiner Esel. Während er sie beobachtete, drehte Samantha den Kopf und presste ein Auge gegen die Scheibe, als versuchte sie, besser sehen zu können. Dabei wischten ihre Wimpern Streifen in das von ihrem Atem beschlagene Glas.

„Ich habe ja gesagt, dass sie neugierig ist." Lillys Worte ließen ihn zusammenzucken.

Er drehte sich um. Innerhalb von nicht einmal einer Minute hatte sie ihre Haare mit etwas gezähmt, das gut duftete, und sich eine Latzhose und ein leuchtendrosa Oberteil angezogen. Sie sah aus – was tat das schon zur Sache, wie sie aussah? Cort riss den Blick von Lilly los und wandte sich dem haarigen Vieh vor dem Fenster zu.

„Neugierig, das können Sie laut sagen", nickte er. „Ich glaube nicht, dass ich je ein Tier wie Ihre Samantha gesehen habe."

Lilly nahm zwei Humpen aus dem Schrank und goss Kaffee hinein.

Cort brauchte dringend Kaffee. Sein Verstand war

benebelt von den Atemwölkchen aus Samanthas Nase, die die Scheibe beschlagen ließen.

„Sahne oder Zucker?", fragte Lilly mit einem strahlenden Lächeln. Es war offensichtlich, dass sie sich bemühte, freundlich zu ihm zu sein. Er musste das auch versuchen.

„Schwarz ist gut, danke."

Sie schob ihm eine Tasse entgegen, dann schaufelte sie drei gehäufte Teelöffel Zucker in die zweite Tasse.

Cort ging zu ihr hinüber, nahm seine Tasse und beobachtete sie dabei, wie sie mindestens genauso viel Kaffeeweißer in ihre Tasse schaufelte und anfing zu rühren.

Und rührte, und rührte.

Sie lächelte. „Ich rühre genau siebenundzwanzigmal um. Granny Bunches hat immer gesagt sechsundzwanzigmal reicht nicht und achtundzwanzigmal ist zu viel. Siebenundzwanzig ist die magische Zahl, die den Geschmack des Kaffees zu seinem vollen Potential aufblühen lässt."

Cort zog eine Augenbraue hoch und sah zu, als

Lilly die Tasse an ihre Lippen setzte, die Augen schloss und einen Schluck trank.

„Mmm, gut. Granny Bunches hatte definitiv Recht."

Diese Frau könnte Kaffee an Millionen von Zuschauern verkaufen, wenn sie im Fernsehen wäre. Allein vom Zusehen, wie sie das Aroma genoss, bevor sie einen Schluck trank, wollte Cort seine Tasse gegen ihre eintauschen. Und er war jemand, der seinen Kaffee in der Regel schwarz trank. Seine einzige Schwäche war Toffee, doch das war es dann auch schon, was Süßigkeiten anging.

Zu Toffee konnte er nie nein sagen, schon gar nicht zu Bananen-Toffee.

Sie lachte, öffnete die Augen und zwinkerte ihm zu. „Meine Großmutter hatte einen ganzen Haufen dieser streng geheimen Tricks. Sie hat sie mir alle in meiner Kindheit beigebracht."

Sie erzählte ein paar weitere Geschichten über ihre Großmütter und kicherte dabei. Da war etwas Weiches und ein Glitzern in ihren Augen, als sie sich erinnerte. Dann verfinsterte sich ihre Miene. „Natürlich war nicht alles, was sie mir beigebracht haben, süß und lustig. Granny Shu-Shu wäre furchtbar wütend, wenn sie wüsste, dass Ihresgleichen in ihrer Küche steht."

Cort trank einen Schluck von seinem heißen Kaffee und versuchte, sich nicht zu verschlucken, als Lilly seinem Blick begegnete und ihm erneut zuzwinkerte. Er konnte Granny Shu-Shu beinahe hören, die ihm sagte, dass er wertlos war.

„Sind Sie okay?", fragte sie, watschelte auf ihn zu und blickte zu ihm auf.

„Ja, ja, alles okay", presste er hervor, während die heiße Flüssigkeit ein Loch in seinen Magen brannte.

„Granny Gab würde jetzt sagen: kleinere Schlucke." Sie strahlte und wackelte amüsiert mit dem Finger. Die finstere Miene war wieder verschwunden und hatte dem unbeschwerten Mädchen Platz gemacht, das wild entschlossen zu sein schien, ihm zu demonstrieren, dass es ein umgänglicher Mensch war.

Cort starrte die kleine Elfe an, die zu ihm auflächelte. „Sind Sie immer so?"

Sie trat einen Schritt zurück, eine Hand unter ihrem Bauch, als wollte sie ihn stützen. „Wie denn?"

Sie nahm ihre Tasse, ging hinüber zum Tisch und setzte sich neben Samantha, die immer noch in die Küche blinzelte. Als sie mit den Fingern über die Fensterscheibe strich, rieb Samantha ihre Nase am Glas.

„Lebhaft." Das Wort sprang ihm von den Lippen. Ja, *lebhaft*, das beschrieb Lilly Tipps perfekt. Ob sie nun watschelte oder nicht, sie war die personifizierte Lebhaftigkeit.

Er beobachtete, wie sie einen Fuß nach dem anderen hochhob und auf dem Stuhl ablegte, den sie vor sich gezogen hatte. Sie trug bunt gestreifte Zehensocken.

„Lebhaft würde ich das nicht nennen. Ich habe das Gefühl, ich könnte jeden Moment platzen." Sie seufzte, trank einen weiteren Schluck und wackelte mit den Zehen. „Meine Beine fühlen sich so schwer an wie – vergessen Sie's. Ja, normalerweise habe ich eine Menge Energie. Aber genug über mich. All der Ärger, den Samantha Ihnen macht, tut mir wirklich leid. Und mein unfreundliches Benehmen von gestern Abend. Ich hatte die Situation nicht unter Kontrolle.

Manchmal rege ich mich über die dümmsten Dinge auf. Ich bin so froh, dass Sie Samantha eingefangen haben, bevor das Feuer ihre Haut erreicht hat. Danke."

Cort musterte Lilly. „Gern geschehen", sagte er und bemerkte, wie müde sie um die Augen herum aussah. Er fragte sich, was es mit diesen Scheinwehen auf sich hatte, die sie bei ihrer ersten Begegnung in seiner Scheune gehabt hatte. Er war zwar auf der Suche nach einem zurückgezogenen Leben nach Mule Hollow gekommen, doch er konnte die Tatsache nicht ignorieren, dass seine Nachbarin aussah, als könnte sie ein bisschen Hilfe gut gebrauchen.

Selbst, wenn all die Großmütter, die sie so gerne zitierte, ihr ziemlichen Unsinn über Männer in den Kopf gesetzt hatten. Er musste sich immer wieder daran erinnern, dass, was sie tat, allein ihre Sache war. Es war unwichtig, ob er es guthieß oder nicht.

„Machen Sie sich wegen Samantha keine Sorgen. Sieht so aus, als wäre sie das Herumstreifen gewohnt. Ich lasse mir was einfallen", sagte er. Allein und hochschwanger hatte diese arme Frau auch ohne Samantha schon genug, worum sie sich Sorgen machen musste. „Dass sie mich besucht ist keine große Sache. Wenn meine Showpferde nicht wären, wäre es mir egal."

„Ich verstehe vollkommen", seufzte sie. „Ich weiß, ich könnte sie einschließen, und das sollte ich auch."

Sie rieb einen Ohrring zwischen Daumen und Zeigefinger und blickte besorgt drein. Wieder wurde Cort bewusst, dass sie viel um die Ohren hatte. Wo war ihr Mann? Die Frage hatte ihn beschäftigt, seit sie ihm gesagt hatte, dass es keinen Mr. Tipps gab – und niemals geben würde. Was war passiert? Er wusste nicht, was er von ihrer generellen Abneigung Männern gegenüber halten sollte.

Was tut das schon zur Sache? Es geht dich nichts an.

Ja, doch Samantha war die eine Sache, bei der er ihr helfen konnte.

Er stellte die Tasse auf die Arbeitsfläche und ging zu seiner Jacke. „Lassen Sie sie nur. Ich lasse mir was einfallen – aber nur, wenn Sie mir versprechen, nicht wieder in der Nacht nach ihr suchen zu gehen." Er sah

Lilly streng an, in der Hoffnung, dass sie um ihres Babys willen auf diese eine Warnung hören würde.

Sie sah aus, als hätte sie eine bissige Antwort für ihn parat, doch dann überraschte sie ihn mit einem Lächeln von der Art, das ihn wie ein Schlag in die Magengrube traf.

„Das ist okay", sagte sie. „Ich schätze, Sie müssen nach Hause?"

„Ja, ich habe Pferde zu trainieren und Ställe auszumisten, und die Tage sind kurz", brummte er und zwang sich, nicht um eine weitere Tasse Kaffee zu bitten. „Das Tageslicht hält nicht lange, und nach der Mittagszeit fängt es wieder an, zu überfrieren. Brauchen Sie irgendwas?" Er musste fragen. Sein Gewissen verlangte das von ihm.

Sie schüttelte den Kopf. „Nein, danke. Ich brauche nichts."

Er nickte ihr zum Abschied zu und ging hinaus. Die Kälte trieb ihn fast wieder zurück in Lillys warme Küche, doch sein gesunder Menschenverstand sagte ihm, dass er nach Hause gehen und dort bleiben sollte.

Lilly hatte keine sonderlich hohe Meinung von

Männern, und er fragte sich, wo genau das herkam. Was war passiert, das alle Tipps-Frauen zu Männerhasserinnen gemacht hatte?

* * *

Lilly blickte Cort hinterher, als er vorsichtig hinaus zu seinem großen Truck in der Auffahrt ging. Er war kein Grinch … zumindest nicht ganz. Sie hatte den strengen Blick gesehen, als er sie gebeten hatte, nicht noch einmal nachts Samantha suchen zu gehen. Ihr erster Impuls war gewesen, ihm zu sagen, dass es ihn selbst wenn sie es täte, nichts anginge, doch etwas war hinter seiner harten Miene, etwas in seinen Augen, in seiner sanfteren Stimme gewesen – Sehnsucht, Bedauern … irgendetwas. Was auch immer es war, es hatte Lilly berührt. Es war tief an einen dunklen Ort in ihrem Herzen vorgedrungen, den sie abgeschlossen hatte und auch nicht wieder öffnen wollte, und doch hatte sie darauf reagiert und nichts gesagt.

Ihren Großmüttern hätte das ganz und gar nicht gefallen. Doch so war es nun einmal. Anstatt aufzubrausen, hatte sie lächelnd genickt und ihm gesagt, dass sie um des Babys willen Samantha nicht mehr mitten in der Nacht suchen würde.

Lilly war alles, was ihr Baby hatte. Ihre Großmütter waren nicht mehr da. Eine nach der anderen hatte das Zeitliche gesegnet, doch nicht, ohne ihr vorher einen Haufen gutgemeinter Ratschläge mit auf den Weg zu geben. Und Erinnerungen. So viele Erinnerungen. Wenn sie an Granny Shu-Shu und Granny Gab dachte, stellte sie sich Essig mit Zucker gemischt vor. So viel Schmerz und Bitterkeit in ihrem Leben. Beide waren von den Männern, die sie geliebt hatten, verletzt worden. Ihr Schmerz floss auch durch Lillys Adern, doch da war es wie ein Gift. Granny Bunches hatte versucht, die Bitterkeit zu verdrängen, Lilly zu zeigen, dass es auch andere Meinungen gab. Doch nachdem Lilly ihre eigene Zurückweisung erlebt hatte, war auch ihr Herz hart geworden. Sie arbeitete daran, die Vergangenheit zu überwinden und in die Zukunft zu blicken. Manche Tage waren gut, manche nicht.

Cort Wells verwirrte sie. Er schien seinen eigenen

Schmerz oder Erinnerungen zu haben, gegen die er ankämpfte. Vielleicht war das der Grund, warum sie diese seltsame Verbindung zu ihm spürte.

Lilly stand auf. Sie musste ihre Arbeiten für den Tag erledigen und dann am Katalog weiterarbeiten. Es gab immer einen Zaun, der repariert werden musste. Doch das Wetter war zu schlecht dazu. Morgen würde sie nach dem Zaun unten am Bach sehen, der ihr Anwesen von dem von Cort abgrenzte. Sie wollte nicht, dass Tiny, ihr Bulle, auf Wanderschaft ging. Es reichte bereits, dass Samantha Cort besuchen ging, wann immer es ihr gefiel. Lilly entschloss sich, sich zuerst um die Wäsche zu kümmern – alles, um gegen das irritierende Bedürfnis anzukämpfen, ihren Nachbarn wieder lächeln zu sehen.

KAPITEL SIEBEN

Lilly streckte sich. Sie war froh, dass sie sich entschieden hatte, im Haus zu bleiben. Sie hatte genug zu tun, um sich den ganzen Tag zu beschäftigen. Um ihre kleine Viehzucht zu finanzieren, brauchte sie zusätzliches Einkommen. Lilly hatte die letzten fünf Jahre Kataloge für den Verkauf von Rindern für eine Firma in Ranger bearbeitet. Sie scannte Fotos in ihren Computer und kontrollierte, ob die Informationen für jedes Tier korrekt und vollständig waren, bevor sie den Katalog für ihren Kunden zur Druckerei schickte. Es war ein guter Auftrag und ermöglichte ihr, weiter auf der Ranch zu leben, indem er ihr das nötige Einkommen einbrachte, um auf dem Land zu überleben, das ihrer Familie seit Generationen gehörte.

Es bedeutete jedoch auch endlose Stunden am Computerbildschirm, wenn die meisten Leute schon im Bett waren.

Sie sah sich in ihrem Haus um und seufzte. Genug für heute. Mehr würde sie heute sowieso nicht mehr zustande bringen. Es war ein langer Tag gewesen, und sie hätte schon lange im Bett liegen sollen. Mit schweren Schritten tapste sie in den Flur, um den Hintereingang abzuschließen, und blieb stehen, um ihren schmerzenden Rücken zu reiben. Vielleicht würde ein Heizkissen helfen. Ohne die Tür abzuschließen ging sie in den Garderobenschrank und holte das Heizkissen heraus.

Ihr Rücken fühlte sich an, als bearbeitete jemand ihn mit einem Presslufthammer.

Fünf Stunden vor dem Computer waren eindeutig zu viel. Doch sie hatte eine Deadline, darum blieb ihr nichts anderes übrig. Sie nahm ihre Verpflichtungen sehr ernst, und sie brauchte das Geld. Besonders jetzt, wo sie allein war und das Baby bald kommen würde.

Jeff Turner platzte in ihre müden Gedanken. Sie bemühte sich, nicht an ihren Exmann zu denken. Sein Mangel an Pflichtbewusstsein, besonders ihr und ihrem Baby gegenüber, ließ sie ihre Entscheidungen immer wieder bereuen. Es zerrte an ihrer Entschlossenheit, nach vorn zu blicken und das, was sie nicht mehr ändern konnte, zu vergessen.

Reue. Lilly verdrängte sie aus ihren Gedanken und ihrem Herzen. Das war nicht immer leicht.

In ihrer Ehe, die so schnell geendet hatte wie sie begonnen hatte, hatte es ein paar sehr harte Wochen gegeben. Diese Ehe war nicht wirklich eine Ehe gewesen, sondern viel eher eine Rebellion. Die immer optimistische Lacy Brown hatte Lilly geholfen, alles zu relativieren und negative Gedanken mit positiven zu ersetzen.

Sie war von einer Bande von Großmüttern aufgezogen worden, die fest gefasste Meinungen darüber gehabt hatten, wie man sein Leben leben sollte. Viele dieser Vorstellungen dachte sie nun neu durch. Es war nicht immer leicht, doch sie war entschlossen, positiv zu denken und ihrem Kind die beste Mutter zu sein, die sie sein konnte.

In diesem Moment erinnerte sie sich daran, dass sie Cort gesagt hatte, dass es nie einen Mr. Tipps gegeben hatte. Hatte es ja auch nicht. Bevor sie ihren Mädchennamen wieder angenommen hatte, war sie Mrs. Turner gewesen, doch trotz der verbalen Spitzfindigkeiten hatte sie Cort nicht die Wahrheit gesagt. Das würde sie richtigstellen müssen. Er musste wissen, dass sie Familie durchaus zu schätzen wusste. Sie hatte sich einfach hinreißen lassen, als sie wütend war – und das geschah leider recht häufig. Eine der negativen Seiten, bei ihren Großmüttern aufgewachsen zu sein, war, dass zwei von ihnen der Meinung gewesen waren, dass es vollkommen akzeptabel war, immer genau das zu sagen, was man dachte.

Ganz gleich, wem man damit wehtat.

Mit alten Gewohnheiten aufzuräumen war harte Arbeit! Doch Lilly war entschlossen, sich einiger sehr eigentümlicher Konzepte ihrer ungewöhnlichen Erziehung zu entledigen.

Plötzlich wurde ihr bewusst, dass sie

gedankenverloren in den Kühlschrank starrte. Brauchte sie Hitze für ihren schmerzenden Rücken oder Kälte? Granny Gab war diejenige gewesen, die ihr beigebracht hatte, einen Beutel Tiefkühlgemüse als Icepack zu verwenden. Schwarzaugenbohnen war das Gemüse ihrer Wahl gewesen.

Hitze. Heute brauchte sie Hitze.

Ein Geräusch vor dem Fenster ließ Lilly die Kühlschranktür schließen und zum Fenster gehen. Eine eisverkrustete Samantha starrte sie aus der Dunkelheit an.

„Samantha!"

Das dreiste kleine Ding, das sie so oft erwürgen wollte, würde krank werden, wenn sie draußen blieb. Doch was sollte sie tun? Cort hatte Recht. Sie konnte bei diesem Wetter nicht nach draußen gehen.

Samantha wusste, wo ihr Stall war. Sie wusste, dass Futter und Stroh in der Scheune waren und dass sie dort vor dem Eisregen sicher war.

„Bitte geh schlafen. Ich kann es nicht riskieren, dich rüber in die Scheune zu bringen." Schweren Herzens nahm Lilly das Heizkissen, schaltete das Licht aus und schleppte sich den Flur hinunter in ihr Schlafzimmer. Es gab nichts, was sie im Moment für Samantha tun konnte. Keine Sorge der Welt würde heute Nacht etwas daran ändern. Ihr Baby stand an erster Stelle.

Sie deckte sich zu und wollte gerade ihre Nachttischlampe ausschalten und sich auf das Heizkissen legen, als das Licht flackerte und ausging. Sie setzte sich auf.

Das war nicht gut.

Überhaupt nicht gut, dachte Lilly, als sie die Beine aus dem Bett schwang und der Schmerz von ihrem unteren Rücken bis in ihre Beine ausstrahlte. Sie hatte definitiv zu lange gearbeitet. Nach ein paar Minuten war das Licht immer noch aus, und es wurde kalt im Zimmer.

Samantha war um das Haus herumgelaufen und starrte Lilly jetzt durch die Spitzenvorhänge an. Lilly tat das alte Mädchen wirklich leid. Mit dem Strom hatte sich auch die Heizung verabschiedet, und etwas von der Kälte, die Samantha draußen ertragen musste, kroch ins Haus.

Lilly stand trotz der Schmerzen auf, denn sie wusste, sie musste Feuer machen. Sie klemmte sich ihre Decke und ihr Kissen unter den Arm und ging ins Wohnzimmer. Die Temperatur im Haus fiel rasch ab, doch es dauerte nicht lange, bis sie ein knisterndes Feuer im Kamin entfacht hatte.

Sie schloss das Gitter vor dem Kamin und wollte sich gerade umdrehen, um es sich auf Granny Shu-Shus kuscheligem Sofa bequem zu machen, als ein plötzlicher Schmerz ihr die Luft nahm. Glühendheiße Explosionen von Schmerz schossen durch ihren Rücken, um ihren Bauch, und ihre Knie gaben nach. Sie fing sich mit den Händen am Sofa ab.

Das waren *keine* Scheinwehen.

Nichts von dem, was sie spürte, war Schein.

Es war soweit.

Als Lilly sich darauf konzentrierte, durch die Wehe hindurch zu atmen, stöhnte sie. Sie hielt sich den Bauch und tastete sich in Richtung Telefon in der Küche. Wen sollte sie anrufen? Sie war noch nicht soweit. Sie sollte noch einen ganzen Monat zur Vorbereitung haben.

Sie keuchte, als die nächste Welle sie traf, gerade, als sie in der Küche angekommen war und das Telefon ergriff.

Es war zu früh, nicht so, wie es sein sollte. Lilly wählte den Notruf und presste den Hörer an ihre schweißnasse Wange.

Es dauerte einen Moment, bis sie begriff, dass die Leitung tot war.

Sie war an einem Ort, wo Fuchs und Hase sich gute Nacht sagten, hatte Wehen, und das Telefon war tot.

Stille, Schweigen, nichts … tot.

Im blassen Licht des Vollmondes, der sich zwischen den dicken Wolken hervor gekämpft hatte und sein vorhangloses Schlafzimmer erhellte, schreckte Cort aus dem Schlaf hoch. Wind und Hagel peitschten gegen das Fenster, als Loser mit seiner haarigen Pfote gegen seine Nase klatschte.

Schnaubend schlug er mit der Hand nach Losers stinkenden Zehen und traf stattdessen sein eigenes

Auge. Fluchend schob er den schlafenden Mischling von seinem Kissen und musste niesen, als Hundehaare und weiß Gott was sonst noch alles dabei aufstieben. Er konnte sich durchaus einen Anblick vorstellen, zu dem er lieber aufgewacht wäre als Loser, der auf sein Kissen sabberte.

Als er das schiefe Grinsen auf Losers haarigem Gesicht sah, schwappte eine Welle von Selbstmitleid über Cort hinweg – ein Gefühl, dass er verabscheute. Als ihm stechender Flatulenzgestank entgegenschlug, sprang er aus dem Bett.

„Jetzt reicht's", knurrte er und versetzte dem übelriechenden Hund einen Stoß. „Raus aus meinem Bett. Schluss mit der Sabberei auf meinem Kissen oder auf meinen Laken. Kein–"

Ein kratzendes Geräusch unterbrach seine Tirade. Seine Küchentür wurde geöffnet. Cort wirbelte herum, und ihm wurde plötzlich bewusst, dass er nicht vom Sturm aufgewacht war.

Jemand war dabei, in sein Haus einzubrechen.

Loser hatte es auch gehört und sprang auf. Seine riesigen Ohren standen ab – soweit das bei

Schlappohren möglich war – und er stieß einen Laut aus, wie Cort ihn noch nie gehört hatte oder je wieder hören wollte.

Geschockt von der Reaktion seines sonst so lethargischen Hundes, sprang Cort aus dem Weg, als Loser plötzlich zum Leben erwachte. Mit einem lauten Jaulen sprang Loser vom Bett, rutschte über den Dielenboden und aus der Schlafzimmertür hinaus.

In Corts Kopf drehte sich alles. Das Adrenalin rauschte in seinen Adern. Er hatte es zur Tür geschafft, als Loser aufheulte und zurück ins Zimmer gerast kam, mit Corts Beinen kollidierte und beide zu Boden gingen. Im nächsten Moment fand sich Cort am Boden wieder, mit Losers hinterem Ende auf seinem Gesicht und einer Hinterpfote auf einem Ohr.

So nahe hatte Cort einem Hund nie kommen wollen.

Spuckend und prustend schob er den zitternden Fellmop von seinem Gesicht.

„Loser! Hund! Was ist nur los mit dir?“ Schweres Klappern auf dem Dielenboden zog seine Aufmerksamkeit an, und als er aufblickte, hätte er beinahe selbst geschrien.

Samantha – zumindest glaubte er, dass es Samantha war – stand in der Tür. Eine pudrige Eisschicht überzog ihr haariges Gesicht und Eiszapfen hingen wie glitzernde Ohrringe von ihren Ohren.

Das musste der seltsamste Anblick gewesen sein, den er je gesehen hatte. Um ihren Hals trug sie eine Umhängetasche.

Samantha, der Esel mit Ohrringen und Umhängetasche. Was für ein bizarrer Alptraum. Doch dann schnaubte sie und spritzte eine Wolke schmelzenden Eises über ihn.

„Ah – komm schon! Musste das sein?", stöhnte er, wischte sich über das Gesicht und starrte den Esel – und die Damenhandtasche um seinen Hals an.

Lilly konnte nicht fassen, dass sie es geschafft hatte, Samantha ihre Handtasche um den Hals zu hängen, und hielt sich selbst für verrückt zu hoffen, dass der Esel die Notiz, die sie in die Handtasche gesteckt hatte, zu Cort bringen würde. Sie konnte nicht fassen, dass sie echte Wehen hatte. Doch sie waren echt, und ihre einzige Hoffnung war diese zottelige gute Seele mit einer unmöglichen Mission.

Es war kein Traum.

Plötzlich war sie froh, dass Samantha penetrant beim Haus geblieben war. Das süße Ding hatte mehr oder weniger die Tür eingerannt, um Lilly zu helfen. Die Idee mit der Handtasche war ihr gekommen, als sie in der Tür gestanden hatte und sie wusste, dass sie es mit den Schmerzen unmöglich zu ihrem Truck schaffen konnte – von Fahren ganz zu schweigen. Als ihr Blick auf ihre Handtasche an der Garderobe gefallen war, hatte sie gewusst, was sie tun musste. Jetzt konnte sie nur hoffen, dass es funktionierte.

Nachdem sie Samantha losgeschickt hatte, um Hilfe zu holen, war Lilly wieder ins Wohnzimmer zurückgekehrt. Sie hatte ihre Decke vom Sofa gezogen und sie vor dem Feuer am Boden ausgebreitet. Ihre Wehen hatten eine Weile nachgelassen, dann waren sie mit doppelter Wucht zurückgekehrt. Nach jeder Wehe lag sie da, erschöpft und keuchend, von Sinnen vor Angst.

Ihr armes Baby!

Welches Kind wollte eine Mutter, das nicht vernünftig genug war, sich auf Notfälle vorzubereiten? Eine Mutter, die einem Esel ihre Handtasche um den Hals hängen und ihn Hilfe hole schicken musste?

Wenigstens war Samantha schlauer als Lilly und würde es zu Corts Haus schaffen. Hoffentlich war er schon unterwegs hierher. Hoffentlich würde sie das alles überleben, dachte sie, als die nächste Wehe ihr den Atem nahm. Sie krallte ihre Hände in die Decke und versuchte verzweifelt, sich zu entspannen und sich an einen Punkt an der Wand zu konzentrieren, wie es in den Lamazebüchern stand. Doch mit zugekniffenen Augen konnte sie die verflixte Wand nicht einmal sehen.

Wie sollte sie durchhalten und das arme Kind zur Welt bringen, wenn sie nicht einmal in der Lage war, den ersten Schritten zu folgen?

Wie sollte sie dieses Baby allein zur Welt bringen? Ihr Leben war ein Scherbenhaufen.

In Panik auszubrechen war gar nicht Lillys Art. Sie war nie eine Heulsuse gewesen, doch der Schmerz wurde immer intensiver, und die Tränen kamen einfach. Sie wünschte sich verzweifelt jemanden oder etwas, an dem sie es auslassen konnte, woran sie sich festklammern konnte. Sie wünschte sich, den Schlaumeier zwischen die Finger zu bekommen, der gesagt hatte, dass eine natürliche Geburt das Beste für Mutter und Kind war.

Die Wehe ließ nach und mit ihr der Schmerz. Seltsam zu denken, dass sich Wut in alle ihre Angst mischte. Sie hatte gelesen, dass das normal war. Doch lustig war es nicht.

Während Lilly vor dem langsam niederbrennenden Feuer auf der Decke lag, kamen gewisse Dinge in ihrem Leben in den Fokus – schärfer, klarer.

Sie wünschte sich, jemand wäre hier, um ihre Angst zu lindern. Um die Veränderung, die der Schmerz in ihr auslöste, zu begleiten. Jemand, der die Hand hielt, die sie niemandem geben wollte, und ihr die Stirn abwischte, wenn ihr nicht danach war. Jemand, der sie in guten wie in schlechten Zeiten liebte. Der ihren Stolz teilen würde, wenn sie den Lohn für ihre Qual in Händen hielt.

Doch Lilly hatte niemanden.

Es gab nichts und niemanden, der diese Sehnsucht stillen konnte, die immer in ihrem Herzen gewesen war.

Sie war so müde. Sie ergab sich der Erschöpfung und schloss die Augen, als die nächste Wehe endete. Sie war viel zu benebelt, um noch Angst oder Wut zu empfinden. Sie konnte ihre Situation nur mit einem dumpfen Gefühl des Staunens wahrnehmen. Waren ihre Großmütter durch dasselbe Tal des Zweifels gegangen? Hatten sie sich je gewünscht, dass alles anders wäre, dass jemand ihnen beistand?

Waren Männer wirklich so, wie sie glaubten? Lilly hatte sich immer insgeheim gewünscht, dass sie im Unrecht waren.

Sie wollte an Helden glauben.

Gab es da draußen irgendwelche Helden?

KAPITEL ACHT

Cort starrte durch die Windschutzscheibe auf den Baum, der den Weg blockierte. Er war auf halbem Weg zu Lillys Haus und hatte für die kurze Strecke bereits eine halbe Stunde gebraucht. Die Nachricht in ihrer Handtasche war in zackiger Handschrift eilig geschrieben. „Das Baby kommt. Brauche Hilfe."

„Wir sind schon eine tolle Kavallerie", knurrte er Loser an, der ihn ansah und kurz wuffte. „Ich schätze, von hier an müssen wir zu Fuß weiter." Loser knurrte. Ihm gefiel die Idee ganz und gar nicht, und er zeigte es, indem er sich in die hinterste Ecke des Trucks zurückzog und Cort skeptisch anblinzelte.

„Schau mich nicht so an. Ich musste dich mitnehmen." Da er nicht wusste, wann er wieder nach Hause kommen würde, hatte er Loser angeleint und mitgenommen.

Jetzt streckte er sich nach dem Hund aus, der sich mit seinem ganzen Gewicht gegen ihn stemmte, um nicht nach draußen in die Kälte gezogen zu werden. Er kratzte mit den Krallen über den Sitz, und wenn Cort sich nicht solche Sorgen um seine Nachbarin gemacht hätte, hätte er wahrscheinlich gelacht.

Doch stattdessen streckte er sich, packte Loser um die Mitte und hob ihn aus dem gestrandeten Truck.

Er war gerade losgelaufen und fragte sich, ob er jemals ankommen würde, als Samantha aus der Dunkelheit kam. Der fette kleine Esel rannte schneller, als Cort je einen Esel hatte rennen sehen.

Und sie war alles andere als glücklich, ihn da stehen zu sehen.

Cort konnte es ihr nicht verdenken. Er hatte Samantha auf seinem Hof gelassen, nachdem ihm bewusst geworden war, dass der Strom aus und die Telefonleitung tot war.

Womit er jedoch nicht gerechnet hatte war, dass der Sturm Bäume umreißen würde – genauso wenig wie damit, dass der Esel schneller vorankommen würde als er. Die arme Lilly. Wenn sie ganz schnell Hilfe brauchte, war sie in ernsten Schwierigkeiten.

Samantha musste zu demselben Schluss gekommen sein, denn sie warf Cort einen Blick zu, streckte die Nase in die Luft und klapperte an ihm und Loser vorbei. Der Hund bellte, schnappte nach ihrem Lauf und handelte sich einen Tritt gegen die Schnauze ein, als Samantha plötzlich vor dem umgestürzten Baum stehenblieb.

Cort ging in Richtung Straßengraben, um den Baum zu umgehen, als Samantha den Kopf senkte und an ihm vorbei pflügte. Cort folgte ihr, den frustriert vor sich hin knurrenden Loser im Schlepptau. Das war das Revier des Esels, und er kannte den schnellsten Weg nach Hause. Wenn das bedeutete, dass Cort dem Esel folgen musste, dann war er gerne bereit es zu tun. In den folgenden fünf Minuten rutschte und schlitterte

Cort öfter auf der vereisten Straße als er zählen wollte. Der Schneeregen war so dicht, dass er kaum mehr als zwei Meter voraussehen konnte. Um Lillys willen schwang er sich schließlich auf den Rücken des fetten kleinen Esels. Es war kein schöner Anblick, und er hoffte, dass keiner seiner Kumpels ihn auf dem grotesken Tier reiten sehen würde, sonst wäre sein Ruf für immer dahin.

Und das war, bevor Loser wütend wurde und Samantha ins Hinterteil gezwickt hatte…

Lilly riss die Augen auf und schrie.

Sie hatte nicht nur das Gefühl, einen Medizinball zur Welt zu bringen, jetzt brachen auch noch Eismonster in ihr Haus ein! Sie musste halluzinieren, wahrscheinlich vom Schmerz oder weil sie die Atemübungen, die sie seit eineinhalb Stunden praktizierte, falsch machte und hyperventilierte.

„Nicht erschrecken. Ich bin's, Cort. Ich bin gekommen, um zu helfen.“

Lilly starrte ihn an, als die nächste Wehe kam.

„Was ist mit Ihnen passiert?", keuchte sie, dann hechelte sie. Sie fühlte sich wie ein Bernhardiner an einem heißen Sommertag ohne Schatten. Sie war so müde, doch irgendwo in ihrer Verzweiflung hatte sie ein bisschen Energie gefunden, um durchzuhalten.

Cort wischte sich über sein eisverkrustetes Gesicht und fuhr sich mit der Hand durchs Haar. „Samantha ist passiert. Aber die wichtigere Frage ist: was ist mit Ihnen? Wissen Sie nicht, dass es keine gute Idee ist, mitten im Nirgendwo ein Baby zur Welt zu bringen?"

Die Wehe erreichte ihren Höhepunkt und blieb da. Erschöpft, doch erleichtert, dass sie nicht mehr allein war, kniff Lilly die Augen zu. Sie krallte die Decke und hätte beinahe losgeheult, als Cort seine Hand auf ihre legte. Lilly war noch nie in ihrem Leben so glücklich gewesen, einen Mann zu sehen.

Einen ruhigen Mann, der die Regie übernahm.

Lilly drückte seine beruhigende Hand, seufzte und entspannte sich.

Cort gefiel gar nicht, was er vorgefunden hatte. Um

Lillys willen zwang er sich, ruhig zu wirken. Doch wenn er ehrlich war, hätte er am liebsten auf dem Absatz kehrt gemacht, hätte sich auf Samanthas Rücken geschwungen und wäre davon geritten.

Er konnte unmöglich dieses Baby zur Welt bringen!

Alles, was er immer gewollt hatte, war, eine Familie zu haben, doch eine Geburt? Das konnte er nicht. Er hatte es noch nicht einmal geschafft, bei der Geburt eines seiner Fohlen zuzusehen, denn wenn er Blut sah, neigte er dazu, einfach umzukippen.

Und Babys wurden nun einmal nicht geboren, ohne dass Blut floss.

Er sah Lilly an. Sie schwitzte und hatte offensichtlich Schmerzen, doch sie schaffte es, tapfer die Fassung zu bewahren. Sie quetschte ihm das Blut aus der Hand, und ihre Augen waren matt vor Erschöpfung, doch ihr Kampfgeist war eindeutig noch da. Er hatte ihn schon bei ihrer ersten Begegnung in seiner Scheune bemerkt. Sie war so unabhängig, wie man nur sein konnte, doch jetzt suchte sie seine Hilfe. Als wäre er ein Held.

Er schluckte seine Angst herunter. Das war seine Schuld. Er war derjenige, der sie mit dem Lasso eingefangen und zu Boden gerissen hatte.

Damit hatte er wahrscheinlich die Wehen ausgelöst. Das würde er sich nie verzeihen.

„In welchem Abstand kommen die Wehen?", fragte er und staunte, wie ruhig seine Stimme klang. Seine Worte ließen Lillys Miene vor Dankbarkeit strahlen, und das wiederrum machte ihm Mut.

„Keine Ahnung. Ich weiß nur, dass es kein Spaß ist." Sie runzelte die Stirn und schnitt eine Grimasse.

„Wo sind die Schlüssel zu Ihrem Truck?" Er rang den Drang nieder, ihr über die Stirn zu streicheln.

„Im Truck", presste sie zwischen zusammengebissenen Zähnen hervor.

„Bereit für eine Spazierfahrt?", fragte er, und als sie nickte, fuhr er fort. „Ich muss Sie ins Krankenhaus bringen." Er schickte ein Stoßgebet gen Himmel, dass er es schaffen würde, sie dorthin zu bringen, bevor das Baby kam. Doch er hatte das ungute Gefühl, dass sie es nicht schaffen würden. „Ich bin gleich zurück." Er rannte aus dem Haus. Da er wusste, dass sie keine Zeit zu verschwenden hatten, packte er Loser auf dem Weg hinaus.

„Tut mir leid, Kumpel, aber wir müssen wieder fahren." Draußen heulte der Wind, und eine dicke Eisschicht machte jeden Schritt gefährlich. Mit Mühe schaffte er es zur Scheune, während er einen sehr unglücklichen Hund trug und dabei versuchte, keine Bauchlandung hinzulegen. Er konzentrierte sich darauf, nicht zu fallen, denn in letzter Zeit war er für seinen Geschmack ein paarmal zu oft auf dem Hinterteil gelandet. Er hätte Loser absetzen sollen, doch er wollte nicht, dass der Hund Lillys Sitze nass machte. Er balancierte verkrampft auf dem Eis und war dankbar, als Samantha um die Ecke der Scheune herum gestürmt kam, als er das Tor aufriss.

Das alte Mädchen tat ihm leid. Ihr Fell war vereist, doch er wusste, dass sie dem Truck folgen würde wie zuvor, und wenn sie zu seinem Truck kamen, würde sie vielleicht in seine Scheune gehen, um dem Sturm zu entkommen und den Rest seiner Alfalfawürfel auffressen. Wenn sie ihnen nicht folgte, dann würde Cort sie um ihretwillen in ihre Box einsperren.

„Alles wird gut, Samantha. Komm einfach hinter uns her. Ich verspreche dir, dass ich mich um sie kümmern werde." Er kraulte Samantha kurz zwischen den Augen. *Ich rede mit einem Esel!* Er schüttelte den Kopf, kletterte in den Truck, und als er den Zündschlüssel drehte, erwachte der Motor stotternd zum Leben. „Ja!", entfuhr es ihm, und Loser zuckte erschrocken zusammen.

Als er rückwärts aus der schützenden Scheune fuhr, kroch Loser näher. Cort beobachtete Samantha, als er an ihr vorbeifuhr, und sah, wie sie neben der Hinterachse herlief, als er langsam auf das Haus zu rollte. Cort stellte den Truck direkt vor der Veranda ab, bevor er ausstieg und ins Haus zurückkehrte, um Lilly zu holen.

In diesem Moment fluchte er, weil er zur Zeit kein Handy hatte. Letzte Woche war seines dem Huf eines Pferdes zum Opfer gefallen, als es während einer Trainingseinheit aus seiner Tasche gefallen war. Bis Ranger war es ein weiter Weg, und er hatte noch keine Zeit gehabt, dorthin zu fahren, um ein neues Handy zu kaufen. Doch es hätte wahrscheinlich sowieso nicht viel genutzt, denn in Mule Hollow gab es mehr Funklöcher als Stellen, an denen man Empfang hatte. Doch mit einem Handy hätte er zumindest versuchen können, Hilfe zu rufen.

Lilly wartete in der Küchentür auf ihn. Sie hatte einen Mantel um ihre Schultern gehängt und eine Reisetasche stand zu ihren Füßen. Ihr Gesicht war blass, und ihre Augen waren riesengroß, doch sie lächelte ihn an, auch wenn er an ihren weiß vortretenden Fingerknöcheln sehen konnte, dass sie Schmerzen hatte.

„Ich bin soweit, doch wir sollten uns beeilen. Die Wehen kommen immer dichter aufeinander." In diesem Moment verzog sie das Gesicht, und sie wäre auf die Knie gesackt, wenn Cort sie nicht gestützt hätte.

Er hob sie auf, nahm ihre Reisetasche und warf einen Blick auf das Feuer im Kamin. Er würde später zurückkommen müssen, um die Glut zu löschen und abzuschließen.

„Halten Sie durch, Lilly. Wir bringen Sie und Ihr

Baby ins Krankenhaus. Versprochen." Er hatte nie etwas so sehr gemeint wie dieses Versprechen.

Er würde sie in Sicherheit bringen. Er würde sie nicht im Stich lassen.

Als Cort die Tür des Trucks öffnete und sie vorsichtig auf den Beifahrersitz schob, schoss der Schmerz wie ein siedendes Messer durch Lillys Bauch. Sie hatte solche Schmerzen, dass sie fast geschrien hätte, doch dann fiel ihr Blick auf den zotteligen Hund mit den buschigen Augenbrauen. Sie konzentrierte sich auf das merkwürdige Tier und vergaß dabei zumindest einen Teil ihrer Schmerzen. Am ganzen Leib zitternd, starrte er sie mit verzweifeltem Blick an. Sein Aussehen brachte Lilly zum Lächeln. Er war eine so bemitleidenswerte kleine Kreatur, dass sie ihn am liebsten in den Arm genommen und geliebt hätte, bis er vor Begeisterung mit dem Schwanz gewedelt hätte.

Sie streckte die Hand aus und wollte ihn gerade streicheln, als Cort die Fahrertür aufriss und einstieg.

„Wow, was für eine Nacht." Er legte einen Gang

ein und gab langsam Gas.

Was für eine Nacht war die Untertreibung des Jahres, dachte sie und stützte sich am Armaturenbrett ab, als der Truck einen Satz nach vorn machte. Sie erschrak, als Corts Hand vorschoss und sie am Ellbogen packte.

„Sind Sie okay? Das Eis macht alles ein bisschen schwieriger."

„Ja, alles okay. Fahren Sie so schnell oder so langsam Sie es für nötig halten, damit wir in einem Stück ankommen."

Cort konzentrierte sich und lenkte den alten Truck vorsichtig die gekieste Straße entlang. Lilly beobachtete ihn und versuchte, nicht daran zu denken, wie dicht die Wehen bereits aufeinander folgten, als die nächste begann.

„Oh!", keuchte sie. Der Hund und Cort starrten sie mit großen Augen an. „Ohhh, auuu! Ich glaube, ich muss mich hinlegen–"

„Loser, beweg dich. Runter Junge!", befahl Cort, und der arme Hund sprang vom Sitz, dann drehte er sich um und stieß Lilly seine feuchte Nase ins Gesicht.

Als Lilly sich auf die Sitzbank legte, wurde ihr bewusst, dass Loser kein guter Name für einen Hund war. Wirklich furchtbar. Genau wie der Schmerz.

Ganz furchtbar. Sie wollte nicht, dass ihr Baby in diesem Truck zur Welt kam.

Sie betete, als Cort den Truck anhielt, heraussprang und die Tür hinter sich zuschlug. Er kam auf ihre Seite und nahm sie schnell in die Arme, bevor er sie in die bittere Kälte hinaustrug.

„Was machen Sie?", fragte sie und klammerte sich an ihm fest, als ihre getreue Samantha neben ihnen her trottete. „Wir müssen umsteigen. Tut mir leid, aber um den umgestürzten Baum kommen wir nicht rum. Mein Truck steht auf der anderen Seite. Zum Glück hat Samantha kein Problem, einen sicheren Weg zu finden." Durch den Schmerz wurde ihr bewusst, dass Samantha ihnen den Weg um den riesigen umgestürzten Baum herum zeigte. Loser folgte ihnen wenig begeistert schnaubend. Lilly konnte nicht anders – trotz der Tränen musste sie kichern.

Was für einen Anblick sie doch abgaben. Ein haariger Esel mit dickem Bauch, ein missmutiger

Hund und Cort und sie. Ihr wurde bewusst, dass auch sie einen dicken Bauch hatte, und normalerweise war er der Missmutige, doch im Augenblick war wohl gerade niemand sonderlich guter Stimmung.

Als Cort ihr einen finsteren Blick zuwarf, musste sie noch mehr kichern.

„Armer Kerl", hickste Lilly durch den Schmerz und das Kichern. „Sie fragen sich wahrscheinlich, was Sie sich mit Ihrem Umzug hierher eingebrockt haben." Sie lehnte ihren Kopf an seine Schulter und hielt ihn fester. „Ich glaube, Sie sind ein Gottesgeschenk."

Sie spürte, wie er sich verspannte.

„Da bin ich nicht sicher, aber ich bin froh, dass ich hier war, um zu helfen", sagte er schroff. Sie erreichten seinen großen viertürigen Truck, und er setzte sie vorsichtig auf der Rückbank ab, dann stiegen er und Loser vorn ein. Samantha beobachtete Lilly durch das Fenster, als Cort den Truck umlenkte, um in Richtung Ort zu fahren. Loser stand auf seinen Hinterbeinen und beobachtete sie neugierig. Sein Kopf ruhte auf der Rückenlehne, und seine Schlappohren hüpften bei jedem Schlagloch, durch das der Truck fuhr.

Lilly konzentrierte sich auf Loser, nachdem sie Samantha, die hinter ihnen her getrottet war, vor Corts Auffahrt aus ihrem Blickfeld verloren hatte. Sie wusste, dass sie in Corts Scheune gehen würde, wo sie sicher war, doch Sams verlorenes Schreien, als sie begriffen hatte, dass sie nicht mitkommen konnte, hatte ihr fast das Herz zerrissen. Sie liebte diesen sturen kleinen Esel.

Erschöpft vor Angst und Schmerz schloss Lilly die Augen und betete. Sie wollte dieses Baby nicht am Straßenrand zur Welt bringen, doch sie wusste, dass sie es nie nach Ranger schaffen würde.

„Wie geht's Ihnen da hinten?"

Corts Stimme klang angespannt. Lilly wollte weinen. Sie wollte schreien. Herausplatzen, dass nichts richtig war. Dass ihr ganzes Leben nicht richtig war. Doch das tat sie nicht. Wie konnte sie einem Wildfremden etwas sagen, das sie ihr ganzes Leben tief in ihrem Innersten unterdrückt hatte? Das konnte sie nicht.

„Nicht so gut, aber wir halten durch", presste sie heraus. Sie würde optimistisch bleiben, selbst wenn es sie umbrachte. Sie würde die Dunkelheit verdrängen und zum Licht blicken.

„Alles wird gut, Lilly", versicherte Cort ihr.

Seine ruhigen Worte beruhigten auch sie. Und plötzlich wurde ihr bewusst, dass Gott ihr die drei wunderbarsten Beschützer geschickt hatte, die man sich nur wünschen konnte.

Einen süßen Esel, einen herzallerliebsten Hund und einen umwerfenden Grinch, der nicht wirklich ein Grinch war.

KAPITEL NEUN

Cort konzentrierte sich darauf, Lilly so schnell wie möglich irgendwo hinzubringen, wo jemand ihr helfen konnte. Sie war still auf der Rückbank, und er wusste, dass sie wie eine Kriegerin gegen den Schmerz ankämpfte. Sie hatte mehr Mumm als so mancher Mann, den er kannte. Seine Gedanken rasten, als er überlegte, wo er sie hinbringen konnte. Er könnte es mit Ranger versuchen.

Zu weit.

Er wusste nicht viel über Geburten, doch er wusste, dass sie unmöglich noch siebzig Meilen durchhalten würde, selbst wenn die Straßen nicht vereist wären.

Mule Hollow war ihre beste Chance.

Die wenigen Frauen, die es in Mule Hollow gab, lebten zum größten Teil in Adelas Mietshaus. Als er die Ranch gekauft hatte, war er überrascht gewesen, wie wenige Frauen es in dem kleinen Ort gab, doch da sein Frauenbild derzeit nicht gerade positiv war, nachdem seine Frau ihn verlassen hatte, war das Fehlen von Frauen ein Argument gewesen, den Ort als seine neue Heimat auszuwählen.

Welch Ironie. Ein Mann, der mindestens ein Jahr keine Frau hatte sehen wollen, betete, jetzt so viele wie möglich zu finden, um Lilly zu helfen.

Losers Schwanz traf ihn am Hals, und Cort warf dem Mischling einen Blick zu. Er stand auf dem Sitz, starrte Lilly an und hatte angefangen zu winseln und von einer Pfote auf die andere zu treten wie ein nervöser Vater. Als Lilly stöhnte, versuchte er, ihr näher zu kommen, und sein zotteliger Schwanz traf Cort ins Gesicht wie ein außer Kontrolle geratener Scheibenwischer. Lilly stöhnte erneut und holte scharf

Luft. Loser hüpfte daraufhin aufgeregt auf dem Sitz herum, winselte in Corts Ohr und bohrte seine spitzen Krallen in Corts Schulter. Cort konnte ihn beinahe schreien hören: „Tu was! Irgendwas!"

Ja, Cort, tu was!

„Lilly, Sie müssen atmen", sagte er und blickte über seine Schulter. Im fahlen Licht konnte er sehen, dass ihre Augen vor Schmerz und Angst weit aufgerissen waren. „Sie wissen schon. Hecheln. He-he-he. Ja, ich glaube, so geht's." Zu seiner Erleichterung tat sie es. „So ist gut. Immer schön weiteratmen. Wir sind fast an der Kreuzung. Der Ort ist nicht mehr weit. Da finden wir Hilfe."

„Danke … ich muss … pressen–"

„Nein!" Corts Herz sprang beinahe aus seiner Brust. „Nicht pressen. Auf gar keinen Fall. Bis zum Ort ist es nicht mehr weit. Atmen. Atmen Sie tief ein, und was immer Sie auch tun, nicht pressen!"

Panik stieg wie heiße Lava in ihm auf, und er trat so fest aufs Gas, wie er sich das bei den Straßenverhältnissen zutraute. Der Truck schlingerte. Er nahm den Fuß vom Gas, lenkte dagegen, und gab erneut Gas, als er spürte, dass die Reifen wieder Griff hatten. „Nicht pressen", sagte er erneut. „Wir schaffen das schon."

Jemand würde wissen, was zu tun war. Adela Ledbetter schien ihm eine weise Frau zu sein. Sicher hatte sie viele Geburten miterlebt.

Sie würde Lilly helfen können.

Bitte lass Adela die Tür aufmachen, wenn wir ankommen.

Als Cort erneut über seine Schulter blickte, brach es ihm fast das Herz, als er Lillys verängstigtem Blick begegnete. Sie hatte furchtbare Angst. Sie wollte ihr Baby auch nicht in einem Truck zur Welt bringen. Es war schlimm genug zu wissen, dass sie ihr Baby in einem Kuhkaff mitten im Nirgendwo ohne medizinische Notfallversorgung zur Welt bringen musste. Das Mindeste, was er tun konnte, war, sie wohin zu bringen, wo jemand war, der wusste, was zu tun war.

Er schob Losers Pfoten von seiner Schulter, tastete hinter sich und ergriff Lillys Hand, die sie auf ihren Bauch gepresst hielt. Sie war feucht und zitterte, und fühlte sich so zerbrechlich in seiner großen Hand an. Als er sie sanft drückte, spürte er, wie sich ihre Finger wie ein Schraubstock um seine schlossen. Das kleine Persönchen hatte Kraft!

„Alles wird gut, Lilly", sagte er. Wenn sie ihm die Blutzufuhr zu seinen Fingern abquetschen musste, um ihren Schmerz zu lindern, dann sei's drum.

Er sah sie an, wagte es jedoch nicht, seinen Blick zu lange von der Straße abzuwenden. Sie war schweißnass und gerade mitten in einer Wehe, doch sie schaffte es zu nicken und ihm ein schwaches Lächeln zu schenken, das Cort mitten ins Herz traf.

Sie kamen zur Hauptstraße. Er hielt weiter Lillys Hand, da es ihr durch die Schmerzen zu helfen schien, und lenkte den Truck mit einer Hand um die Kurve. Die Reifen schlitterten, fanden jedoch schnell wieder Halt. Loser purzelte auf den Rücken und trat hilflos um sich, als er über die Sitzbank gegen die Tür und dann mit dem Kopf voran in den Fußraum rutschte.

„Tut mir leid, Kumpel", entschuldigte Cort sich und musste trotz der Situation über den empörten Blick des Hundes schmunzeln. „Du musst weiteratmen, Lilly

– he-he-he…“, erinnerte er sie.

„Das he-he-he funktioniert nicht! Ahhh!“

Endlich sah er das große alte Haus, das wie ein Stützpfeiler des Ortes wirkte. Es erinnerte Cort eher an ein Hotel als an ein Wohnhaus, und er konnte gut nachvollziehen, warum Adela es in Apartments aufgeteilt hatte.

In der finsteren Nacht war es der schönste Anblick, den er sich vorstellen konnte. Erleichtert sah er, dass Licht über dem Eingang brannte. Sie hatten Strom!

Als er vor dem Haus vorfuhr, erleuchteten seine Scheinwerfer einen rosa Cadillac, der am Straßenrand parkte. Ein seltsamer Wagen, doch er hatte ihn schon ein paarmal im Ort gesehen, wenn er Futter geholt hatte.

Wer wohl einen solchen Wagen fuhr?, fragte er sich einen Moment, bevor er den Motor abstellte und die Tür aufstieß. „Wir sind da! Aber bitte noch nicht pressen!“

Er sprang aus dem Truck, und Loser wollte ihm folgen

Der Hund starrte ihn erschrocken an, als Cort die Tür zuwarf und ihn mit Lilly im Wagen einsperrte. Sie hechelte und schnaufte wie eine Dampflok.

Cort hämmerte an die große, geschnitzte Tür. Einen Moment später flog sie auf, doch es war nicht Adela, die im hell erleuchteten Flur stand, es war Lacy Brown, mit ungezähmten weißblonden Haaren, einem grellorange-gelbem T-Shirt, pinkfarbener Pyjamahose und limettengrünen Fellslippern.

Das war nicht die Florence Nightingale, die er sich vorgestellt hatte.

„Ich muss pressen!", kreischte Lilly, als Cort sie auf starken Armen in Adelas Haus trug. „Wir sind fast da, Babe. Wo ist Miss Adela?", fragte er und ging in Richtung des Raumes, auf den Lacy zeigte.

„Sie ist für eine Woche zu ihrer Schwester nach New Mexico gefahren. Ich haussitte für sie", erklärte Lacy und lächelte Lilly an. „Und jetzt darf ich dabei helfen, das erste Baby zur Welt zu bringen, das Mule Hollow seit einer halben Ewigkeit gesehen hat. Wow!

Leg sie hierhin, Cort. Lilly, das wird aufregend. Gott ist gut, nicht wahr?"

Cort warf ihr einen überraschten Blick zu, und Lilly lachte trotz der Schmerzen, denn sie war sich sicher, dass Cort in der Situation alles andere als einen Segen sah. Der arme Kerl.

„Cort, geh und klopf an die Wohnungstüren und weck die anderen auf, damit sie helfen kommen."

Als Cort zögerte, wurde Lilly bewusst, dass sie seine Hand wie ein Schraubstock umklammert hielt. Doch selbst, als sie lockerließ, hielt er ihre Hand weiter als wäre sie eine zarte Blume. Er blickte zwischen ihr und Lacy hin und her, und sie sah, dass er sie nicht alleinlassen wollte. Das gab ihr das Gefühl, etwas Besonderes zu sein. Tränen stiegen ihr in die Augen. Er war etwas Besonderes.

Er war wunderbar. Sein Herz war riesengroß. Und auch, wenn er aus irgendeinem Grund versuchte, das zu verbergen – sie kannte die Wahrheit.

Lacy klatschte ihm mit der Hand auf die Schulter und riss Lilly damit aus ihren wehmütigen Gedanken.

„Auf, auf, Cort. Lass uns den Ball ins Rollen

bringen. Ich ruf den Krankenwagen, aber der schafft es sicher nicht hierher, bevor das Baby kommt. Ich brauche die anderen."

Er rührte sich nicht.

Erst, als Lacy die Hand auf seinen Arm legte und ihm versprach, dass sie sich um Lilly kümmern würde, nickte er. Er strich ihr mit der Hand übers Haar und hielt an ihrer Wange inne. „Du schaffst das, Lilly", sagte er, dann ging er.

Cort hatte gerade an die erste Tür geklopft, als er Lilly schreien hörte. Er bemerkte kaum die geschockt dreinblickende Frau, die die Tür öffnete. Sie starrte ihn durch den schmalen Spalt an, den die Kette zuließ. „Das Baby … das Baby kommt." Er wusste, dass er stammelte, doch er konnte an nichts anderes denken, als zu Lilly zurückzukehren. Brauchte sie ihn? „Bitte, wecken Sie die anderen auf, und kommen Sie, um Lacy zu helfen, Lillys Baby zu entbinden."

„Baby?"

„Ja, schnell!", rief er über seine Schulter und eilte schon durch den Flur zurück. Hinter ihm konnte er hören, wie die Frau ihre Wohnung verließ und dann gegen die anderen Türen im Flur hämmerte.

Cort rannte die aufwendig geschnitzten Treppen des alten Hauses hinunter. Heißes Wasser und Handtücher. Waren das nicht die Dinge, die man brauchte, wenn ein Baby zur Welt kam? Er war gerade wieder im Erdgeschoss angekommen, als Lacy ihren Kopf aus der Tür steckte.

„Handtücher sind im Bad." Sie deutete auf die Tür gegenüber und verschwand wieder. In zwei Schritten war er im Bad und riss die Türen auf. Bingo! Er nahm erst ein Handtuch, dann klemmte er den ganzen Stapel unter den Arm, als er Lacy nach ihm rufen hörte.

Als er zurück in den Flur stürmte, sah er drei Dinge: Erstens eine Herde Frauen, die die Treppe hinunter gestürmt kam, zweitens Lacy, die mit einem strahlenden Lächeln im Gesicht auf ihn zu kam, und drittens das Neugeborene in ihren Armen.

Das winzige, blutverschmierte Neugeborene…
„Oh-oh."

Cort erwachte, als ihn eiskaltes Wasser mitten ins

Gesicht traf. Er hustete, spuckte und schnäuzte das Wasser, das ihm in die Nase gelaufen war, heraus. Als er sich die Augen rieb, wurde ihm bewusst, dass mehrere Frauen um ihn herumstanden.

Eine stand grinsend mit einem leeren Krug in der Hand über ihm. Sie war diejenige, die ihm das Wasser ins Gesicht gegossen hatte! Wenn sie ein Mann gewesen wäre, hätte er sich mit einem rechten Haken dafür revanchiert. Er schnäuzte erneut und sah die anderen Frauen an. Eine tätschelte seine Wange, und eine andere fächelte ihm frische Luft zu. Eine weitere stopfte ihm ein Kissen unter den schmerzenden Kopf und die nächste breitete eine Decke über ihm aus.

Er kam sich vor wie ein begossener Pudel. Von dort, wo er lag, konnte Cort durch die Türöffnung in das Zimmer, in dem Lilly lag, spähen und sah Loser, der verängstigt von der allgemeinen Unruhe unter dem Bett kauerte. Cort konnte es ihm nicht verdenken – er hätte sich auch am liebsten irgendwo verkrochen. Er schob die Decke von sich und wollte sich aufsetzen, doch entschlossene Hände hielten ihn davon ab.

„Nicht so schnell, Cowboy.“

Cort warf Molly Popp, der Reporterin, einen finsteren Blick zu und setzte sich abrupt auf. Er bereute es sofort – seine gereizte Reaktion und das Aufsetzen – doch er zeigte es nicht. Die anderen Frauen machten Platz, und er rappelte sich auf, schwankte ein bisschen, doch dann stand er.

Seine Welt begann sich erneut zu drehen, als eine der Frauen die Tür weiter aufstieß und er Lilly mit ihrem Baby im Arm im Bett sitzen sah.

Sie sah erschöpft aus, doch strahlend glücklich, als sie ihn anlächelte und die Hand nach ihm ausstreckte.

Corts Magen verknotete sich. Eine herzzerreißende Sehnsucht wallte in ihm auf, und er ging wie hypnotisiert auf sie zu.

„Cort, du hast mir einen riesigen Schrecken eingejagt. Bist du okay?" Sie winkte ihn zu sich, und als er wie angewurzelt stehen blieb, streckte sie die Hand nach ihm aus.

Er hatte ihre Hand im Auto gehalten, doch als er jetzt ihre zarten Finger betrachtete, war er wie gelähmt. Doch dann schloss er sanft seine Finger um ihre. „Ja, ja, alles okay", sagte er unwirsch. Er kämpfte gegen die Gefühle an, die ihn zu überwältigen drohten. „Ich kann nur kein Blut sehen. Wie fühlst du dich?", fragte er, um von sich abzulenken, doch aufrichtig interessiert an ihrem Wohlergehen und dem des Babys in ihren Armen. Sie sahen so friedlich aus, dass sein Herz schmerzte.

„Erschöpft, aber bereit zu fliegen", sagte sie, und er musste sich auf ihre Worte konzentrieren. Die Festung, die er so sorgfältig um sich errichtet hatte, begann zu bröckeln.

„Hast du je in deinem Leben etwas so Schönes gesehen?"

„Noch nie", sagte er und meinte es so. Sie waren ein wunderbarer Anblick, Mutter und Kind. Der kleine Junge hatte dichte, dunkle Haare.

Wenn er Kinder haben könnte, hätten sie auch dunkle Haare.

Bedauern loderte in ihm auf, zerrte an seinem Herzen, und der Schmerz dessen, was er zu unterdrücken versucht hatte, stand ihm ins Gesicht geschrieben. Er versuchte zu schlucken, doch sein Hals war staubtrocken.

„Okay, der Krankenwagen ist unterwegs“, sagte Lacy, als sie ins Zimmer kam.

Sie klopfte ihm auf den Rücken, dann umarmte sie ihn, und er wandte seine Aufmerksamkeit wieder der Realität zu und konzentrierte sich auf ihre Worte, nicht auf Was-wäre-wenn.

„Gute Arbeit, dass du sie hergebracht hast“, sagte sie. „Auch wenn ich mir sicher bin, dass du lieber nicht umgekippt wärst. Aber das war schon irgendwie süß.“ Sie ging um ihn herum zu Lilly und dem Baby und lächelte ihn strahlend an. „Wir haben versucht, Lilly davon zu überzeugen, in den Ort zu ziehen und nicht am Ende der Welt wohnen zu bleiben. Doch sie scheint gerne allein auf dem Land zu leben. Gar nicht auszudenken, was hätte passieren können, wenn du nicht hergezogen wärst. Du, Cort Wells, bist ein Gottesgeschenk.“

Er war kein Geschenk, dessen war er sich sicher. Dennoch wollte er sich nicht ausmalen, was aus Lilly geworden wäre, wenn er nicht in der Nähe gewesen wäre. Warum war sie bereit, ihr Leben und das ihres Babys in Gefahr zu bringen, indem sie allein so weit draußen wohnen blieb? Nicht ganz allein, sie hatte ja Samantha, aber trotzdem…

Doch das ging ihn nichts an. Dieses Ereignis hatte sie in gewisser Weise aneinandergebunden – ein unglaubliches Abenteuer, das ihrer beider Leben verändert hatte, doch es ging ihn trotzdem nichts an.

Doch warum störte es ihn immer noch?

„Lacy, die Wehen haben viel zu früh eingesetzt", sagte Lilly müde. „Ich wollte mir ein Zimmer in einer Pension in Ranger nehmen, sobald der Arzt mir gesagt hätte, dass das Baby soweit war."

„Das weiß ich ja, aber du hast Freunde hier. Du hättest bei mir oder Sherri unterschlüpfen können. Wir hätten uns um dich gekümmert."

Lilly wurde rot und sah ihr Baby an. „Ich weiß", sagte sie leise.

Cort hatte den Eindruck, dass sie wusste, dass sie auf Lacy zählen konnte, sich jedoch auf niemanden verlassen wollte. Er kannte das Gefühl nur zu gut. Er wollte sich in seinem Leben nie wieder auf jemanden verlassen.

Er brauchte einen Kaffee. Er musste aufhören,

sich zu fragen, was seine Nachbarin antrieb. Er musste sich zurückziehen, weg von all der überschäumenden Freude, die hier herrschte.

„Brauchst du irgendwas?", fragte er Lilly und kämpfte gegen das Bedürfnis an, sie in den Arm zu nehmen wie bei ihrer ersten Begegnung in der Scheune. Sie hatte sich so richtig angefühlt.

Er verdrängte die sentimentale Sehnsucht. Zu vieles an Lilly eckte einfach bei ihm an, und er wusste, dass sich seit ihrer ersten Begegnung nichts daran geändert hatte. Er brauchte einen guten, harten Tritt in den Hintern.

Sie lächelte zu ihm auf. „Nein, vielen Dank", sagte sie und erinnerte Cort daran, dass er sie gefragt hatte, ob sie etwas brauchte. „Ich habe alles, was ich brauche, direkt hier in meinen Armen." Sie küsste das Baby auf den Kopf. „Aber du solltest dich ein bisschen ausruhen gehen. Unseretwegen hast du kaum geschlafen."

Vor seinem inneren Auge spielte gerade wieder die Szene, in der er sie in seiner Scheune mit dem Lasso einfing und zu Boden riss. „Das ist meine

Schuld", sagte er. In der Ferne konnte er eine Sirene heulen hören. Ihr Kreischen rief ihm die Realität dieser Nacht ins Bewusstsein, und sein Magen begann zu rebellieren.

„Wie haben die es so schnell hierhergeschafft?", fragte Cort.

„Sie sind nicht in Ranger stationiert", erklärte Lacy.

„Sie benutzen die Schule als zentralen Stützpunkt für die umliegenden Gebiete. So sind sie im Notfall schneller da. Doch das Baby hatte es so eilig, dass ich sie erst anrufen konnte, nachdem es schon da war."

„Klopf-klopf. Darf ich reinkommen?"

„Clint!", rief Lacy. „Ich bin so froh, dass du es geschafft hast, bevor ich mit Lilly in die Klinik fahre.

Cort sah zu, wie sie beinahe in die Arme ihres Verlobten flog. „Sieht aus, als wäre es hier ziemlich aufregend zugegangen", sagte er und küsste Lacy auf die zerzausten Haare, während er die Hand in Corts Richtung ausstreckte.

Sie hatten sich beim Dinnertheater kennengelernt. Cort schüttelte seine Hand, dankbar, dass männliche

Verstärkung gekommen war.

„Aufregend ist gar kein Ausdruck. Und ich hatte gedacht, Mule Hollow wäre ein ruhiges kleines Örtchen", sagte Cort, als der Krankenwagen vor dem Haus anhielt.

Als alle ans Fenster liefen, wandte Cort sich wieder Lilly zu. Er war erleichtert, dass sie jetzt die Hilfe bekam, die sie brauchte. „Jetzt wird alles gut", sagte er zu ihr und berührte ihre Wange. „Du hast heute Nacht Großartiges geleistet, Lilly."

Sie lächelte ihn müde an, doch ihre Augen leuchteten, als sie seine Hand ergriff. „Danke, Cort. Was hätte ich nur ohne dich getan?", sagte sie so leise, dass er sich zu ihr hinunterbeugen musste, um sie zu hören.

Der Kuss, den sie dann auf seine Wange drückte, überraschte ihn.

Er war kurz und unschuldig – doch in seinem Kopf drehte sich alles, und seine Haut prickelte. Er wollte sie so sehr in seine Arme nehmen.

„Darf ich dich um einen weiteren Gefallen bitten?"

„Was immer du willst", brachte er trotz des Chaos', das der Kuss in ihm ausgelöst hatte, heraus.

„Könntest du dich bitte um Samantha kümmern, solange ich im Krankenhaus bin? Ist wahrscheinlich nur für heute, maximal eine Nacht."

In diesem Moment kam das Notfallteam ins Haus geeilt.

„Ich kümmere mich um alles. Mach dir um nichts Sorgen, und konzentrier dich ganz auf deinen kleinen Jungen. Ich gehe dann mal besser. Will niemandem im Weg stehen. Aber du pass auf dich auf, okay?" Er wollte die Hand ausstrecken und das Baby streicheln, doch er hielt sich zurück. Als er das schlafende Gesichtchen von Lillys Sohn betrachtete, zog sich ein bleiernes Band schmerzhaft um sein Herz. Er kämpfte gegen den Kloß in seinem Hals und das Brennen in seinen Augen an.

Bedauern hämmerte auf ihn ein und traf ihn so hart, dass er den Blick von ihm abwenden musste und hoffte, dass niemand ihm etwas ansah.

Zeit, nach Hause zu gehen.

Zeit, in die Realität zurückzukehren.

Er war nach Mule Hollow gekommen, um sich mit seinem Schicksal abzufinden. Doch stattdessen hatte er live miterlebt, was er nie haben würde.

Er drehte sich noch einmal um, als er zur Tür kam, und er musste all seine Willenskraft aufbringen, um weiterzugehen.

Auf diesem Bett saß alles, was er sich je gewünscht hatte.

Er warf noch einen letzten Blick über seine Schulter und sah, wie sie Lilly auf eine Trage luden, dann ging er hinaus in die eisige Nacht, die ihn umfing wie das bleierne Band, das sich um sein Herz gelegt hatte.

KAPITEL ZEHN

Lilly war zu Hause, zumindest glaubte sie, dass es ihr Zuhause war, auch wenn es von Menschen überrannt worden war. Guten, fürsorglichen Menschen. Liebevollen Menschen. Esther Mae und Norma Sue hatten sie bereits erwartet, als Lacy und Clint sie und ihren Sohn Joshua aus dem Krankenhaus nach Hause geholt hatten.

Zwei Tage hatten sie sie bemuttert und sie unterhalten. Sie waren wie Ethel und Lucy aus der Serie *I Love Lucy*. Esther Mae hatte feuerrote Haare, die vor ein paar Monaten noch ausgesehen hatten wie ein dreistöckiges Krähennest. Dann war Lacy in den Ort gekommen und hatte ihr die Haare geschnitten, und jetzt sah Esther Mae einfach umwerfend aus.

Meistens zumindest.

Wie Lucy in der Serie war auch Esther Mae ziemlich laut und gab die schrägsten Bemerkungen von sich. Bemerkungen, die Lilly laut lachen ließen.

Norma Sue war rund, hatte krause, graue Haare und ein Lächeln, das genauso groß war wie ihr Herz.

Sie waren in der Küche, während Lilly mit Joshua auf dem Schaukelstuhl in der Ecke des Wohnzimmers saß. Sie hörte auf zu singen und lauschte. Es war so unglaublich süß von ihnen, dass sie gekommen waren, um sich um sie zu kümmern. Ihre Großmütter hätten sich darüber gefreut.

„Ich habe neulich zu Hank gesagt, dass wir hier rauskommen und diesen Cort Wells kennenlernen müssen“, sagte Esther Mae.

Lilly konnte durch die Türöffnung sehen, dass sie Abendessen für sie kochten. Sie hatte zwar gesagt, dass es ihr gut genug ging, um das selbst zu tun, doch sie hatten nicht auf sie gehört. Als sie sagten, dass sie es zumindest noch einen Abend für sie übernehmen konnten, hatte sie sie gelassen.

„Roy Don meinte, er hat vor ein paar Tagen mit ihm gesprochen, kurz, nachdem er eingezogen ist. Er sagte, Mr. Wells ist ein Einzelgänger. Er sagte, dass er nicht das Gefühl hatte, dass er ein Muffel ist, wie die alten Tratschen im Futterladen behauptet haben. Denselben Eindruck habe ich auch im Theater gehabt, als ich kurz mit ihm gesprochen habe.“

Esther Mae schniefte. „Diese alten Säcke im Futterladen brauchen ein Leben. Für mich ist er ein Heiliger. Was wissen Applegate und Stanley schon davon? Was für Wichtigtuer!“

„Ärger dich doch nicht über die beiden, Esther Mae. Gott liebt auch diese zwei Narren.“

„Nein, die Bibel sagt, dass Gott an Narren keine Freude hat. Glaub mir, ich hab's nachgelesen. Es sieht einem Narren ähnlich, Gerüchte über einen armen Kerl in die Welt zu setzen, der in einem neuen Ort noch nicht einmal Gelegenheit hatte, seine Füße abzunehmen und den Hut hochzulegen.“

Lilly musste lächeln. Esther Mae hatte eine ganz

besondere Art, sich auszudrücken. Natürlich war es am amüsantesten, wenn sie die Worte verwechselte. Alle machten sich immer noch über ihre Schokoladenfüße lustig, nachdem sie erzählt hatte, dass sie sich *Snickers* mit Vibramsohlen gekauft hatte anstatt Sneakers. Norma Sue und Esther Mae waren die einzigen Frauen, die in der Lage waren, einen normalen Satz zu einer Lachnummer zu machen, indem sie ein einziges Wort austauschten. Lilly verstand das jedoch, da auch sie manchmal Worte verwechselte, wenn sie müde war.

„Was denkst du, Lilly?"

Lilly blickte vom schlafenden Joshua auf und sah beide Frauen in der Tür stehen.

„Worüber?"

„Cort Wells." Esther Mae kam ins Zimmer und setzte sich auf das Sofa vor dem Kamin. „Ist er so ein Griesgram, wie App und Stan behaupten?"

„Blickt er immer so missmutig drein und beißt einem den Kopf ab, wenn man ihn nach seiner Vergangenheit fragt?" Norma Sue setzte sich in einen Sessel neben Lilly. „Ich meine, ich habe neulich Abend mit ihm gesprochen, aber nur ein paar Minuten.

Niemand legt bei der ersten Begegnung gleich die Karten auf den Tisch. Darum wollte ich wissen, wie du ihn siehst. Was hältst du von ihm?"

„Also ich…" Wie sollte sie auf diese Fragen antworten? Sie hatte auch nicht *so* viel Zeit mit Cort verbracht. Ja, er hatte ihr das Leben gerettet. Wer weiß schon, was passiert wäre, wenn er Samantha nicht durch den Schneeregen zu ihrem Haus gefolgt wäre? Er war ihr Held. Darum waren ihre Gedanken an ihn während der Entbindung liebevoll und überaus verwirrend gewesen.

Ja, er war recht barsch gewesen, als er sie in seiner Scheune mit dem Lasso eingefangen hatte. Doch das könnte auch an dem Schrecken gelegen haben, gerade eine schwangere Frau zu Boden gerissen zu haben. Das schien ihm ziemlich zu schaffen gemacht zu haben, und sie konnte es nachvollziehen. Es *war* leichtsinnig von ihr gewesen, in einer solchen Nacht aus dem Haus zu gehen.

Und ja, er war herrisch und hatte ihr ordentlich an den Nerven gekratzt, als er erklärt hatte, dass sie verantwortungslos war. Doch sie musste zugeben, dass es aus seiner Perspektive ziemlich verantwortungslos ausgesehen haben musste, und wenn sie ehrlich war, war es das auch gewesen – nicht, dass es ihr in diesem Moment bewusst gewesen wäre. Doch wer sonst hätte nach Samantha suchen können?

Trotz allem hatte er etwas an sich… etwas, das ihr das Gefühl gab, in seiner Gegenwart sicher zu sein. Das sie dazu brachte, mehr Zeit mit ihm verbringen zu wollen. Und sie konnte sich das nagende Bedürfnis nicht erklären, herausfinden zu wollen, was in seiner Vergangenheit für seine traurigen Augen verantwortlich war. Er berührte ihr Herz auf eine Art und Weise, wie sie es noch nie gespürt hatte – und das trotz der Tatsache, dass er sie beinahe bei jeder Begegnung wütend gemacht hatte. Jeder Begegnung vor jener Nacht, in der er sie gerettet und geholfen hatte, ihr Baby in Sicherheit zur Welt zu bringen.

Sie räusperte sich und lächelte die beiden älteren Frauen an. Sie kam zu dem Schluss, dass es besser war, wenn niemand von dem Gefühlschaos erfuhr, das Cort in ihr ausgelöst hatte. Sie bemühte sich um einen neutralen Gesichtsausdruck.

„Ganz ehrlich kann ich nur sagen, dass Cort Wells sich in der stressigen Situation, in die ich ihn gebracht habe, unglaublich verhalten hat. Er war ganz wunderbar.“

„Oh mei“, sagte Esther Mae und lehnte sich entspannt auf dem Sofa von Lillys Granny zurück. „Das hast du gut gesagt. Norma Sue, findest du das nicht auch?“

Norma Sue musterte Lilly mit einem eigenartigen Ausdruck im Gesicht, dann wandte sie sich Esther zu und hielt ihren Blick eine Weile fest. Lilly hatte das unbestimmte Gefühl, irgendetwas nicht mitbekommen zu haben. Etwas Wichtiges.

„Wie alt glaubst du, dass dieser Cort Wells ist?“

Norma Sues Aufmerksamkeit wandte sich wieder Lilly zu.

Sein Alter? Darüber hatte Lilly nie nachgedacht.

Sie war von ihren Großmüttern großgezogen worden. Alter war nie ein Faktor gewesen. Man war entweder älter oder jünger. Hm. Cort war sicher älter als sie, aber nicht viel. „Hm, vielleicht irgendwas um die dreißig.“

„Und niedlich, nicht wahr?" Norma zog eine Augenbraue hoch, und Lillys Magen zuckte.

„Vielleicht. Er hat etwas Hartes an sich. Wie eine Steinmauer. Darum finde ich, dass niedlich nicht das richtige Wort ist, um ihn zu beschreiben. Attraktiv, ja."

„Wie würdest du ihn dann beschreiben, Lilly?" Esther rutschte auf dem Sofa vor, stützte die Ellbogen auf die Knie und ihr Kinn auf ihre Hände.

Lilly warf einen Blick auf Joshua, der friedlich und zufrieden auf ihrem Schoß schlummerte. Dieses Kind, dieser süße kleine Junge, gehörte ihr. Sie schluckte den Kloß in ihrem Hals herunter und kämpfte gegen die Tränen an. Dann kehrten ihre Gedanken zu dem Mann zurück, der ihr geschickt worden war, um für die sichere Geburt ihres Babys zu sorgen. Der Mann, der diesen Moment möglich gemacht hatte, und ihr Herz wurde seltsam schwer.

„Cort sieht gut aus, das ist Fakt. Doch er hat eine Traurigkeit in seinen Augen, die ihn oft wütend wirken lässt. Ich frage mich, was der Grund ist." Hatte sie das gerade laut ausgesprochen? Er war so wunderbar zu ihr und Samantha gewesen, und sie tratschte über seine persönlichen Angelegenheiten.

Norma Sue nickte, und Esther Mae lächelte. Als sie bemerkte, wie sie sie ansahen, erschrak sie. Was die beiden wohl gerade dachten?

Oh nein. Nein … nein. „*Nein!*"

„Was nein, Liebes?", gurrte Esther Mae.

Lilly sah Esther an. „Denkt bloß nicht, dass hier auch nur die geringste Chance auf eine Romanze besteht." Lilly fing an, Joshua zu wiegen. „Meine Großmütter – Gott hab sie selig – haben Recht gehabt, als sie sagten, dass wir Tipps-Frauen kein Glück mit Männern haben. Ihr habt beide gesehen, was mir passiert ist. Ihr habt gesehen, was meinen Großmüttern und meiner Mutter passiert ist. Männer bleiben nicht bei uns."

Lilly wollte nicht darüber nachdenken. Sie hatte sich damit abgefunden. Sie war eine Tipps. Sie würde ihr Leben lang allein sein. Sie und Joshua … der erste Junge in einer langen Reihe von Mädchen. Der erste Junge, der von Geburt ein Tipps war.

Natürlich war Normas und Esthers Gedanke nett. Ja, Cort Well brachte sie dazu sich zu fragen was wäre, wenn? Er brachte ihr Herz zum Flattern, doch … sie war nicht auf der Suche nach einem Mann.

„Ich weiß ja, dass ihr zwei und Adela und Lacy diesen Plan habt, Frauen nach Mule Hollow zu bringen. Und ich weiß, dass all die Frauen, die kommen werden, euch alle auf Trab halten werden. Darum konzentriert euch einfach aus sie und denkt gar nicht daran, mich verkuppeln zu wollen.

Sie faselte. „Ich habe mich für Joshuas Vater aus dem Fenster gelehnt und bin auf die Nase gefallen. Nein, danke.“

Sie stieß den Schaukelstuhl stärker an, als sie an die Demütigung und die Verwirrung dachte. „Auf gar keinen Fall. Nicht in diesem Leben.“

Esther lächelte. „Immer langsam, Lilly. Glaubst du wirklich, wir würden irgendetwas tun, dass nicht in deinem Interesse wäre? Das Baby braucht dich ruhig und entspannt. Wir wollten nur wissen, was du von ihm hältst. Vergiss nicht, als er dich zu Adelas Haus gebracht hat, waren noch andere Frauen da. Wir wollten nur deine Meinung hören. Nicht wahr, Norma?“

„Absolut, Esther. Lilly, als du die Traurigkeit in seinen Augen erwähnt hast, haben wir *natürlich* gedacht, dass es ihm helfen würde, wenn er sich verlieben könnte. Vielleicht braucht Cort einfach eine Frau."

Auch wenn Lilly nicht darüber nachdenken wollte, ertappte sie sich dabei.

„Ja", nickte Esther. „Wenn Gott da nicht seine Hand im Spiel gehabt hat, als er deine Nachbarranch gekauft hat, dann weiß ich auch nicht."

Lilly fragte sich dasselbe. Was hatte ihn hierhergeführt? Als sie in den Wehen gelegen hatte und verzweifelt gewesen war, hatte sie fest daran geglaubt, dass er ihretwegen nach Mule Hollow geschickt worden war. Doch abgesehen davon, dass er ihr Held war – was hatte ihn dazu gebracht, auf diese einsame Ranch zu ziehen?

Cort führte Ringo in seine Box, dann ging er zum Haus zurück. Das Wetter war nicht mehr ganz so schlecht, und die Sonne schien hell und klar vom Himmel. Cort rechnete immer mit der Unberechenbarkeit des Wetters in Texas – vor allem im Westen. Wie hieß es doch so schön? Wenn dir das Wetter heute nicht gefällt, musst du nur einen Tag warten, und es wird anders. Das machte die Winter hier erträglich.

Das ferne Brummen eines Motors ließ ihn aufhorchen. In den letzten vier Tagen hatte er ein Auto nach dem anderen aus Mule Hollow hier vorbeifahren sehen. Alle waren gekommen, um den neusten Einwohner zu begrüßen. Er fragte sich, wie es Lilly und Joshua ging. Er hatte sogar mit dem Gedanken gespielt, nach ihnen sehen zu gehen. Doch sie hatten mehr als genug Besucher, die dafür sorgen würden, dass es ihnen gutging. Da musste er nicht auch noch aufkreuzen.

Davon abgesehen wartete dort nichts als ein gebrochenes Herz auf ihn.

Er klopfte sich mit dem Hut an den Oberschenkel und ging zum Haus. Ein guter Nachbar würde sie besuchen. Doch wer hatte gesagt, dass er ein guter Nachbar war? Niemand aus Mule Hollow hatte an seine Tür geklopft, um ihn im Ort zu begrüßen.

Und genauso hatte er es sich erhofft. Sie ließen ihn

in Ruhe, und er würde sie in Ruhe lassen. Er war derjenige, der dafür gesorgt hatte, dass alle ihn für einen Griesgram hielten. Er war derjenige, der sich entschlossen hatte, sich allen gegenüber abweisend zu verhalten.

Vielleicht war das ein Fehler gewesen. Vielleicht schadete es ja nichts, sich mit ein paar Leuten anzufreunden. Vielleicht war seine selbstauferlegte Einsamkeit auf Dauer nicht das Richtige.

Seine Gedanken kreisten immer wieder um Lilly und ihr Baby. Nachdem er zugesehen hatte, wie sie vor vier Tagen in den Krankenwagen verladen worden waren, war er zu ihrem Haus gefahren, hatte die Glut in ihrem Kamin gelöscht und alles bis zu ihrer Rückkehr abgeschlossen. Dann hatte er sich auf die Suche nach Samantha gemacht.

Der kleine Esel war nicht auffindbar gewesen, und er hatte bei eisigem Wetter stundenlang nach ihm gesucht. Schließlich war er auf die Straße nach Mule Hollow gefahren und hatte sie im Schutz einer Baumgruppe am Straßenrand gefunden. Sie war kalt, müde und hungrig, doch auf dem Weg zu Lilly. Die Treue des Esels war beneidenswert. Er hatte sie am

Straßenrand stehen lassen und seinen Pferdeanhänger holen müssen. Als er sie schließlich nach Hause zurückgebracht hatte, stand die Sonne bereits am Himmel.

Das sture Tier aufzuladen war ein ganz eigenes Abenteuer gewesen. Samantha wollte zu Lilly und wollte nicht mit sich reden lassen. Cort hatte all seine Erfahrung mit Pferden aufbringen müssen, um das kleine Tier in den Trailer zu bekommen.

Immer wieder war sie von ihm weg getänzelt wie eine übergewichtige Ballerina auf Eis. Schließlich war es Cort unter gutem Zureden und Versprechungen von Karotten, Äpfeln und süßem Futter gelungen, sie davon zu überzeugen, dass sie einstieg.

Plötzlich bekam er ein schlechtes Gewissen. Er hatte seine Versprechen noch nicht eingelöst.

Er hielt inne. Das sollte er schnellstmöglich tun. Es konnte nicht schaden, wenn er nach Samantha sah. Da Lilly sich um ihren Sohn kümmerte, bekam Samantha wahrscheinlich nicht die Aufmerksamkeit, die sie gewohnt war. Sie konnte wahrscheinlich ein bisschen Gesellschaft gut gebrauchen. Ihm ging es genauso. Und wenn es eines gab, das Cort zu schätzen wusste, dann Loyalität. Ja, er musste dafür sorgen, dass Samanthas Loyalität belohnt wurde.

Lilly musste nicht einmal wissen, dass er in ihrer Scheune war. Er würde rüberfahren und Mutter und Kind nicht stören. Ja, sie saßen wahrscheinlich vor einem warmen Feuer – aber nur, wenn sie genug Feuerholz hatten. Danach sollte er auch sehen, wenn er Samantha besuchte. Sie würde Feuerholz brauchen, und all ihre Besucher dachten wahrscheinlich nicht daran, nachzusehen, ob sie noch genug hatte. Er hatte einen großen Holzstapel ein ganzes Stück weit von ihrem Haus entfernt gesehen. Lilly sollte nicht ihr Feuerholz so weit schleppen müssen. Sie würde ihr Baby nicht so lange allein lassen wollen… Also würde er sich darum kümmern. Er würde gleich rüberfahren und nach dem Rechten sehen. Er würde Samantha für ihre Treue belohnen und sich versichern, dass Mutter und Kind alles hatten, was sie brauchten.

Sie mussten nicht einmal wissen, dass er dagewesen war.

KAPITEL ELF

Die Luft war kalt, als Lilly durch ihren kleinen Stall ging. Mit jedem Tag, der verging, fühlte sie sich wieder mehr wie sie selbst, und als die ersten Sonnenstrahlen durch ihre Vorhänge gefallen waren, hatte sie gewusst, dass es an der Zeit war, zumindest zu versuchen, ein bisschen zu arbeiten.

Samantha brauchte frisches Heu, was bedeutete, dass sie zuerst das alte Heu aus ihrer Box schaufeln musste. Lilly freute sich geradezu auf ein bisschen körperliche Anstrengung. Die letzten paar Tage hatte sie im Haus verbracht, und der Gedanke, ihre Muskeln wieder zu benutzen, freute sie. Es war mehr als genug Arbeit liegengeblieben, um wieder in Form zu kommen.

Sie musste Feuerholz zum Haus bringen, einen Zaun flicken – und zwar schnell –, von einem tropfenden Wasserhahn, an dem sie vor der Geburt wegen ihres Umfangs nicht herangekommen war, ganz zu schweigen. Sie wusste es, denn sie hatte es versucht. Sie lachte, als sie daran dachte, wie sie versucht hatte, in die Hocke zu gehen und sich in dem beengten Raum unter dem Spülbecken zu bewegen. Am Ende hatte sie sich auf den Rücken legen und warten müssen, bis sich ein Krampf in ihrer Flanke löste. Danach wäre sie fast nicht wieder hochgekommen. Was für ein Debakel!

Doch das hatte nur daran gelegen, dass sie schwanger gewesen war. Normalerweise wusste sie, wie man mit Hammer, Schraubenschlüssel und so ziemlich allem Werkzeug umging. Ihre Großmütter hatten sie zur Unabhängigkeit erzogen. Die kleine Ranch war in den letzten fünfzig Jahren ohne Männer ausgekommen.

Bevor sie die Leiter emporkletterte, hielt Lilly inne und lauschte dem Babyfon, das auf der Werkbank stand. Sie hörte nur leises Atmen, ein wunderbarer Klang.

Der Klang ihres Babys – ihres schlafenden Babys.

Zwischenzeitlich hatte sie gelernt, dass nicht alle Babys durchschliefen. Joshua hatte seltsame Schlafgewohnheiten. Eine halbe Stunde hier, zwei Stunden da. Doch nie mehr als zwei Stunden am Stück. Er war dauernd hungrig. Darum hatte sie Fläschchen vorbereitet, um mithalten zu können.

Das Leben war nicht einmal ansatzweise mehr so, wie es vor Joshua gewesen war – nicht, dass sie sich beklagte. Sie musste einfach noch lernen, damit umzugehen.

Norma Sue hatte ihr geraten zu schlafen, wenn Joshua schlief. Doch auf Lilly wartete jede Menge Arbeit, die sich nicht von selbst erledigen würde, wenn sie schlief oder Joshua auf dem Arm trug.

Und da sie ihn gerne auf dem Arm trug, hatte sie sich entschlossen, eben weniger zu schlafen. Bis jetzt funktionierte das ganz gut. Sie brauchte sowieso nicht viel Schlaf. Sie würde schon zurechtkommen.

Der Duft frischen Heus stieg ihr in die Nase, als sie vorsichtig von der Leiter auf den Heuboden trat. Es schmerzte ein wenig, als sie zu den Heuballen ging. Sie war sich sehr wohl bewusst, dass sie in den letzten neun Monaten etwas von ihrer Stärke eingebüßt hatte. Anstatt den Heuballen zu tragen, zerrte sie ihn stattdessen zur Öffnung über Samanthas Box. Mit ihrem Taschenmesser schnitt sie den Strick durch, dann griff sie mit ihrer behandschuhten Hand nach der Heugabel. Ihre Bewegungen waren selbstverständlich. Sie hatte früh gelernt, die Pferde zu versorgen, die auf der Ranch gelebt hatten, bevor Granny Gab sie alle verkauft hatte. Das war ein trauriger Tag im Tipps-Haus gewesen. Besonders für Lilly. Im Alter von zehn Jahren hatte sie nicht verstanden, warum Granny Gab plötzlich keine Pferde mehr züchten wollte. Lilly schüttelte die traurige Erinnerung ab und stieß die Heugabel in das süß duftende Heu, lockerte es und warf es in das Gestell unter sich. Während sie schwanger war, hatte sie das Heu benutzt, das unten in den freien Boxen gelagert wurde, doch jetzt, wo sie wieder die Leiter emporklettern konnte, wollte sie wieder zur Normalität zurückkehren. Die Anstrengung fühlte sich gut an.

Natürlich würde sie morgen dafür bezahlen, doch das war es wert.

Bis sie genug Heu in das Gestell geschaufelt hatte, war sie ordentlich ins Schwitzen gekommen. Wo war Samantha eigentlich? Sie war vor ein paar Minuten davongetrottet, was untypisch für sie war. Wenn Lilly draußen war, wich Samantha normalerweise nicht von ihrer Seite und wollte genau wissen, was sie tat. Lilly ging zur Tür des Heubodens und schob sie auf. Die Kälte, die durch die Öffnung peitschte, brannte auf ihren Wangen und trieb ihr Tränen in die Augen. Es wurde schon wieder kälter.

Sie blickte über das Land und konnte in der Ferne gerade so den First von Cort Wells Haus ausmachen. Sein Haus war ungefähr eine Meile Luftlinie von ihrem Haus entfernt, auf der unbefestigten Straße, die die beiden Ranches verband, waren es um die zwei Meilen. Als Kind hatte sie Leroy oft besucht und kannte jeden Stein auf dem Weg zu seinem Haus.

Damals war sie dort immer willkommen gewesen. Sie fragte sich, ob es jetzt, wo es Corts Zuhause war, auch noch so war. Der arme Mann. Er war wahrscheinlich froh, wenn er sie nicht sehen musste. Seit der Nacht von Joshuas Geburt hatte sie nichts von ihm gehört. Sie war sich nicht sicher, was sie davon hielt.

Lilly fragte sich, ob er noch an jene Nacht dachte. Wie er ihre Hand gehalten hatte. An seine sanften, aufmunternden Worte.

Er war ihr Traum gewesen. Ihr Held.

Sie riss den Blick von Corts Haus los und ließ ihn auf der Suche nach Samantha über die Weiden um ihr Haus herumschweifen. Wo war sie nur, die langohrige Unruhestifterin?

Sie lehnte sich aus der Öffnung und hielt sich in der Tür fest, um um die Scheune herum in Richtung Haus blicken zu können. A-ha! Da war sie. Sie trottete über die Weide in Richtung des Feuerholzstapel.

Auf einen Mann zu, der einen Stapel Holz schleppte. Cort. Cort Wells war hier.

Lilly schob die Tür zu und kletterte ganz schnell die Leiter hinunter. Plötzlich war ihr warm, und ein

Lächeln breitete sich auf ihrem Gesicht aus. Cort war hier.

Es war ein guter Tag.

Cort lud noch ein paar Scheite auf und machte sich auf den Weg zum Haus. Der Stapel war zu hoch, doch er wollte schnell fertig werden. Er hatte seinen Truck am unteren Ende von Lillys Zufahrt geparkt, da er sie und das Baby nicht stören wollte.

Alles war still, darum nahm er an, dass Mutter und Kind vielleicht ein Nickerchen machten. Bei Tageslicht wirkte Lillys Haus gerade so, als hätte es sich seit fünfzig Jahren nicht verändert. Das alte Farmhaus war weiß gekalkt mit blassgelben Fensterläden. Auf der Rückseite erstreckte sich eine lange Veranda über die gesamte Länge des Hauses, auf der mehrere Stühle aus Astholz standen. Bunte Kissen weckten in Cort den Wunsch, sich hinzusetzen und sich mit Lilly zu unterhalten. Vielleicht dem kleinen Jungen beim Spielen zuzusehen, wenn er größer war–

In deinen Träumen, Wells. Du bist hergekommen,

um nach Samantha zu sehen und Holz zum Haus zu bringen. Vergiss das nicht.

Er verdrängte die Gedanken und ging aufs Haus zu. Das war der dritte Gang, denn der Stapel auf der Veranda war tatsächlich fast aufgebraucht gewesen. Für den Fall, dass der Strom wieder ausfiel, reichte das nicht einmal für eine Nacht. Sie brauchte das Holz, um warm zu bleiben.

Er hatte den halben Weg zum Haus zurückgelegt, als Samantha neben ihn trottete. Da er kein Fremder mehr war, stieß sie ihn mit der Nase an, bis sie die Tasche mit den Karotten fand.

„Hey, Samantha. Na, wie geht's dir, altes Mädchen?" Cort hätte sie gestreichelt, doch er hatte beide Hände voll. Das Holz war ein bisschen verrutscht, als er auf der Wiese gestolpert war, darum versuchte er zu verhindern, dass die kürzeren Scheite herunterfielen.

Samantha war alles andere als schüchtern. Wenn sie eines war, dann beharrlich. Sie stieß seine Tasche an, dann fing sie an, an dem Grün der Karotten zu knabbern, das aus der Tasche hing.

„Lass das, Samantha. Wo sind deine Manieren?“

Er versuchte, sich abzuwenden, damit sie die verlockenden Köstlichkeiten nicht mit ihren Lippen zu fassen bekam, doch sie war zu schnell. Sie bekam das Grün zu fassen und zerrte daran. Als Cort mit den Ellbogen wackelte, um sie zu verscheuchen, verrutschte das Holz erneut. Samantha kannte keine Gnade. Ihr war egal, dass er einen Haufen Holz schleppte. Stattdessen tastete sie weiter, bis sie nicht nur die Karotte, sondern auch seine Jacke zu fassen bekam.

Cort warf einen Blick auf sie. „Nein, Samantha“, schimpfte er, doch schon rutschte ein Scheit von dem viel zu hohen Stapel, traf ihn an der Stirn, prallte von seiner Schulter ab und landete mitsamt seinem Hut im Gras.

Er stolperte, und ein zweites Scheit hätte ihn getroffen, hätte nicht eine zierliche, behandschuhte Hand über seine Schulter gegriffen und ihn aufgefangen.

„Du magst es wohl gefährlich.“

Sein Kopf pochte, doch sein Herz lächelte. Seine Lippen auch, denn wenn er Lillys Stimme hörte, konnte er einfach nicht anders. Er hatte sie vermisst.

Das war eine Tatsache, die er sich nicht wirklich eingestehen wollte. Er spürte, wie die Karotte schließlich aus seiner Tasche glitt, und blickte Samanthas fettem Leib nach, als sie mit dem Leckerbissen im Maul an ihm vorbei trottete. Ihr angesengter Schwanz wippte fröhlich, als sie von dannen zog. Er wollte den Kopf schütteln, besann sich dann jedoch eines Besseren, da er vermeiden wollte, dass noch mehr Holz herunterfiel.

Er musste sich darauf konzentrieren, den Stapel gerade zu halten.

Lilly lachte, bückte sich und hob seinen Hut auf. „Erste Regel zum Überleben mit Samantha – man darf niemals die Hände voll und Futter in der Tasche haben. Da kann man nicht gewinnen.“

Cort lachte auch und sah zu, wie sie seinen Hut vorsichtig abklopfte. Sie musste vergessen haben, dass er sowieso schon ruiniert war, nachdem Samantha vor ein paar Tagen versucht hatte, ihn zu fressen.

„Langsam lerne ich das auch", sagte er. „Wir haben eine interessante Nacht gehabt, nachdem du ins Krankenhaus gebracht worden bist."

„Oh, ich hoffe, sie hat dir nicht allzu viel Ärger gemacht."

Cort dachte an die Stunden, die er im Eisregen gestanden und versucht hatte, den Esel in den Trailer zu locken. „Nicht der Rede wert. Es hat mir Spaß gemacht, das kleine Biest kennenzulernen. Ich glaube, sie hält sich für einen Menschen."

Lillys Augen glitzerten im Sonnenlicht, und die Locken, die unter ihrer roten Mütze hervor spähten, wippten, als sie zustimmend nickte. Er mochte diese rote Mütze. Sie passte zu ihrer süßen roten Nase. Und ihrer lebhaften Persönlichkeit.

„Oh, sie hält sich nicht nur für einen Menschen. Sie weiß es. Es ist ihr nur noch nicht gelungen, alle anderen davon zu überzeugen. Hier, lass mich dir helfen. Ich kann auch ein paar tragen." Mit einer Hand fing sie an, Scheite von seinem Stapel zu nehmen.

„Ich mach das schon", sagte Cort und ging wieder in Richtung Haus. Lilly ging neben ihm her. Als er bemerkte, dass sie beinahe joggen musste, um mit seinen langen Schritten mitzuhalten, ging er langsamer.

Sie duftete nach Heu – und was war das … Babypuder? Eine einzigartige Kombination.

„Danke, dass du mich vor dem hungrigen Biest gerettet hast", sagte er und grinste dümmlich, da ihm gefiel, wie ihre Augen funkelnd sein Lächeln zur Kenntnis nahmen. Außerdem mochte er ihren Duft.

„Das war das Mindeste, was ich tun konnte. Wann immer du mich brauchst, ruf einfach an, und ich eile zu deiner Rettung – von heute bis in alle Ewigkeit. Und selbst das ist nicht genug, um mich für das zu revanchieren, was du für mich getan hast. Ach ja, was machst du eigentlich hier?"

Sie standen vor dem Haus. Cort blieb stehen und ließ das Holz fallen. Da war er wieder, ihr scharfzüngiger, trällernder Tonfall. Er war so typisch für sie, und er war sich sicher, dass er ihre Stimme mit verbundenen Augen unter Hunderten von Frauen erkennen würde. Sie hörte sich an, als lächelte sie. Es war schön.

Jetzt, wo er seine Hände frei hatte, fuhr er sich durch die Haare und betastete seine Stirn. Als er die Beule über seinem linken Auge berührte, zuckte er zusammen. „Ich dachte mir, dass es an der Zeit wäre, meiner Nachbarin zu helfen. Es soll nochmal viel kälter werden, und als ich Samantha nach Hause gebracht habe, habe ich schon gesehen, dass du nicht mehr viel Holz auf der Veranda hattest."

„Oh, Cort, du hast dir wehgetan."

Mit großen Augen starrte Lilly seine Stirn an. „Hier, halt deinen Hut, damit ich mir das ansehen kann."

Er nahm den Hut, den sie ihm in die Hand drückte, dann zog sie ihre Lederhandschuhe aus, ließ sie fallen und strich ihm die Haare aus der Stirn. Ihre Hand fühlte sich warm auf seiner kalten Haut an.

„Ach das, das ist nichts", sagte er und wollte sich ihrer sanften Berührung entziehen.

Ihr Blick flackerte besorgt, während sie den Kratzer betrachtete. Aus der Nähe konnte er die Ringe unter ihren Augen sehen, die Müdigkeit, die sie mit ihrer Lebhaftigkeit überspielte.

Sie schüttelte den Kopf. „Komm mit. Ich muss das saubermachen. Da sind Spreißel in dem Kratzer, und ich muss nach Joshua sehen." Sie vergrub die Hände in ihren Jackentaschen.

Die Erinnerung an ihr gemütliches Haus und der Gedanke, ihren Sohn zu sehen, waren ein zu verlockendes Bild, als dass er die Einladung annehmen wollte. „Ich muss wirklich wieder zurück nach Hause."

„Männer! Du brauchst meine Hilfe, und die bekommst du auch. Ein Nein lasse ich nicht gelten." Damit packte sie ihn am Arm und zog ihn zur Hintertür.

„Bei dir hört sich *Männer* an wie ein Schimpfwort", bemerkte er, folgte ihr jedoch, als sie die Tür öffnete und ihn hinter sich her ins warme Haus zog. Er wusste, dass er es womöglich bereuen würde, doch sie war so versessen darauf, ihm zu helfen, dass er nicht nein sagen konnte. Es war lange her, seit er zuletzt die sanfte Berührung einer Frau gespürt hatte.

„Dafür musst du wissen, wie ich aufgewachsen bin."

Cort half Lilly aus ihrer Jacke, bevor er seine auszog und beide an die Garderobe hängte. In Jeans und Rollkragenpullover gab sie ein charmantes Bild ab – ein schönes Mädchen von nebenan.

Das Mädchen von der Ranch neben seiner.

KAPITEL ZWÖLF

„Setz dich an den Tisch und nimm dir einen Kaffee, wenn du magst. Habe ich vorhin erst frisch aufgeschüttet. Ich muss kurz nach Joshua sehen, dann hole ich eine Pinzette und das Desinfektionsmittel."

Sie lächelte ihn an, dann ging sie den Flur hinunter.

Anstatt sich zu setzen, blieb Cort im Flur und betrachtete die Bilder an der langen Wand. Es dauerte nicht lange, bis ihm auffiel, dass kein einziger Mann auf den Fotos zu sehen war.

Am Ende des Flurs konnte er Lilly mit dem Baby reden hören. So, wie es sich anhörte, wechselte sie gerade Joshuas Windel. Er betrachtete ein Foto nach dem anderen, auf dem sechs oder sieben Frauen in verschiedenen Phasen ihres Lebens zu sehen waren. Unter den Fotos waren auch ein paar von Lilly als Kind, und in einigen war Samantha zu sehen. Kein Wunder, dass sie ein so enges Band hatten. Sie waren zusammen aufgewachsen.

„Da sind wir", trällerte Lilly und kehrte in den Flur zurück.

Mutter und Kind. Corts Hals wurde trocken, als er sie auf ihn zukommen sah.

Sie hielt Joshua in den Armen. Er trug einen plüschigen blauen Strampelanzug mit einem blauen Hund auf der Brust. Ein scharfes Gefühl des Bedauerns stach Cort mitten ins Herz, und er kämpfte dagegen an.

„Du hast eine Menge Bilder hier." Seine Stimme klang selbst in seinen Ohren barsch, als er in Richtung Wand nickte. Das einzige Bild, das ihn interessierte, stand jedoch direkt vor ihm, doch das war etwas, was er nie haben würde.

Warum war er hierhergekommen? Das war eine einzige Qual.

„Ja, ich habe Unmengen von Fotos, und ich unterhalte mich viel zu oft mit ihnen. Komm mit in die Küche, und ich rede mit dir, während ich dir die Spreißel aus der Stirn operiere."

Cort lachte, und trotz seines Unbehagens folgte er ihr in die Küche. „Ich bin mir nicht sicher, ob ich das Angebot annehmen soll. Für mich hört sich das an, als würdest du dich ein bisschen zu sehr darauf freuen. Habe ich irgendwas getan, um mir deinen Zorn zuzuziehen?"

Sie lachte. „Oh, gieß dir eine Tasse Kaffee ein, setz dich hin und entspann dich." Sie zwinkerte ihm über die Schulter zu, dann legte sie Joshua in eine Korbwiege in der Ecke nicht weit entfernt vom Heizofen. Sie war eine zärtliche Mutter. Sie schnalzte mit der Zunge, als er unruhig wurde, und lächelte, als er sich wieder beruhigte. Sie drückte einen Knopf, und die Wiege begann zu schaukeln.

„Das ist ja ein tolles Ding." Cort hatte sich zweimal in die Babyabteilung des Supermarkts verlaufen und fasziniert angesehen, was es heutzutage alles für Babys gab. Doch das war gewesen, bevor sich seine Pläne für die Zukunft in Wohlgefallen aufgelöst hatten und er erfahren hatte, dass er diese Dinge niemals brauchen würde. Doch das hielt ihn jetzt nicht davon ab, die zugegebenermaßen coole elektrische Wiege zu bewundern.

„Das hat schon auf uns gewartet, als wir aus dem Krankenhaus gekommen sind. Adela hat es uns geschenkt. Und du hast ja keine Ahnung, wie oft es schon meine geistige Gesundheit bewahrt hat. Manchmal will er nachts einfach nicht einschlafen, dann lege ich ihn in die Wiege hier, und sie schaukelt ihn ganz schnell in den Schlaf.“

Cort nahm eine Tasse vom Ständer neben der Kaffeemaschine und füllte sie mit dem duftenden Gebräu. „Möchtest du auch eine Tasse?“, fragte er.

„Ja, bitte“, sagte sie und stellte eine Flasche mit Joshuas Milch in die Mikrowelle, um sie aufzuwärmen.

„Ich gieß sie dir ein, aber den Rest musst du machen. Ich glaube nicht, dass ich das mit dem

Umrühren richtig hinbekomme.“

Sie kicherte und nahm den Deckel von der Zuckerdose. Ein paar Minuten später, angenehm aufgewärmt von Kaffee und Heizofen, lehnte sich Cort zurück und sah zu, wie Lilly alles bereitlegte, um die Spreißel aus seiner Beule zu operieren.

„Meine Großmütter hätten ihre Meinung, was Männer angeht, revidieren müssen, wenn sie dich kennengelernt hätten.“

Ihre Worte überraschten ihn genauso wie ihre erste Berührung. „Ach so?“

„Mm-hm.“

Sie biss sich auf die Unterlippe, während sie vorsichtig seine Stirn betastete.

Sie war so nah. Cort war fasziniert von ihren dunklen Wimpern. Lang und dunkel flatterten sie, während sie den Kratzer untersuchte. Ein paar Sommersprossen zierten ihre Nase, und im äußeren Winkel ihres rechten Auges hatte sie eine kleine Narbe.

„Erzähl mir mehr von deinen Großmüttern“, sagte er, da er dringend eine Ablenkung von ihr brauchte.

Außerdem interessierte ihn ihre offensichtlich ungewöhnliche Familie. „Auf den Fotos sieht es auf jeden Fall so aus, als hätten sie Männer nicht wirklich gebraucht."

Sie hielt inne und sah ihn an.

„Also", begann sie. „Lass uns einfach sagen, dass sie alle wenig angenehme Erlebnisse mit Männern hatten und daraufhin entschieden haben, ohne Männer zu leben. Sie haben nie einen Helden wie dich kennengelernt. Das ist schon ziemlich traurig. Bis ich dir begegnet bin, habe ich auch keinen gekannt."

Sie wurde rot, dann wandte sie den Blick von seinen Augen ab und konzentrierte sich wieder auf seine Stirn. Er spürte ihren Atem auf seiner Haut.

„Au!", protestierte er. Er hatte über ihre Worte nachgedacht, darum hatte er nicht mit dem Zupfen der Pinzette gerechnet.

„Tschuldigung", sagte sie und hielt einen etwa acht Millimeter langen Spreißel hoch. „Wow, ich hab's dir ja gesagt … schau dir diesen Spreißel an!"

„Hast du Gehirnmasse mit rausgezogen?"

Lilly lachte. „So schlimm, was? Beim nächsten

warne ich dich vor. Doch der sieht nicht so groß aus."

Als sie schließlich nach nicht zwei, sondern drei Spreißeln zurücktrat, hatte Cort mit sich zu kämpfen. Er konnte gegen die Sehnsüchte, die Lilly in ihm weckte, aus der Ferne ankämpfen, doch wenn sie so nah war und er wusste, dass er nur die Arme ausstrecken und sie an sich ziehen musste – dann war das eine Qual. Einen Moment lang waren ihren Lippen nur Zentimeter von seinen entfernt gewesen, als sie den letzten Spreißel beäugt hatte.

In diesem Moment hatte er nichts mehr gewollt, als sich vorzubeugen und sie zu küssen.

Was sie wohl dazu sagen würde?, fragte er sich. Ihren Großmüttern hätte es zweifellos gar nicht gefallen. Dessen war er sich sicher, auch wenn sie davon überzeugt war, dass sie ihre Meinung geändert hätten, wenn sie Gelegenheit gehabt hätten, ihn kennenzulernen.

„Noch einen?", fragte sie und hielt ihm die Kaffeekanne entgegen.

„Ich sollte wirklich los."

„Bitte, bitte bleib noch ein paar Minuten. Ich muss

Joshua füttern. Bitte … wir könnten den Kamin anschüren und uns ein bisschen unterhalten."

Cort musste gehen. Er musste hier raus. Doch sie hatte dreimal bitte gesagt, und das nagte an ihm.

„Ich–ich bekomme normalerweise nicht viel Besuch, und wie du sagtest, wir sind Nachbarn … aber ich verstehe."

Sie stellte die Kanne zurück. Hin- und hergerissen zwischen Gefühlen, gegen die er nicht ankämpfen wollte, beobachtete er, wie sie Joshua aus der Wiege nahm und nach der Flasche griff, die sie aufgewärmt hatte.

„Ein paar Minuten kann ich schon noch bleiben." Die Worte überraschten ihn selbst und füllten ihn mit Vorfreude. Da war es wieder…

Vorfreude war ein vertrautes Gefühl geworden, das ihn beschlich, wann immer er an Lilly dachte.

Und Joshua.

Lilly strahlte. „Wunderbar", sagte sie und ging ihm voraus in ihr gemütliches Wohnzimmer.

Er ging zum Kamin und konzentrierte sich darauf, Feuer zu machen, während Lilly sich in den

Schaukelstuhl am Fenster setzte.

Cort schmunzelte, als eine große schwarze Nase am Fenster neben ihr erschien.

Esel waren von Natur aus Wachtiere. Viele Leute benutzten sie, um Rinder, Schafe oder Ziegen vor Kojoten zu beschützen. Cort vermutete, dass Samantha sich selbst zu Lillys und Joshuas Beschützerin erkoren hatte, auch wenn sie ein bisschen klein war, um eine echte Beschützerin zu sein.

„Ist Samantha jemals als Wachtier benutzt worden?", fragte Cort und ließ sich auf dem Sofa nieder, während er beobachtete, wie Lilly den gierig trinkenden Joshua in ihren Armen hielt.

„Nein, sie war zu klein. Darum hat Leroy sie gekauft. Sie war kleiner als die meisten Esel, und der Züchter, von dem er sie gekauft hat, hatte keine Verwendung für sie. Darum hat Leroy sie mit nach Hause genommen, damit sie ihm beim Zähmen seiner Bullen hilft."

„Das kann ich nachvollziehen. Als ich das erste Mal gesehen habe, wie ein Esel ein Fohlen beruhigt hat, hat es mich unglaublich fasziniert. Ich persönlich habe nie einen eingesetzt, doch ich weiß, dass es bei Rindern und Junghengsten funktioniert."

Lilly lachte und trommelte mit den Fingern an die Scheibe, woraufhin Samantha ihre Wange an das Fenster presste, um hineinzuspähen. „Das erste Mal, als ich es gesehen habe, war es zum Schießen. Die sanftmütige alte Samantha, angebunden an einen massigen Jungbullen, der kein Interesse daran hatte, Manieren zu lernen. Er ging zum Wasser, und Samantha stand einfach da, die Verbindungsleine so weit gespannt, wie es nur ging. Sie hat den Bullen geduldig angestarrt und sich nicht vom Fleck gerührt. Sie hat ihm den einen oder anderen Tritt verpasst, wenn er es übertrieben hat, doch am Ende war er der bravste Bulle, den Leroy hatte."

„Das erklärt eine Menge. Sie ist ein gutes Tier."

„Neugierig und verwöhnt, aber liebenswert. Sie und ich haben eine Menge zusammen durchgemacht."

Cort fragte sich, was genau sie durchgemacht hatten.

„Was ist mit deinem Mann passiert? Ich weiß, es geht mich nichts an, doch für zwei Leute, die in den letzten zwei Wochen so viel Zeit miteinander verbracht haben, wissen wir nicht viel übereinander." Und er wollte alles über Lilly wissen.

Ihr Blick blieb noch eine Weile auf Joshuas Gesicht gerichtet, beinahe so, als hätte sie ihn nicht gehört. Doch er spürte, dass sie überlegte, ob sie mit ihm darüber reden sollte oder nicht. Eines, was er bereits über Lilly wusste, war, dass sie nur tat, was sie wirklich wollte.

„Er hat mich verlassen", sagte sie schließlich und begegnete seinem Blick. Sie lächelte kurz. Es war ein trauriges Lächeln. „Es hat nicht sollen sein. Es war einfach etwas im Leben, das man sich so sehr wünscht, dass man das Risiko eingeht, wenn sich die Chance ergibt, auch wenn die Chancen schlecht für einen stehen."

Da war etwas in ihrer Stimme, das ihm sagte, dass es vielleicht keine gute Idee war, das Thema anzuschneiden, doch er war sich nicht sicher, was es war. Was sollte er dazu sagen? Ihm fiel nichts Aufmunterndes ein.

„Es war nicht allein Jeffs Schuld. Eine Frau sollte

den Mann, den sie heiratet, fragen, ob er Kinder will. Ich habe viel zu viel angenommen. Meine größte Fehleinschätzung war jedoch, welche Sorte Mann ich geheiratet habe."

Cort hatte in seiner Ehe auch viel zu viel angenommen.

„Was ist mit dir, Cort? Was hat dich nach Mule Hollow gebracht? Und wenn ich so direkt fragen darf, warum bist du nicht verheiratet mit einem Stall voller Kinder?"

Ihre Frage überraschte ihn. Um Zeit zu schinden, atmete er tief durch. „Ich habe ja mit dem Fragen angefangen, also ist es nur fair", sagte er. Warum berührte ihn die Frage so? „Ich bin nach Mule Hollow gekommen, nachdem meine Frau mich verlassen hat. Und jetzt versuche ich, mich mit meinem Leben abzufinden."

Lilly sah ihn voller Mitgefühl an. „Das kann jedem passieren. Mir fällt es auch nicht leicht, mit den Karten zurechtzukommen, die das Schicksal mir ausgeteilt hat. Natürlich habe ich Joshua, und das macht mich zu einem viel glücklicheren Menschen. Da mich meine Großmütter allein hier draußen ohne Spielgefährten aufgezogen haben, bin ich von Natur aus eine einsame Einsiedlerin. Irgendwann habe ich angefangen, von einem Haus voller Kinder zu träumen, um nicht mehr allein zu sein." Sie lächelte und zuckte mit den Schultern. „Doch das war, bevor – naja, ist nicht wichtig. Jetzt habe ich Joshua. Das ist alles, was zählt, dass ich einen Sohn habe. Ich fühle mich gesegnet."

Schweigen breitete sich zwischen ihnen aus. „Ramona hat mich verlassen, weil ich ihr keine Kinder schenken konnte." Da, er hatte es gesagt. Er hatte es zum ersten Mal ausgesprochen.

Er sah Verständnis in ihren Augen. „Das muss hart gewesen sein. Tut mir leid."

Bisher hatte er noch nie jemandem erzählt, warum seine Ehe gescheitert war. Mit welcher Reaktion hatte er gerechnet. Was sollte jemand darauf sagen?

„Vermisst du sie?"

Tat er das? Immer noch? „Ja, manchmal schon. Ich habe meine Frau geliebt. Aber…" Sich Lilly gegenüber zu öffnen war unbekanntes Terrain für ihn. Normalerweise war er ziemlich reserviert und redete nicht mit anderen über seine Angelegenheiten. Doch Lilly war anders. Sie waren Nachbarn, die versuchten, sich anzufreunden. Er räusperte sich und fing noch einmal an. „Ich habe meine Frau geliebt. Genau wie du hat sie sich immer ein Haus voller Kinder gewünscht."

Was sollte er sagen – dass er ihr nicht die Schuld gab? Doch das tat er. Er wäre bei Ramona geblieben. „Ich kann es ihr nicht verdenken, dass sie mich verlassen hat. Doch ich hatte sie für stärker gehalten. Ich dachte, dass sie es so gemeint hat, als sie gelobt hat, in guten wie in schlechten Zeiten zu mir zu stehen."

„Das tut immer noch weh, nicht wahr?"

Cort starrte über Lillys Schulter hinweg aus dem Fenster. „Ja, es tut weh. Ich war wütend und bin es noch. Doch ich bin nach Mule Hollow gekommen, um Frieden mit allem zu schließen. Vielleicht war da ja noch mehr, was zum Scheitern der Ehe beigetragen hat, vielleicht hätte ich mehr tun sollen. Im Augenblick ringe ich mit meinem Glauben. Ich bin nicht begeistert von meinem Leben, so, wie es ist. Doch ich bin hier und warte ab.“

„Ramona wollte Kinder. Was ist mit dir?“, fragte Lilly.

Lilly redete nicht um den heißen Brei herum. „Ich auch.“ Bedauern schmerzte in seiner Brust. Er rieb sich den Nacken und sah Lilly in die Augen. Sie sah noch müder aus als vorhin, doch aus ihrem Blick sprach aufrichtiges Mitgefühl. „Ich habe mir von ganzem Herzen Kinder gewünscht.“

Was hätte Lilly getan, wenn sie an Ramonas Stelle gewesen wäre? „Wir müssen akzeptieren, was das Leben für uns vorgesehen hat. Wie du gesagt hast, Er hat einen Plan. Und offensichtlich hat er für mich keine geplant.“

„Warum nicht?‘

„Zum einen habe ich nicht vor, noch einmal zu heiraten. Und zum anderen – was habe ich einer Frau schon zu bieten? Ich kann ihr keine Kinder schenken.“

„Du könntest welche adoptieren? Oder vielleicht

hat die Frau schon Kinder. Wer weiß?" Da war er wieder, der aufmunternde Singsang in ihrer Stimme.

Doch es war nicht so einfach, wie sie sich das vorstellte. Er musste das Thema wechseln.

„Okay, aber was ist mit dir? Willst du das Schicksal der Tipps-Frauen herausfordern? Willst du noch einmal heiraten und Joshua einen Daddy geben?"

Sie biss sich auf die Lippe. „Er ist gerade erst zur Welt gekommen. Ich will im Moment an nichts anderes außer an ihn denken. Doch … vor seiner Geburt hätte ich nein gesagt, aber jetzt, wenn ich ihn ansehe … jedes Baby hat einen Daddy verdient." Sie sah Joshua liebevoll an. „Das letzte Mal habe ich einen echten Loser ausgesucht. Vielleicht ist das das Problem der Tipps-Frauen. Wir sind furchtbar schlechte Menschenkenner." Sie sah ihn an und lächelte schwach. „Aber wie schon gesagt, er ist gerade erst zur Welt gekommen, und an etwas anderes möchte ich im Moment nicht denken. Im Moment nehmen wir erst einmal einen Tag nach dem anderen in Angriff."

Cort war froh, dass er sich ihr anvertraut hatte. Es hatte etwas Tröstendes zu wissen, dass beide im Moment einen Tag nach dem anderen hinter sich brachten. Cort hatte eine immense Entwicklung durchgemacht, seit er nach Mule Hollow gekommen war. Und viel davon schrieb er der dickköpfigen Frau zu, die ihm gegenübersaß. Sie hatte dafür gesorgt, dass ihm nicht langweilig geworden war. Als er Lillys Nachbar geworden war, hatte er nicht mit alldem gerechnet, was seitdem passiert war. Ein Lächeln breitete sich auf seinem Gesicht aus. Es fühlte sich gut an zu lächeln. Es fiel ihm leichter, und in ihrer Gegenwart schien es zur Gewohnheit zu werden.

„Hier." Lilly erschreckte ihn, als sie aufstand und zu ihm ging. „Nimm Joshua."

„Was? Nein, schon gut." Doch sein Protest blieb ungehört.

Lilly legte ihm das Baby in den Arm und ging, damit er ihn ihr nicht zurückgeben konnte. Trotz aller Bemühungen, dem Baby zu entkommen, hielt er es plötzlich in seinen Armen. Was, wenn er ihn fallen ließ? Er wog kaum mehr als drei Kilo. Und er starrte ihn mit großen Augen an. Mann, was für ein süßer kleiner Kerl. Cort beobachtete fasziniert, wie Joshua eine Faust in die Höhe streckte und unbeholfen damit herumwedelte.

„Hey, kleiner Mann. Schlag dich nicht selbst k.o." Die Worte kamen heraus, bevor er etwas dagegen tun konnte. Joshua strahlte und gurrte.

Cort fühlte sich steif und unbeholfen, doch Lilly hatte die Küche verlassen und kramte irgendwo herum, wo er sie nicht sehen konnte. Cort kam zu dem Schluss, dass er das Baby wiegen sollte, darum versuchte er, Lilly zu imitieren, doch es fühlte sich nicht richtig an. Und es sah auch nicht richtig aus. Bei ihr hatte es so selbstverständlich ausgesehen. Vielleicht sollte er sich in den Schaukelstuhl setzen. Doch was, wenn er auf dem Weg stolperte? Es war besser, wenn er auf dem Sofa sitzen blieb, so konnte nichts passieren.

Lilly war eine gute Mutter – zumindest hatte er das geglaubt, bevor sie angenommen hatte, dass es sicher war, ihm das Baby zu geben. Er zog Joshua ein bisschen näher an seine Brust. Lilly schien darauf zu vertrauen, dass dem kleinen Jungen bei ihm nichts passieren würde. Vielleicht hatte sie ja recht.

Langsam bekam er den Dreh raus.

Und Joshua schien es nicht unbehaglich zu sein.

Als er aufblickte, sah er, dass Lilly ihn mit einem traurigen Lächeln von der Tür aus beobachtete. Als sie seinem Blick begegnete, blinzelte sie und strahlte.

„Ich glaube, er mag dich, Cort."

KAPITEL DREIZEHN

Lilly folgte Cort nach draußen. Sie hatte ihn schließlich von Joshua erlöst, nachdem ihr Sohn an Corts Herz geschmiegt eingeschlafen war.

Sie verdrängte das Nagen an ihrem eigenen Herzen und konzentrierte sich darauf, eine gute Nachbarin zu sein. Und eine Freundin. Sie hatten beide eine schwere Zeit hinter sich – ein Band, das ihre Entschlossenheit, sich mit ihm anzufreunden, nur bestärkte.

Er hatte so süß ausgesehen, als er sich nicht sicher war, wie er Joshua halten sollte. Seine Hilflosigkeit hatte eine Welle der Freude und des Mitgefühls durch sie hindurch gejagt. Und eine kleine Idee hatte sich in ihrem Hinterkopf festgesetzt. Es war etwas, worüber sie würde nachdenken müssen, denn einen Fehler konnte sie sich in dieser Hinsicht nicht erlauben. Doch sie hatte das Gefühl, bereits zu wissen, was in diesem Fall richtig war.

„Er ist direkt eingeschlafen, nicht wahr?", riss Corts Stimme sie aus ihren Gedanken.

Ein gewisses Staunen lag in seinen Worten. Sie lächelte zu ihm auf, als sie die Auffahrt zu seinem Truck hinunter liefen. Dieser Verrückte hatte an der Straße geparkt, damit er sie nicht aufweckte, für den Fall, dass sie schliefen. Er war sowas von süß.

„Ja, er ist direkt eingeschlafen", nickte sie. „Du hast das richtig gut gemacht, nachdem du aufgehört hast, ihn zu halten, als würde er dich jeden Moment treten oder anspucken." Sie lachte erneut, als sie an die Szene dachte … und die Sehnsucht, die sie in ihrem Herzen ausgelöst hatte.

Als sie an seinem Truck ankamen, steckte Lilly ihre Hände in ihre Gesäßtaschen und rollte mit ihrem

Stiefel einen Kieselstein hin und her. Der Wind war aufgefrischt, und es wurde schnell kälter. Die kalte Luft roch nach nasser Erde und Zedern. Doch es war Corts Duft, würzig und maskulin, der in ihren Sinnen nachklang, und die süße Erinnerung daran, wie er ihren Sohn gehalten hatte.

„Lilly, ich würde dir gerne helfen so gut ich kann. Ich komme morgen zurück und bringe mehr Feuerholz zum Haus und kümmere mich um alles, wobei du sonst noch Hilfe brauchst."

„Das schaffe ich schon. Es gibt keinen Grund, dich von deinen Pferden abzuhalten. Wirklich, du hast schon so viel für mich gemacht."

„Lilly, wir sind Nachbarn, und wir haben eine Menge zusammen durchgemacht. Ich würde das wirklich gerne für dich tun."

Lillys erster Impuls war wieder abzulehnen. Doch sie *hatten* eine Menge zusammen durchgemacht. Und wenn sie ehrlich war, konnte sie wirklich ein bisschen Hilfe gut gebrauchen. Sie war es nur nicht gewohnt, jemanden darum zu bitten. „Okay, aber nur, wenn du Zeit hast."

„Ich habe seit unserer ersten Begegnung viel gelernt. Ich bin nicht mehr der fiese alte Oger. Das hoffe ich zumindest."

„Ja. Da liegen Welten dazwischen. Ich erkenne dich gar nicht mehr." Sie trat einen Schritt zurück und deutete mit dem Daumen in Richtung Haus. „Ich muss wieder rein. Ich will Joshua nicht zu lange allein lassen. Aber ich seh' dich morgen. Nachbar."

* * *

Cort blickte Lilly hinterher, als sie die Auffahrt hinauf ging. Ihre Haare wippten über ihrem Kragen, während sie ihre Jacke fester um sich zog. „Bis dann", sagte er leise zu sich selbst. Ein seltsames Gefühl breitete sich in ihm aus. Er war mit dem Vorsatz hergekommen, ihr schnell zu helfen und ungesehen wieder zu verschwinden. Jetzt, wo er sie gesehen hatte, wollte er nicht wieder weg. Von ihr ging eine solche Schönheit aus. Lilly hatte viel mehr zu bieten als nur ein hübsches Gesicht. Sie hatte eine innere Schönheit, die nach außen strahlte. Und das machte ihm Sorgen.

Während er ihr nachblickte, wurde ihm bewusst, dass sein Herz trotz seiner Bemühungen, sich das Gegenteil einzureden, in Lilly viel mehr als eine Nachbarin sah.

Er drängte den Gedanken in den Schatten und stieg in seinen Truck ein, als Lilly sich umdrehte.

„Danke nochmal, Cort!", rief sie.

Cort rang die Gefühle nieder, die sein Herz bewegten. „Jederzeit."

Sie lächelte, dann drehte sie sich um und eilte auf das Haus zu. Sie konnte sich richtig schnell bewegen, jetzt, wo sie nicht mehr watschelte. Er runzelte die Stirn. Ob sie nun watschelte oder nicht, Lilly weckte Wünsche in ihm. Doch sie war zu jung, um sich an einen Mann zu binden, der ihr keine Familie schenken konnte.

Joshua würde Geschwister brauchen.

Ein Bild von Lilly mit all den Kindern, die er sich bei ihrer ersten Begegnung mit ihr vorgestellt hatte, tauchte vor seinem inneren Auge auf. Mit finsterer Miene drehte er sich wieder zu seinem Truck um und stieg ein.

Wem versuchte er etwas vorzumachen? Die Anziehung, die von ihr ausging, machte ihm Angst. Todesangst.

* * *

Lilly saß in einer Nische in Sam's Diner und beobachtete lächelnd das Chaos um sie herum. Die Musikbox, die ein Eigenleben zu haben schien, spielte den neusten Titel ihrer Wahl. „All I Want for Christmas is my two Front Teeth". Monatelang hatte sie ausschließlich Jerry Lee Lewis' „Great Balls of Fire" gespielt, und alle hatten schon *goodness gracious!* gerufen, wann immer jemand eine Münze eingeworfen hatte. Immer wieder kam jemand in das Diner und steckte eine Münze in die Maschine, die daraufhin alle in den Wahnsinn trieb.

Heute hatten Sherri und Lacy sie eingeladen, mit Joshua auf einen Hamburger in den Ört zu kommen. Darum hatte sie nicht damit gerechnet, dass sie eine Überraschungsbabyparty für sie organisiert hatten. Das kleine Diner war brechend voll.

Auf dem Tresen standen mehr liebevoll verpackte Geschenke, als Lilly je auf einmal gesehen hatte. Geburtstage bei den Tipps' waren immer lustig gewesen, doch weil nie viele Leute zu Besuch kamen und das Geld immer knapp war, hatte es immer nur wenige Geschenke gegeben, wenn auch immer mit Liebe ausgesucht. So wie das Diner aussah, würde sie Joshua das ganze erste Jahr keine Kleider kaufen müssen.

„Lilly", rief Lacy und nahm das nächste Päckchen, das Lilly öffnen sollte. „Wir haben versucht, Cort zur Party einzuladen, doch er war nicht zu Hause, als ich bei ihm vorbei gefahren bin."

Lilly sah sich in dem Raum voller Frauen um und fragte sich, warum sie Cort zu ihrer Babyparty einladen wollten. Nicht, dass sie ihn nicht gerne dagehabt hätte. Im Gegenteil.

Wie versprochen war er wiedergekommen und hatte reichlich Holz auf ihrer Veranda gestapelt, doch er war nicht zum Reden geblieben. Stattdessen hatte er darauf beharrt, dass zu Hause eine Menge Arbeit auf ihn wartete. Lilly hatte versucht, sich nicht davon beunruhigen zu lassen, doch das tat es.

Sollte er doch zu Hause bleiben. Sie wollte nicht, dass er nur kam, weil er glaubte, dass sie sich nicht um ihren eigenen Kram kümmern konnte. Denn das konnte sie. Sie hatte ihm erlaubt, ihr zu helfen, weil er so getan hatte, als wollte er das wirklich tun.

Sie behielt ihre Gefühle für sich und lächelte Lacy an. „Ich bin mir sicher, er ist beschäftigt, und im übrigen sind ja sonst auch keine Männer hier."

„Na, na. Ich bin da", protestierte Sam, der Eigentümer, als er mit einem Kuchen aus der Küche kam. Samantha war nach Sam benannt worden, da Leroy und er beste Freunde waren. „Ich bin mir noch nicht sicher, ob das gut oder schlecht ist, der Hahn im Korb zu sein. Hier sind doch viele von euch Mädels, doch *das* ist auf jeden Fall was Gutes."

Lacy stellte ein paar Geschenke auf den Tisch vor Lilly. „Da hast du Recht, Sam. Ich dachte nur, dass Cort vielleicht gerne dabei sein würde, nachdem er geholfen hat, Joshua auf die Welt zu bringen. Oh, Sam, der Kuchen sieht fantastisch aus. Was ist das für einer?"

„Eine italienische Sahnetorte", sagte er und stellte sie vorsichtig auf einen Tisch, auf dem bereits eine Bowle mit Punsch und ein Tablett Kekse warteten.

„Oh, mein Lieblingskuchen", schnurrte Sherri, rutschte aus der Nische und ging hinüber, um sich die Torte anzusehen. Als sie den Finger ausstreckte und einen Klecks Glasur kosten wollte, versetzte Sam ihr einen Klaps auf die Hand.

„Noch nicht, junge Dame."

„Sam, du weißt, wie sehr ich deine Torten liebe."

„Ja, das weiß ich. Doch heute musst du warten, bis Lilly die Geschenke ausgepackt hat, und so wie es aussieht, kann das noch ein, zwei Stunden dauern."

Lilly lachte. „Dann beeile ich mich wohl lieber", sagte sie und sah sich um. Als Molly ein Foto von ihr machte, schreckte das Blitzlicht Joshua aus dem Schlaf. Er fing an zu schreien und weckte sofort mütterliche Gefühle in den meisten Anwesenden.

„Oh, schhh", zwitscherte Adela. Da sie ihm am nächsten gestanden hatte, nahm sie ihn aus seiner Babyschale. Adela war eine elegante Frau mit weißen Haaren und einer schlanken Figur. Ihre blauen Augen leuchteten auf, als sie Joshua im Arm hielt.

„Du bist ja ein ganz Süßer", sagte sie, und zu Lillys Überraschung hörte Joshua auf zu weinen und beobachtete das lächelnde Gesicht der älteren Frau, die leise auf ihn einredete.

„Auf, auf, Lilly", sagte Norma Sue. „Mach lieber weiter, sonst sind wir morgen noch hier."

Um sie glücklich zu machen, riss sie die bunte Verpackung des nächsten Geschenks auf. „Ich glaube, ich brauche Hilfe, meine Arme werden müde."

Alle strahlten sie an, und ihr Herz schwoll. Es fühlte sich so gut an, unter Menschen zu sein, zu diesem Kreis von Freundinnen zu gehören. „Gut, dass wir allein leben, sonst hätten wir gar keinen Platz für all diese schönen Sachen."

Sherri kehrte auf ihren Platz zurück, nahm ein Geschenk und packte es aus. „Ach was, selbst mit allen Geschenken würdest du noch ein Eckchen für einen Mann finden. Oh, und ich helfe dir, weil ich dringend ein Stück Torte will. Heute noch. Auf Lacys Hochzeitstorte muss ich noch viel zu lange warten."

Lacy brachte ein paar weitere Geschenke an den

Tisch, dann trommelte sie mit ihren grell pinkfarbenen Fingernägeln auf die Oberfläche. „Ich kann es auch kaum noch erwarten. Bis zum vierzehnten Februar ist noch so lange hin. Doch in meinem Fall hat es nichts mit der Torte zu tun.“

Lilly rang einen Anflug von Traurigkeit nieder. Die Hochzeit würde etwas ganz Besonderes sein. Der ganze Ort war in heller Aufregung. Sie freute sich unglaublich für Lacy, denn es war schön, dass Lacy einen so wunderbaren Mann gefunden hatte – nicht, dass es nicht andere großartige Männer in Mule Hollow gab, denn zwischenzeitlich wusste sie, dass es hier jede Menge gab.

Auch wenn ihre Großmütter ihr das Gegenteil eingetrichtert hatten.

Es war bereits spät am Nachmittag, als sie ihren Truck mit allen Geschenken beluden und sie nach Hause fuhr. Joshua war wach, als sie losfuhr. Jedes Mal, wenn sie die Transformation, die der kleine Ort in den wenigen Monaten seit Lacy Browns Ankunft durchgemacht hatte, betrachtete, staunte sie. Die Gebäude, die einst braun und tot die Straße gesäumt hatten, waren nun bunt wie eine Schachtel Wachsmalkreiden. Das leuchtend flamingopinkfarbene Gebäude, das Lacy gehörte, brachte sie immer zum Lächeln, wenn sie an den Tag dachte, an dem Lacy angefangen hatte, es zu streichen. Junge, hatten die Männer sich aufgeregt. Besonders Clint Matlock. Das war der Tag gewesen, von dem die Leute aus dem Ort heute glaubten, dass er sich in Lacy verliebt hatte – während sie sich darüber gestritten hatten, was sie mit dem Ort anstellte.

„Joshua, siehst du das Gebäude da?" Lilly nickte in Richtung des Schönheitssalons *Heavenly Inspirations*. „Das Gebäude kann man von der Kreuzung ganz weit weg sehen. Eines Tages wirst du mit deinen kleinen Fingern darauf zeigen und fragen *Was ist das, Mami?*" Lilly streckte die Hand aus und streichelte seine kleinen Zehen. „Ja, du … genau du – es sei denn, du bist farbenblind."

Er lächelte, als sie aus dem Ort fuhr. Zumindest interpretierte sie seinen Gesichtsausdruck als Lächeln.

Alle sagten, dass drei Wochen alte Babys nicht lächelten, doch bis sie nach Hause kam und in seiner Windel keinen Beweis dafür fand, dass es etwas anderes gewesen war, würde sie annehmen, dass Joshua beim Anblick des pinkfarbenen Gebäudes mitten im Nirgendwo gelächelt hatte.

Als sie nach Hause kam, sehnte Lilly sich nach Schlaf. Es war ein langer Tag gewesen. Sie würde versuchen, Norma Sues Rat zu befolgen und zu schlafen, wenn Joshua schlief. Doch sie hatte Rechnungen zu bezahlen, und Bilder luden sich nun einmal nicht von selbst hoch, und Texte korrigierten sich auch nicht im Schlaf.

Die Sonne war ein paar Tage geblieben, doch laut Wettervorhersage würde das Eis zurückkehren. Es störte sie nicht. Sie würde sich mit Joshua in ihrem warmen Haus einigeln und die gemeinsame Zeit genießen. Sie würde schnell arbeiten, schlafen und vielleicht sogar kochen. Andere Leute hatten schließlich auch Babys und kümmerten sich um Arbeit und Haushalt. Das konnte sie auch. Sie war kein Superheld, doch sie konnte es schaffen.

Bevor es kalt geworden war, hatte sie einen kleinen Truthahn gekauft, hatte jedoch keine Lust gehabt, ihn zuzubereiten. Jetzt könnte sie es ja versuchen. Ja, sie würde die Sonntagsessen-Tradition wieder aufleben lassen. Sie brauchte Übung, denn das letzte Mal, als sie versucht hatte, einen Truthahn zuzubereiten, war unter Granny Bunches' wachsamen Auge gewesen – und das war Jahre her. Nachdem alle ihre Großmütter gestorben waren, hatte Lilly alle gemeinsamen Traditionen einschlafen lassen.

Doch jetzt war alles anders. Sie musste an Joshua denken. Erinnerungen für *ihn* erschaffen. Mit diesem Gedanken fing sie an, ihm ein Schlaflied zu singen, genau, wie Granny Bunches es immer für sie gesungen hatte. Als sie schließlich ihren alten Truck auf die unbefestigte Zufahrtsstraße lenkte, war sie überzeugt, den Truthahn zubereiten zu können. Sie würde für nächstes Jahr üben. Wenn sie jetzt anfing, würde sie bis Thanksgiving und Weihnachten ein Profi sein. Vielleicht wäre sie bis dahin auch gut genug, ein paar Leute einzuladen.

Vielleicht würde Cort gerne kommen? Der

Gedanke kam ihr, als sie an seiner Ranch vorbeifuhr. Ja, ein Abendessen wäre eine schöne Geste als Dankeschön für alles, was er für sie getan hatte. Vielleicht würde das dazu beitragen, dass es wieder so wurde, wie an dem Tag, an dem er Joshua gehalten hatte.

Es belastete sie immer noch. Was war passiert, dass er plötzlich so distanziert wirkte?

Auch wenn sein Haus ein ganzes Stück von ihrer gemeinsamen Zufahrtsstraße entfernt stand, konnte sie den Eingang seiner Scheune sehen. Sie blickte in die Richtung, als ein riesiges schwarzes Pferd aus der Scheune gestürmt kam. Es flog wie der Wind, sprang über den Zaun und galoppierte auf die Weide.

Lilly musste sich nicht lange wundern, was passiert war. Im nächsten Moment kam Samantha aus der Scheune getrottet und blieb neben der Zedernholzschaukel stehen, warf den Kopf in den Nacken und schrie laut.

„Oh nein! Ich hätte wissen müssen, dass du dahinter steckst", stöhnte Lilly, bog in Corts Auffahrt ein und machte sich auf den Weg zu ihrem unmöglichen Esel, bevor der den ganzen Stall befreite. Manchmal wünschte sie sich, Leroy hätte den Esel mitgenommen.

Doch andererseits… was würde sie ohne Samantha tun? Sie liebte das kleine Biest.

Als Cort Lillys alten Truck sah, wusste er sofort, dass irgendetwas nicht stimmte. Er musste nur einmal raten, was nicht stimmte, als er die Tür seines Trucks öffnete und Loser bellend um die Scheune herum stürmte. Loser bellte nur aus einem einzigen Grund.

Samantha.

Was hatte der Esel jetzt wieder angestellt?

Er fand Lilly, eine Hand in die Hüfte gestemmt, einen Rechen in der anderen Hand – und so, wie sie ihn ansah, rechnete sie damit, dass er ihr an die Gurgel sprang. Vor ein paar Wochen hätte er das vielleicht getan. Er atmete tief durch, betrachtete den Schaden und zwang sich, ruhig zu bleiben. Lilly glaubte offensichtlich, dass es ihre Schuld war, und sah so zerknirscht und süß aus, dass er sie in den Arm nehmen und sie beruhigen wollte.

In den Arm nehmen wollte er sie immer ... doch das würde nicht passieren. Er musste sich zusammenreißen. Er musste dieser Falle, die sein Herz ihm stellen wollte, entkommen, sonst würde er nur unkontrolliert auf noch mehr Leid zusteuern. Als er die Babytrage auf der Bank neben dem Waschplatz sah, rutschte sein Herz noch ein Stückchen weiter in die Falle. Er wollte Joshua nicht ansehen. Seit er den Jungen in seinen Armen gehalten hatte, hatte Cort kaum mehr klar denken können. Immer wieder Lillys trauriges Lächeln vor sich. Er konnte an nichts anderes denken, als dass sie ein Haus voller Kinder wollte – und dass er ihr das nie geben könnte.

Das Hingezogensein, das er für sie empfand, ergab keinen Sinn. Es war unmöglich, dass er so schnell wieder das fühlte, was sein Herz ihm einzureden versuchte.

Vollkommen unmöglich.

Doch er fühlte sich zu dem Baby genauso hingezogen wie zu Lilly. Sein Herz schmerzte, da er wusste, dass er ihre Wünsche nicht erfüllen konnte. Er wohnte nur ein Stück die Straße runter, doch für ihn fühlte es sich an, als wären sie so weit entfernt wie der Mond. Es hatte ihn all seine Selbstbeherrschung gekostet, sich fernzuhalten, doch er hatte es getan. Jetzt, wo sie hier waren, auf seinem Hof, spürte er jedoch die Verlockung des erbaulichen Bildes, das sie abgaben.

Lilly trat neben ihn, und einen Moment lang beobachteten sie schweigend den schlafenden kleinen Jungen. Er war warm eingepackt, und sein kleines Gesichtchen kaum zu sehen. Corts Herz schwoll vor Sehnsucht nach einer eigenen Familie. Lillys Nähe und der Duft von Babypuder führten ihm noch stärker vor Augen, was ihm fehlte.

„Ich sehe ihm gern beim Schlafen zu", sagte er und kämpfte gegen seine Gefühle an. Es war schon schlimm genug, dass er Lilly umarmen wollte, doch jetzt hatte er auch noch das Bedürfnis, Joshuas Köpfchen zu streicheln. Um zu sehen, ob sich seine Haare so weich anfühlten wie die auf der Nase eines Fohlens. Doch er tat es nicht. Mutter und Kind zu berühren würde nichts tun, außer die Gefühle, die er sich nicht erlauben durfte, zu verstärken. Er wandte sich ab und ging zu dem Haufen Futter, der am Boden lag.

„Das war Samantha, nicht wahr?" Es hörte sich vorwurfsvoller an, als er es gewollt hatte.

„Tut mir leid. Ich habe sie rauskommen sehen, als ich vorbeigefahren bin."

„Ich schätze, ich muss dem alten Mädchen mit der Peitsche nachgehen", versuchte er zu scherzen, um die Anspannung zu lösen, die ihn auffraß, doch es gelang ihm nicht.

Lilly wirbelte mit lodernden Augen zu ihm herum. „Wag das bloß nicht! Zugegeben, sie ist ein kleines Biest, aber denk nicht einmal daran, ihr wehzutun! Ich schwöre, das ist untypisch für ihn. Sie ist nie so zerstörerisch gewesen."

Ihre Worte trafen ihn ins Herz. „Nach allem, was wir durchgemacht haben, traust du mir wirklich zu, dass ich Samantha wehtun könnte?" Zumindest hatte sie den Anstand, ihn verwirrt anzusehen. „Lilly, das war ein Witz. Ich könnte Samantha kein Haar krümmen. Ich weiß nicht, was mit ihr los ist, doch nach dem, was sie in der Nacht von Joshuas Geburt für dich getan hat, wäre ich ein erbärmlicher Mann, wenn ich ihr etwas antun würde. Ich sage allerdings nicht, dass ich nicht versucht bin, sie an einen Baum zu ketten." Er lächelte.

„Oh", hauchte sie.

Er griff nach dem Rechen, den sie immer noch in der Hand hielt. Als sie ihn nicht losließ, sah er sie mit hochgezogener Braue an. „Du kannst loslassen. Sieht aus, als wäre ich genau zur rechten Zeit nach Hause gekommen."

Lilly ließ den Rechen los und die Hände sinken. Sie war müde – er sah es ihren Augen und ihrer Haltung an. Nicht, dass sie es zugegeben hätte. Sie würde damit zugeben, dass sie Hilfe brauchte. Er hatte schnell gelernt, dass sie nicht gerne zugab, wenn sie etwas brauchte.

„Du solltest wirklich nicht hier draußen sein und das hier aufzuräumen versuchen. Nimm Joshua und geh nach Hause." Seine Worte klangen barsch, doch sein Bedürfnis, sie zu beschützen, war überwältigend. Je schneller sie nach Hause ging, desto besser.

Als sie keine Anstalten machte zu gehen, sah er sie an. Da war noch mehr. Die dunklen Ringe unter ihren Augen sagten ihm alles. Sie war nicht nur müde. Sie war erschöpft. Vielleicht schlief das Baby nicht. Er hätte seine dummen Gefühle ignorieren und ihr mehr helfen sollen, wie er es versprochen hatte. Was für ein Nachbar war er? Und mehr noch – was für ein Mann?

Sie schluckte und trat von einem Fuß auf den anderen.

„Samantha hat eines der Pferde rausgelassen."

KAPITEL VIERZEHN

Corts Miene schlug schneller um, als sie blinzeln konnte. Genau, wie sie es befürchtet hatte. Warum war er nicht eine Stunde später nach Hause gekommen? Bis dahin hätte sie alles aufgeräumt und das Pferd gefunden und wäre schon wieder zu Hause gewesen.

Cort wirbelte herum, ging in den Stall und sah die leere Box. „Ringo! Natürlich", knurrte er mit finsterer Miene, als er wieder herauskam. „Lass mich raten – er ist über den Zaun gesprungen."

Lilly musste beinahe rennen, um mit ihm

mitzuhalten. Vor dem Gebäude blieb er so abrupt stehen, dass sie prompt mit ihm zusammenstieß.

„Tschuldigung", sagte sie und wich zurück. „Ich wollte ihn suchen gehen, sobald ich alles saubergemacht habe."

In diesem Moment kam Samantha um die Ecke getrottet. Sie blieb stehen, legte ihre großen Ohren an, zog die Oberlippe hoch und grinste wie ein Schimpanse.

Nicht der richtige Moment…

Cort schnaubte und ging an ihr vorbei, doch Samantha folgte ihm. Loser folgte dem Esel und schnappte nach ihrem angesengten Schwanz. Diese beiden waren offensichtlich auf Ärger aus. Kopfschüttelnd ging Lilly, um Joshua zu holen, bevor auch sie sich ihnen anschloss.

Sie hätte nicht zuerst versuchen sollen aufzuräumen. Sie hätte dem offensichtlich teuren Pferd nachgehen sollen. Was, wenn ihm etwas zugestoßen war? Was würde sie dann tun?

Doch was sollte dem Pferd schon passieren? Es genoss lediglich seine Freiheit.

Es war über den Zaun gesprungen, als wäre es nichts gewesen.

Oh nein! Was, wenn es über jeden Zaun sprang, den es sah? Was, wenn sie es nicht finden konnten? Es war nicht normal, dass ein Pferd so einfach über Zäune sprang. Tat Ringo das oft, oder hatte er es getan, weil Samantha ihn erschreckt hatte? Oh… das war gar nicht gut.

„Du glaubst nicht, dass er noch über andere Zäune springt, oder?", fragte sie und sah Cort hilflos an, als er stehenblieb und sich zu ihr umdrehte.

„Ich habe noch nicht allen Stacheldraht gegen Rohrzäune ausgetauscht, und auf der anderen Seite sind Stuten, zu denen er vielleicht unterwegs ist. Wenn sein Drang, zu ihnen zu kommen, groß genug ist, könnte er womöglich in den Zaun rennen und sich verletzen. Ringo ist ziemlich dumm für ein Pferd. Und wenn er zu aufgeregt ist, könnte er durchaus nochmal springen." Er verschwand in der Sattelkammer und kam wenig später mit Zaumzeug und einem Lasso wieder heraus. Immer noch von Samantha gefolgt ging er zu seinem Truck.

„Warte auf mich", rief Lilly und beeilte sich, doch es fiel ihr schwer, Joshuas Sitzschale samt Baby über die gekieste Auffahrt zu schleppen.

„Nein! Geh du nach Hause", blaffte Cort und wirbelte herum. „Und nimm das kleine Biest mit. Langsam sieht mein Hof so aus, als wäre es ein Zirkus!"

Lilly sträubte sich. „Schreib mir nicht vor, was ich tun soll, Cort."

Er öffnete die Fahrertür und setzte einen Fuß in den Truck. Loser segelte an ihm vorbei auf den Sitz und blickte zwischen ihm und Lilly hin und her, als Lilly die Tür zur Rückbank öffnete und Joshuas Trage in den Truck stellte.

„Zumindest einer freut sich, uns zu sehen", murmelte sie und griff nach dem Sitzgurt.

Cort stapfte um den Truck herum und Lilly drehte sich zu ihm um. Die Hände in die Hüften gestemmt blickte sie gereizt zu ihm auf. Zu müde, um sich darum zu scheren, ob er wollte, dass sie mitkam oder nicht, war sie jedoch nicht darauf vorbereitet, wie seine Nähe ihren Puls in die Höhe schnellen ließ.

„Lilly, das ist verrückt. Du musst Joshua nach Hause bringen, wo's warm ist. Es wird immer kälter und er hat wahrscheinlich Hunger. Wenn nicht jetzt, dann sicher, bevor wir zurückkommen.“

Jetzt versuchte er auch noch, ihr ein schlechtes Gewissen einzureden. „Warte hier, und ich hole seine Tasche.“

„Lilly! Bring das Kind nach Hause!“

Warum musste er so stur sein? Was war so schlimm daran, wenn sie mitkamen? Verabscheute er ihre Gesellschaft so sehr? Hatte sie sich an dem Tag, an dem sie ihn zu seinem Truck begleitet hatte, nur eingebildet, dass sie dabei waren, sich anzufreunden? Sie kämpfte gegen den Drang, einzulenken und nach Hause zu gehen an. Doch er brauchte sie. Ob er das nun glaubte oder nicht.

„Cort, was, wenn Ringo sich verletzt hat? Was, wenn er blutet?“

Er hielt inne und sah sie an. Seine Schultern entspannten sich ein wenig, als ihre Worte zu ihm durchdrangen. Lilly spürte die Anspannung, die immer noch in Wellen von ihm ausstrahlte, doch was sie gesagt hatte, hatte ins Schwarze getroffen, und er nickte.

„Dann hol die Windeltasche." Er trat einen Schritt zurück, damit sie an ihm vorbei gehen konnte. Als ihr Arm seinen streifte, wurde ihr Mund trocken. Ihre Sinne spielten vor Müdigkeit wirklich verrückt.

Sie versuchte, nicht zu viel über ihre Gefühle nachzudenken, und holte eilig die Windeltasche aus dem Truck. Schmetterlinge flatterten in ihrem Bauch, als sie zu Corts Truck zurückkehrte. Er wartete an der Beifahrertür, die Hand auf der oberen Kante, während er sie ihr aufhielt. Seine andere Hand steckte in seiner Gesäßtasche, und sein Gewicht lag auf seinem hinteren Bein. Lilly hatte hundert Männer genauso dastehen sehen, doch keiner von ihnen hatte ihren Puls zum Stolpern gebracht. Nur Cort tat das. Er war nur ein Mann, versuchte sie sich einzureden. Doch kein anderer Mann hatte je ihr Innerstes zum Schmelzen gebracht.

Sie war müde. Das war alles.

Als er nach ihrem Ellbogen griff, um ihr in den Truck zu helfen, wäre sie fast auf den Sitz gesprungen vor Schreck. Müde. Müde. Müde. Er hatte sie schließlich schon früher berührt.

Doch diesmal spürte sie … etwas. Sie war *müde.*

„Wenn ich dich nicht überzeugen kann, dann muss ich dich wohl mitkommen lassen." Seine Worte trafen sie wie ein Schlag ins Gesicht.

Was versuchte sie sich hier vorzumachen? Offensichtlich hatte die Berührung keinerlei Wirkung auf ihn gehabt. „Da hast du wohl recht", knurrte sie und starrte geradeaus. Was hatte sie sich nur gedacht?

Elektrisches Prickeln! Pustekuchen! Sie war so müde, dass sie halluzinierte.

Da war absolut nichts.

Cort fuhr über die Weide, da er annahm, dass Ringo schnurstracks auf die Westgrenze zu lief, wo die Stuten waren. Dorthin war er jedes Mal gelaufen, wenn

Samantha ihn rausgelassen hatte, und zum Glück hatte er sich noch nicht dabei verletzt. Wie dumm der Gaul doch war, wegen eines Haufens von Weibern so verrücktzuspielen! Was Cort jedoch Sorgen machte war, dass er nächste Woche eine Show hatte. Das Letzte was er brauchte, war ein Ringo mit Kratzern oder Narben von einem anderen Hengst oder vom Stacheldrahtzaun.

Er hätte sich schon längst um den Zaun kümmern sollen. Das schlechte Gewissen plagte ihn.

Du hättest Lilly nicht so anblaffen sollen.

„Schau, Lilly. Ich hätte nicht so wütend reagieren sollen. Tut mir leid."

Sie saß steif auf dem Beifahrersitz. „Ich nehme deine Entschuldigung an, wenn du meine annimmst. Ich hätte mir schon lange etwas wegen Samantha einfallen lassen sollen."

„Ich habe dir gesagt, dass ich mich darum kümmern würde, und habe es nicht getan."

„Egal. Samantha ist meine Verantwortung, und ich hätte dich nie bitten sollen, mein Problem zu lösen."

Diese Frau war so stur, wie eine Frau nur sein

konnte. Stur, unkooperativ–

„Da ist Ringo!“, rief Lilly und deutete über die Weide. „Oh, du meine Güte! Cort, schau nicht…“

Ohnmächtig zu werden war nicht Macho.

Nicht, dass er sich deswegen jemals Gedanken gemacht hätte. Doch es kratzte am Ego eines Mannes.

Seit er Lilly kannte, hatte er mehr Zeit am Boden verbracht als je zuvor in seinem Leben.

Zum Glück war er diesmal nicht umgekippt. Doch nur, weil es dämmerte, Ringos Fell dunkel war und Lilly ihn vorgewarnt hatte.

Ringos Verletzung war nicht mehr als ein tiefer Kratzer auf seiner Nase, doch er blutete stark. Lilly mochte stur und unkooperativ sein, doch sie hatte ein gutes Herz. Herzlich und fürsorglich waren zwei Attribute, die er vorhin ausgelassen hatte. Ringo tat ihr furchtbar leid.

Ihr Mitleid für das Pferd rührte ihn. Sie hatte darauf bestanden, ihm beim Versorgen der Wunde zu helfen. Ihre Nähe hatte ihn fast um den Verstand gebracht, doch je mehr Zeit er mit ihr verbachte, desto mehr mochte er sie. Je mehr er sie mochte, desto überzeugter war er, dass sie viele Kinder brauchte. Sie hatte ein Herz, das zum Lieben gemacht war.

Es war offensichtlich in allem, was sie tat. Selbst Loser war nicht mehr derselbe, der er noch vor einem Monat gewesen war. Der Hund folgte ihr, als betete er den Boden an, auf dem sie wandelte. Und wenn er nicht ihr folgte, lag er neben der Babytrage und passte auf Joshua auf.

„Ja, Junge, die beiden sind schon was Besonderes", sagte Cort, als er wieder zurück zu seinem Haus fuhr, nachdem er Lilly und Joshua hinterher gefahren war. Er hatte darauf bestanden, sich zu versichern, dass sie sicher zu Hause ankamen. Lilly war erschöpft. Als sie Ringos Wunde gesäubert und versorgt hatten, war es schon fast neun, und er wollte alles tun, was er konnte, um dafür zu sorgen, dass Lilly und Joshua beschützt waren.

Er hatte sich nicht davon abhalten können, Lilly zu umarmen, bevor sie ins Haus gegangen war. Es war ein langer Tag gewesen, den er gegen das Bedürfnis angekämpft hatte, und dann hatte er es einfach zugelassen. Sie hatte ausgesehen, als brauchte sie eine Umarmung. Ihre Überraschung war offensichtlich gewesen.

Sie hatte sich wunderbar um Ringos Verletzung gekümmert, und um dafür zu sorgen, dass Cort die Feuchttücher mit dem Blut nicht sah, hatte sie ihn gebeten, nach Joshua zu sehen. Er hatte nicht anders gekonnt. Er hatte sie umarmen müssen. Jeder, der so aufmerksam wie sie war, verdiente mehr als eine Umarmung, doch er hatte keine Medaille für sie und war sich sicher, dass sie von einem Kuss nicht begeistert gewesen wäre.

Doch auch wenn ein Kuss genau das war, was er ihr geben wollte, war er sich ziemlich sicher, dass er den Versuch nicht überleben würde. Darum hatte er sie umarmt und sich eingeredet, dass es nur eine Umarmung unter Freunden war, dass sie nichts bedeutete.

Doch langsam begriff er, dass er sich auf Treibsand befand.

Denn sie in Aktion zu sehen – wie sie sein Pferd

verarztete, seinen Hund liebte und ihren Sohn bemutterte – zementierte seine Meinung, dass sie mehr Kinder brauchte. Sie war dazu geschaffen, Liebe und Zärtlichkeit zu geben.

Doch keines der Argumente kam gegen das Gefühl an, wie richtig es sich anfühlte, wenn er sie in seinen Armen hielt. Nichts war vergleichbar mit diesem Gefühl.

Der Sonntagmorgen war strahlend hell und sonnig. Lilly war beinahe die ganze Nacht aufgewesen, denn Joshua hatte partout nicht schlafen wollen. Er hatte fast nur geweint, selbst wenn sie ihn im Schaukelstuhl geschaukelt hatte. Auch seinen Bauch zu reiben hatte nichts gebracht. Lilly hatte es sogar mit ein paar Tropfen Öl in seiner Milch versucht, doch auch das hatte nichts geholfen.

Sie war mit ihm auf dem Arm stundenlang durchs Haus gewandert und hatte gebetet. Samantha war um das Haus gelaufen und ihr von Fenster zu Fenster gefolgt. Wenn Joshua besonders laut geweint hatte,

hatte Sam ihre Nase an die Scheibe gepresst und missmutige Laute ausgestoßen. Lilly verstand sie nur zu gut. Irgendwann waren Joshuas Tränen dann versiegt, etwa zur gleichen Zeit, als die Sonne über den Hügel gestiegen war. Lillys Tränen hatten jedoch erst angefangen.

Ein Baby allein großzuziehen war furchteinflößend.

Was wusste sie schon darüber?

Sie hatte überlegt, ob sie Norma Sue anrufen sollte, doch was hätte sie sagen sollen? Dass sie zu dumm war, mit einem Baby mit Koliken zurechtzukommen? Sie schniefte und wischte sich mit dem Ärmel die Augen ab. Sie war soweit gewesen, zu Norma zu fahren, wäre Joshua nicht endlich eingeschlafen.

Lilly legte Joshua in sein Bettchen, schloss die Tür und ging duschen. Sie konnte nachvollziehen, wie leicht man depressiv werden konnte, wenn man so wenig Schlaf bekam wie sie. Dabei hatte sie immer geglaubt, dass Schlafen überbewertet sei. Es gab viel zu viel, was sie an einem Tag tun wollte, warum sollte sie da schlafen?

Jetzt hatte sie Tagträume vom Schlafen. Sie war ein Zombie.

Lilly dachte darüber nach, wieviel Schlaf sie in den letzten vier Tagen bekommen hatte, und war auf drei, vielleicht vier Stunden am Tag gekommen. Und die nicht einmal am Stück, sondern in Etappen. So viel zum Thema traditionelles Dinner, das sie hatte kochen wollen.

Sie lehnte ihren Kopf gegen die Fliesen und ließ das heiße Wasser auf ihre schmerzenden Muskeln prasseln. Sie hatte den Ladys versprochen, dass sie heute zum ersten Mal mit Joshua zur Kirche kommen und danach zum Mittagessen im kleinen Gemeindesaal hinter der Kirche bleiben würde. Sie war so versucht, zu Hause zu bleiben und einfach ein bisschen zu schlafen. Joshua schlief gerade auch, darum könnte sie sicher…

Nein, sie hatte es versprochen. Sie wusste, dass sie sich Sorgen machen würden, wenn sie mitbekämen, dass sie Schwierigkeiten hatte und niemanden um

Hilfe bat. Sie wusste, sie konnte es.

Ja, sie konnte es, sagte sie sich eine Stunde später erneut. Es war halb elf. Die Sonntagsschule fing um zehn an – die hatte sie also verpasst, doch zum Gottesdienst konnte sie wenigstens gehen. Sie hatte einen Bohnenauflauf gemacht, in den Truck gebracht, und jetzt sammelte sie alles ein, was sie vielleicht unterwegs für Joshua brauchte. Es fühlte sich an, als würde sie eine Woche wegfahren! Oder einen Monat, dachte sie, als sie den Laufstall nach draußen schleppte. Sie öffnete die Heckklappe und wuchtete ihn hinauf – warum hatte sie ihn nicht zusammengeklappt? Sie war so müde, dass sie nicht einmal daran gedacht hatte. Sie war ein stümperhaftes Häuflein Elend mit zu wenig Schlaf. Sie hätte darüber gelacht, wenn sie nicht so verflixt müde gewesen wäre.

Sie schlug die Heckklappe zu, ging wieder hinein und holte die Babyflaschen, die sie vorbereitet hatte. Dann kontrollierte sie die Windeltasche und vergewisserte sich, dass sie genug Feuchttücher, Wundcreme und Wechselsachen eingepackt hatte.

Oh, und Spielsachen.

Windeln! Die hätte sie beinahe vergessen.

Sie brachte alles in den Truck, dann ging sie wieder ins Haus. Sie konnte nicht fassen, dass sie beinahe die Windeln vergessen hätte.

Samantha trottete ihr jedes Mal hinterher. Sie wedelte mit ihrem angesengten Schwanz und spitzte die Ohren, während in der kalten Morgenluft weiße Atemwölkchen aus ihrer Nase aufstiegen.

Sie wartete an der Hintertür und spähte geduldig hinein. Lilly wusste, dass der kleine Esel leicht die Tür hätte öffnen und ihr ins Haus folgen können.

Zum Glück hatte Leroy darauf bestanden, dass Samantha draußen blieb. Mit Keksen hatte er sie darauf trainiert, an der Tür auf ihre Belohnung zu warten. Lilly holte ein Leckerli für den Esel aus der Küche, dann brachte sie Joshua in seiner Sitzschale nach draußen.

Der Esel machte große Augen und aß genüsslich das Bananentoffee, während Lilly ihr dabei zusah.

Ihre gemeinsame Liebe für die blassgelbe

Süßigkeit stammte aus Lillys Kindheit. Damals hatte sie Samantha Geschichten erzählt und ihre Süßigkeiten mit ihr geteilt.

Beide hatten die überflüssigen Pfunde, die von ihrer Liebe für die Süßigkeit zeugten.

Lilly hatte sich ein Limit gesetzt, da sie sich bemühte, die überflüssigen Babypfunde wieder loszuwerden.

Oh ja, die waren überall, doch vor allem an ihren Oberschenkeln. Dabei wirkten ihre Beine auch so schon so kurz! Doch das war ein ganz anderes Problem.

Müde zu sein trug definitiv nichts zu ihrer Laune bei, dachte sie ein paar Minuten später, als sie die unbefestigte Straße hinunter fuhr. Was war nur mit ihr passiert? Gute Frage. Doch sie war zu müde, darüber nachzudenken. Es kostete sie all ihre Energie, die Augen offenzuhalten und sich auf die Straße zu konzentrieren. Ihre Selbstfindung würde bis nach der Kirche, dem Mittagessen, Joshuas Fütterung und den Arbeiten, die sie am Nachmittag auf dem Hof zu erledigen hatte, warten müssen.

Lilly hoffte, dass sie während des Gottesdienstes nicht einschlafen würde. Ihr erster Sonntagsgottesdienst nach der Geburt, da konnte sie es sich nicht leisten, auf der Bank einzuschlafen. Sie kicherte, als sie sich vorstellte, wie sie auf einer der hinteren Reihen schnarchte, verscheuchte den Gedanken jedoch ganz schnell wieder.

KAPITEL FÜNFZEHN

Cort trat auf die oberste Stufe vor der Kirche, nahm den Hut ab und holte tief Luft. Clint Matlock hatte ihn zu Hause besucht und ihn zur Kirche und zum anschließenden Mittagessen eingeladen. Zuerst hatte Cort gesagt, dass er beschäftigt war – was auch stimmte, doch es war nichts, was allzu dringend gewesen wäre. Da Ringos Kratzer noch nicht verheilt war, warteten auch keine Wettbewerbe auf ihn. Er hatte also Zeit, die er nutzen konnte, um wieder zur Kirche zu gehen.

Davon abgesehen mochte Cort Clint. Sie waren in

etwa im selben Alter und verstanden sich gut, als sie sich auf dem Hof unterhielten. Clint hatte sich entschuldigt, dass er nicht früher rausgekommen war, um ihn einzuladen, hatte dann jedoch erklärt, dass er die letzten zwei Wochen mit dem Staatsanwalt verbracht hatte, um zu helfen, ein paar Viehdiebe vor Gericht zu bringen, die vor ein paar Monaten von ihm gestohlen hatten. Es hatte lange gebraucht, bis der Fall zur Verhandlung gekommen war, denn dieselben Viehdiebe hatten noch andere Anklagen am Hals, und Clint hatte alle Hände voll zu tun gehabt, um bei der Beweisfindung zu helfen.

Cort hatte sich über die herzliche Einladung gefreut und versprochen, zur Kirche zu kommen. Es war eine ganze Weile her, seit er eine Kirche betreten hatte, und er musste zugeben, dass er nervös war.

Vor der Tür zögerte er und sah sich um. Sein Blick blieb an Lillys Truck, der in der Nähe eines kleinen Nebengebäudes geparkt war, hängen. Es dauerte einen Moment, bis ihm bewusst wurde, dass Lilly immer noch im Truck war, oder zumindest glaubte er, dass sie es war. Die Tür war offen, und sie kniete auf dem Sitz mit dem Rücken zur Tür. Von seiner Warte aus sah es aus, als zerrte sie mit aller Kraft an irgendetwas. Er setzte seinen Stetson wieder auf und ging in ihre Richtung. Er hatte sich gefragt, ob sie zur Kirche ging, doch er hatte nicht damit gerechnet, dass sie die erste sein würde, die er sah. Sein Gewissen nagte an ihm. Seit ihrer letzten Begegnung hatte er sie wieder gemieden. Er war nicht stolz darauf, doch er hatte einfach Angst.

Ja, das war Lilly in ihrem Truck. Da sie auf dem Sitz kniete, hing ihr Kleid über ihre Schuhe. Der Saum wackelte jedes Mal, wenn sie am Sitzgurt zog, der Joshuas Sitzschale festhielt.

„Klick rein, Klick raus … ja, klar", murmelte sie, als er die Hand auf den Türrahmen legte. Er unterdrückte ein Kichern, als sie entnervt seufzte und erneut am Gurt zerrte. „Oh, komm schon!"

„Oh je, schlechte Laune?"

Sie schrie auf und wirbelte so schnell herum, dass sie sich den Kopf am Rückspiegel anstieß. Ihr wütender Gesichtsausdruck war einfach drollig. „Oh, du bist es! Du hast mich erschreckt!"

„Bist du okay?"

Sie ließ sich auf den Sitz sinken und rieb sich die Schläfe.

„Wenn mein Herz aufhört, mir aus der Brust hüpfen zu wollen, lasse ich es dich wissen. Du weißt wirklich, wie man einen Pfau verschreckt."

Cort runzelte die Stirn. „Wie bitte?"

„Ich meine, eine Frau erschreckt. Satan gibt sich größte Mühe, mich dazu zu bringen, wieder einzusteigen und nach Hause zu fahren. Aber–" Sie lächelte und hob die Hände. „Das kann er vergessen. Ich habe zu hart gearbeitet, um auch nur hierher zu kommen. Jetzt, wo ich nur noch einen Steinwurf von der Kirche entfernt bin, drehe ich sicher nicht wieder um. Hast du eine Ahnung, wie viel man nur für eine Fahrt in den Ort einpacken muss, wenn man ein Baby hat? Ich sage dir, nach all dem Aufwand, der nötig war, um herzukommen … würde ich nicht das Handtuch werfen und nach Hause fahren. Eher bleibe ich hier auf dem Parkplatz sitzen, um dem alten Mann zu zeigen, dass er mich nicht unterkriegen wird."

Cort lächelte. „Da gehe ich jede Wette. Kann ich

versuchen, Joshuas Sitzschale für dich zu befreien?"

Lilly lächelte, und ihre Augen strahlten. „Joshua und ich wären dir sehr dankbar. Und ich weiß nicht, ob du das schon bemerkt hast, ich sitze auch fest. Mein Rock hat sich in dem Anschnallding–" Sie wedelte mit der Hand in Richtung des Gurtschlosses. „Wie nennt man das nochmal? Wie du sicher sehen kannst, bin ich ein bisschen müde."

Cort legte das Gesangsbuch, das er in der Hand hielt, auf die Motorhaube ihres Trucks. Er wusste, dass er sich auf dünnem Eis bewegte, da er das Leuchten in ihren Augen ein wenig zu sehr mochte, doch heute würde er versuchen, einfach nur ein guter Nachbar und Freund zu sein.

Er beugte sich über Lilly, drückte auf das Gurtschloss und zog. Nichts passierte. Die Andeutung eines süßen Dufts hüllte ihn ein, und er musste sich große Mühe geben, sich nicht zu Lilly umzudrehen und den Duft zu inhalieren. „Hast du schon öfter Probleme damit gehabt?"

Er hatte jeden Tag an sie gedacht. Jede Stunde.

„Nein, ich weiß nicht, was ich falsch gemacht

habe. Ich war so in Eile, alles, was ich für Joshua brauche, in den Truck zu laden, und ich weiß nicht – irgendwie hat sich mein Rock verfangen und alles blockiert."

Er wandte ihr den Kopf zu und sah ihr in die Augen. Sie waren nur Zentimeter voneinander entfernt. Er konnte sich einfach vorbeugen und sie küssen. Sie nahm ihm den Atem.

Schluss damit, Cort.

Er drückte auf das Gurtschloss und verdrängte den Gedanken. Er konzentrierte sich, drückte noch einmal und zerrte erneut. Das Schloss ließ los und gab die Sitzschale frei. Und ihn. „Na bitte. Alles gut. Ich denke, es war nur ein bisschen verklemmt, und es war nur ein bisschen mehr Muskelkraft nötig, um es zu lösen." Er trat zurück und streckte ihr die Hand entgegen, als sie vom Sitz rutschte. „Ich trage ihn", sagte er, als sie sich umdrehte, um Joshua herauszuholen. Sie nickte und trat zurück, während er die Sitzschale aus dem Wagen nahm und darauf achtete, damit nirgends anzustoßen. Er wollte Joshua nicht beunruhigen.

„Danke. Wenn du ihn einen Moment halten könntest, hole ich seinen Kram." Sie streckte sich und zog eine riesige gelb gestreifte Tasche mit großem grünen Cartoonfroschaufdruck heraus. Als sie sie umhängte, wirkte die Tasche größer als Lilly. „Na bitte, alles bereit", sagte sie und streckte die Hand nach der Sitzschale aus.

Cort schüttelte die Hand. „Ich habe doch gesagt, dass ich Joshua tragen werde. Das Ding ist ja größer als du."

Sie lachte. „Ich habe Muskeln vom Schleppen von Samanthas Futter."

Sie gingen auf die Kirche zu, und Lilly hob den Arm, um ihre erbsengroßen Muskeln unter ihrer Jacke zu zeigen. Cort grinste, dann trat er auf die oberste Stufe und blieb vor der Tür stehen. Drinnen spielte bereits Musik. Sie waren schon spät dran, doch er musste etwas loswerden, bevor er hineingehen konnte.

„Lilly, tut mir leid, dass ich dir nicht mehr geholfen habe. Ich hatte es dir versprochen. Von jetzt an wirst du nichts Schweres mehr schleppen. Es macht mir nichts aus, dir zu helfen, und es tut mir leid, dass ich nicht öfter vorbeigekommen bin. Doch von jetzt an wird sich das ändern. Heute Nachmittag komme ich rüber und helfe dir."

„Das ist wirklich ein großzügiges Angebot, Cort. Danke, aber ich komm schon klar."

„Hat dir schonmal jemand gesagt, dass es okay ist, sich ab und zu helfen zu lassen?"

„Cort, seit du hergezogen bist, hat dich mein Esel belästigt, dann hast du mich mitten in der Nacht im Eisregen in den Ort fahren müssen, weil mein Baby kam, und danach hat mein Esel dich weiter belästigt. Das Letzte, was du brauchst, ist, dass du weiter zu meiner Rettung eilen–"

„Lilly", unterbrach er sie. „Es hat mir nichts ausgemacht, meine Rolle bei Joshuas Geburt zu spielen. Ich wiederhole mich zwar, aber anders scheinst du es nicht zu verstehen: Ich betrachte es als Privileg, dass ich dir helfen konnte. Ich will mir lieber nicht ausmalen, was passiert wäre, wenn ich nicht dagewesen wäre. Und dass ich dich bei der Sache mit Ringo so angeschnauzt habe, tut mir leid. Und nachdem ich dich angeschnauzt habe, hast du trotzdem–"

„Nein", unterbrach sie ihn.

Wie sollte er nur zu ihr durchdringen?

„Ich dachte, wir hätten das alles hinter uns gelassen."

„Was meinst du?"

„Ich dachte, wir wären Freunde."

Freunde? War es das, was sie waren? Waren sie endlich Freunde?

„Aber scheinbar nicht."

Die Tür zur Kirche ging auf, und sie erstarrten, als ein runzeliger älterer Mann sie vorwurfsvoll anstarrte. Erst dann wurde Cort bewusst, dass die Musik geendet und die ganze Gemeinde sich umgedreht hatte und sie anstarrte.

„Ups", bemerkte Lilly.

Ja, das sagte alles. Cort wäre am liebsten ins Gebüsch gekrochen und verschwunden. Sein erster Besuch in der Kirche, und er hatte alle gestört.

„Steht nicht rum und haltet Maulaffen feil. Kommt rein."

Cort starrte den Mann sprachlos an, als er sie

herein winkte. Natürlich konnte Cort ihm seine finstere Miene nicht zum Vorwurf machen, doch *wirklich* … der Mann sah aus, als hätte er gerade in eine Zitrone gebissen. Und er war derjenige, der die Besucher begrüßte? Jemand sollte diese Personalentscheidung dringend überdenken.

„Tut mir leid, Mr. Thornton", flüsterte Lilly, tätschelte den Arm des Mannes und trat ein.

Lilly ging den Gang hinunter auf der Suche nach einer Bank mit feien Plätzen, und Cort, der wahrscheinlich selbst nicht sonderlich freundlich dreinblickte, folgte ihr mit Joshua.

„Schön, dass ihr zwei kommen konntet." Die laute Stimme lenkte Corts Aufmerksamkeit auf den freundlich dreinblickenden Mann in der Kanzel. „Lilly, während ihr drei einen Platz findet, warum stellst du deine Begleitung nicht den anderen, die noch nicht die Gelegenheit hatten, ihn kennenzulernen, vor?"

Lilly blieb stehen. „Oh, ähm … hi." Sie hob die Hand und zog den Kopf ein bisschen ein. „Das ist Cort Wells. Er hat vor Kurzem Leroys Ranch gekauft."

Cort sah sich um, erleichtert, lächelnde Gesichter

zu sehen. Viele der Leute hier hatte er schon beim Dinnertheater gesehen. Er nickte, doch wenn er Joshua nicht getragen hätte, hätte er vielleicht die Flucht ergriffen. Wenn es eines gab, was er nicht gewohnt war, dann im Mittelpunkt der Aufmerksamkeit zu stehen. Und das war gerade eindeutig der Fall. Lilly schien es auch nicht sonderlich zu mögen. Sie hatte sich selbst als Einsiedlerin beschrieben. Vielleicht sollte er an ihrer Seite bleiben, um sie zu unterstützen.

„Wir wollten nicht stören", sagte er.

„Unsinn", erwiderte der Pastor. „Wir freuen uns, dass ihr hier seid. Wir fühlen uns geehrt, den Mann, der auf unsere Lilly und ihren kleinen Joshua aufpasst, in unserer Mitte begrüßen zu dürfen. Und wenn jetzt alle aufstehen und Lilly und Cort begrüßen würden, während wir das erste Lied singen? Oh, und vergesst nicht, auch Joshua hallo zu sagen."

Lillys Augen glitzerten, als sie zu ihm aufblickte. „Lächle, Cort, und sag hallo", sagte sie augenzwinkernd, bevor sie von der Gemeinde umzingelt wurden.

Von überall kamen Cowboys auf sie zu und ein

paar wenige Frauen. Cort wurde mit Umarmungen, Händeschütteln und ein paar Klapsen auf den Rücken begrüßt.

Clint Matlock streckte ihm die Hand entgegen. „Schön, dass du es geschafft hast, Cort. Lilly auch. Und das Baby. Ich hoffe, dass ihr zum Mittagessen bleibt?"

„Danke. Ich denke schon. Ich-ich freue mich, hier zu sein", stammelte er. Wenig später kehrten alle an ihre Plätze zurück, und Cort setzte sich links neben Lilly. Joshuas Sitzschale stand rechts von ihr, eine Pufferzone gab es darum nicht.

Glaubten jetzt etwa alle, dass er und Lilly ein Paar waren? Clint schien es zu glauben. Er hatte *ihr* gesagt. Cort steckte zwei Finger zwischen Hals und Hemd und lockerte seine Krawatte. Er wollte nicht, dass Mule Hollow sie als Paar sah. Als Freunde, ja. Es fiel ihm auch so schon schwer genug, sich nicht dauernd zu wünschen, dass Lilly und Joshua zu ihm gehören könnten. Das Letzte, was er brauchte, war ein ganzer Ort, der auch so schon im Kuppelfieber war, der sie beide aufs Korn nahm.

Seine Entscheidung das Richtige zu tun, könnte derartigem Druck unter Umständen nicht standhalten. Es war auch so schon schwer genug, Lilly zu widerstehen. Mutter Naturs Wettereskapaden und Samantha halfen auch nicht gerade dabei.

Wirklich, das Letzte, was er jetzt brauchte, war, dass sich auch noch der ganze Ort einmischte.

KAPITEL SECHZEHN

Lilly fand ein Plätzchen in einer ruhigen Ecke des Raumes und wartete darauf, dass Cort den Laufstall hereinbrachte. Lacy hielt Joshua im Arm und tanzte fröhlich mit ihm.

„Wie läuft die Romanze?"

Typisch für Lacy, dass sie sofort zum Kern der Sache kam. Lilly wusste nicht, wie sie darauf antworten sollte. Wie lief die Romanze? Gab es eine? Wollte sie eine? Sie riss den Blick von Lacy los und beobachtete Cort, der sich durch die Menge auf sie zu schob. Er war schon etwas Besonderes. Er konnte ihren Puls zum Rasen bringen. Doch er wusste auch, wie man sie zur Weißglut brachte – und sie andererseits mit einem Lächeln dahinschmelzen ließ. Doch Romantik … wusste er überhaupt, was das war? Für ihn war sie einfach die Nachbarin, von der er glaubte, dass sie seine Hilfe brauchte.

„Es gibt keine–"

Lacy fiel ihr ins Wort und gab ihr Joshua zurück. „Oh nein. Versuch nicht einmal, es zu leugnen. Nimm das Baby und verbring ein bisschen Zeit mit Cort. Du kannst so lange du willst versuchen, es zu leugnen, doch ich sehe eine Veränderung kommen, und die walzt gerade mit dem Laufstall deines Babys auf dich zu. Ich denke, das Glück der Tipps-Frauen hat sich zum Besseren gewendet."

Lilly drückte Joshua an ihr Herz und blickte Lacy nach. Auf dem Weg zum Buffet ging sie an Cort vorbei und klopfte ihm auf den Rücken.

„Wirklich nett von dir, dass du hilfst, Cort", trällerte sie und ging weiter.

„Habe ich irgendwas verpasst?", fragte er und stellte den Laufstall neben Lilly ab.

„Bei Lacy Brown verpasst man leicht was. Das Mädchen habt mehr Energie als jeder andere Mensch, den ich kenne. Wenn man sie sich ansieht, fühlt sich ein müdes Mädel wie ich gleich noch mehr wie ein ausgewrungener Waschlappen." Und sie brachte ein gewisses müdes Mädel zum Nachdenken. Oder Träumen. Lilly verdrängte die albernen Gedanken und wischte sich ihre Locken mit dem Handrücken aus dem Gesicht.

Corts Hand berührte ihre, als er seinerseits eine Locke, die ihr übers Auge hing, aus dem Gesicht schieben wollte. Lilly schluckte und sah ihm in die Augen, während er die Strähne sanft hinter ihr Ohr strich. Seine Fingerspitzen streiften ihre Schläfe, dann glitten sie über ihre Wange und blieben dort liegen. „Glaub mir, Lilly, du erinnerst mich nicht einmal annähernd an einen ausgewrungenen Waschlappen."

Die Berührung seiner Fingerspitzen ließ Lillys Atem in ihren Lungen gefrieren, und sein Blick drang bis in die dunkle Ecke ihres Herzens, die sie so erbittert bewacht hatte. Was sollte sie jetzt tun? Ihr müder Verstand machte sich über sie lustig.

So schnell, wie er sie berührt hatte, ließ er sie auch wieder los. Er zog seine Hand zurück und vergrub sie in seiner Hosentasche. Ein Gesichtsausdruck, den sie nicht deuten konnte, huschte über sein Gesicht. Und dann war es, als wäre gerade nichts passiert.

„Danke für das Kompliment, denke ich." Sie zwang sich nonchalant zu klingen. Er durfte nicht wissen, dass er gerade ihre Welt in ihren Grundfesten erschüttert hatte. Sie wie einen Pfannkuchen umgedreht hatte – einen Pfannkuchen, der noch nicht soweit war.

Er lächelte sie schief an. Da war es wieder, dieses Lächeln, das Herzen schmelzen konnte.

„Es war definitiv ein Kompliment. Hier, setz dich, bevor du mir noch umkippst." Er zog einen Stuhl heraus, ergriff sanft ihren Arm und schob sie auf den Stuhl. Ihre ganze Existenz war auf ihn gepolt, als er sich daran machte, den Laufstall aufzuklappen.

Reiß dich zusammen, Lilly! Du bist aus härterem Holz geschnitzt. Und das war sie auch. Sie pfiff ihre Emotionen zurück und konzentrierte sich darauf, Cort zu erklären, wie man den Laufstall aufbaute.

„Bekommst du genug Schlaf?", fragte er, als er fertig war und die Hände nach Joshua ausstreckte.

„Wer sind Sie und was haben Sie mit Cort Wells gemacht? Ich meine, dem Cort Wells, der Angst hatte, ein Baby zu halten?"

Seine Augen verfinsterten sich, und er runzelte die Stirn. „Netter Versuch, das Thema zu wechseln. Du brauchst Hilfe, und ich bin da. Jetzt gib ihn mir und ruh dich aus. Joshua und ich sind dabei, uns anzufreunden."

Lilly ließ ihn Joshua nehmen. „Ich bin froh, dass du mir hilfst. Ich wollte nicht, dass es sich so anhört, als wüsste ich es nicht zu schätzen."

Seine Miene war konzentriert, als er ihr Joshua vorsichtig abnahm. Sobald er ihn in seinen Armen hielt, blieb er stehen und betrachtete ihn. Tränen stiegen in Lillys Augen, als sie sah, wie seine besorgte Miene weicher wurde. Sie fragte sich, was er gerade dachte. Was ging hinter diesen schönen dunkelblauen Augen vor sich?

So oft hatte sie daran gedacht, wie er dreingeblickt hatte, als er ihren Sohn das erste Mal gehalten hatte. Es schien so lange her zu sein.

Als er seinen Blick von Joshua löste, glänzten seine Augen. Lillys Herz setzte einen Schlag lang aus. Cort Wells, den alle als Griesgram abgestempelt hatten, war alles andere als das. Da waren Tränen. Seine Augen glänzten vor Tränen.

„Das weiß ich", sagte er leise. „Ich lege ihn einfach ein bisschen hin." Er bückte sich, hielt dann jedoch inne. „Soll ich ihm eine Decke unterlegen?"

Jetzt konnte Lilly die Emotionen nicht mehr zurückhalten, die sie verschlangen. Es war wie eine Gezeitenwelle, die sie ins tiefe Wasser zog. Es fiel ihr schwer, einen sinnvollen Satz zu bilden. „Ja. Da, in der Tasche." Sie nahm die Tasche und holte eine gelbe Decke mit eingewebten grünen Fröschen darauf heraus, sprang auf und breitete sie schnell in dem kleinen Laufstall aus. Dann sah sie zu, wie Cort vorsichtig ihr Kind in das weiche Nest legte.

Er stand über den Laufstall gebeugt und hielt Joshua Zentimeter über der Decke, als er ihr den Kopf zuwandte und zu ihr aufblickte. „Auf den Bauch oder auf den Rücken?"

Lillys Herz schlug einen Purzelbaum und kapitulierte. „Auf den Rücken bitte. Das sieht dann in etwa so aus, wie ich bei unserer ersten Begegnung in deiner Scheune.“

Cort lachte, dann legte er Joshua ab und deckte ihn zu. Bevor er sich aufrichtete, strich er zärtlich mit den Fingern über Joshuas Haare.

Es kostete Lilly jedes bisschen Selbstbeherrschung, das sie besaß, nicht aufzuspringen und Cort um den Hals zu fallen.

„Essen immer alle hier?“

Lilly blickte in Richtung der versammelten Gemeinde, die sich die Teller am Buffet vollud. Roy Dons Teller sah aus wie der Schiefe Turm von Kartoffelbrei, als er an ihr vorbei auf seinen Platz zuging.

„Nicht wirklich. Das gemeinsame Mittagessen findet einmal im Monat statt. Wie du siehst, würde das Gebäude bald aus allen Nähten platzen, wenn der Pastor es wöchentlich veranstalten würde, so wie sich alle vollstopfen." Sie beugte sich vor und rümpfte die Nase. „Ich glaube nicht, dass sie zu Hause so viel essen."

Cort hoffte zumindest, dass sie es nicht taten. Um dem Drang zu entgehen, sich weiter zu Lilly vorzubeugen, lehnte er sich zurück und kippelte den Stuhl auf zwei Beinen, während er den Blick schweifen ließ. „Es ist schön. In meiner Kirche bin ich nie zu vielen Gemeindeveranstaltungen gegangen."

„Das ist auch erst mein zweites Mal."

„Wirklich? Ich dachte, du wärst ein fester Bestandteil."

„Oh nein." Sie sah sich um, dann blickte sie zu ihm auf. „Ich habe dir ja gesagt, dass ich von Natur aus ein Einzelgänger bin. Ich komme in die Kirche, singe im Chor, und danach fahre ich wieder nach Hause. Die Mädels versuchen immer, mich zum Bleiben zu zwingen."

„Ist das dein Ernst?" Cort konnte sie sich zwischenzeitlich nicht mehr als Einsiedlerin vorstellen. Doch vielleicht gab es einen Grund, warum sie so weit draußen lebte. Er wollte mehr über ihre Vergangenheit erfahren. „Ich erinnere mich, dass Lacy etwas davon gesagt hat, dass sie dich dazu überreden will, mehr unter Menschen zu gehen.“

„Mm-hmm. Das ist sicher auch gut so, denn ich führe manchmal Selbstgespräche, und das kann nicht gesund sein.“ Sie gähnte. „Wenn ich einnicke, bevor das Essen vorbei ist, weck mich bitte auf.“

Cort stand auf. „Komm, lass uns was zu essen holen. Das weckt dich vielleicht auf.“ Er streckte die Hand aus und half ihr auf.

Sie warf einen Blick in Joshuas Richtung, doch der schlummerte friedlich.

„Sieh ihn dir an. So friedlich, und das jetzt, wo ich an einem Ort bin, wo ich nicht schnell ein Nickerchen machen kann.“

„Weil ich ihn gehalten habe.“

Lilly sah ihn skeptisch an. „Ja, klar.“

Er lachte. „Du verletzt meine Gefühle. Glaubst du nicht, dass ich ein Händchen für Babys habe?“

„Du hast nicht einmal gewusst, wie man eins hält, bevor ich dir Joshua aufgedrückt habe.“

„Ich lerne schnell.“

Er legte seine Hand zwischen ihre Schulterblätter und schob sie sanft vor sich her. Sie stellten sich hinter Sam vom Diner an, und Cort versuchte, nicht daran zu denken, wie sehr er es genoss, Zeit mit Lilly zu verbringen. Er versuchte, nicht alles zu analysieren und einfach den Tag zu genießen.

Sie waren schon fast am Buffet angekommen, als Sam sie bemerkte und sich zu ihnen umdrehte. „Wie geht's Samantha, dem sturen alten Esel? Das war ein Anblick! Du auf ihrem Rücken, als ihr Schwanz gebrannt hat."

„Sam, du weißt, dass ich reiten gelernt habe, bevor ich richtig laufen konnte. Und du weißt auch, dass ich Tiere von unterschiedlichem Temperament geritten bin."

„Das weiß ich. Aber du warst schwanger, und ich dachte mir schon, dass du deine Talente besser später einsetzen solltest." Er sah Cort an. „Man weiß nie, was ein Tier als nächstes tut, stimmt's?"

„Stimmt."

Lilly blickte zwischen Cort und Sam hin und her. Es war offensichtlich, dass sie etwas sagen wollte. Cort konnte es daran sehen, wie sie ihre Nase rümpfte und ihre Augen funkelten.

Ihm wurde bewusst, dass alles, was er bei ihrer ersten Begegnung über Lilly angenommen hatte, falsch gewesen war.

Sie war nicht eindimensional. Sie war nicht langweilig. Und sie war auch nicht die verantwortungslose Person, für die er sie gehalten hatte.

Lilly Tipps war vielschichtig.

„Warum wolltest du mit mir allein sein?" Lilly zog eine Augenbraue hoch und lächelte angesichts Corts überraschter Miene. Er hatte sie gefragt, ob sie ein paar Minuten mit ihm spazierengehen wollte, während die Ladys mit Joshua spielten. Die kalte Luft hatte geholfen, den Nebel aus ihrem Kopf zu vertreiben. Es war ihr schon vor einer Weile gelungen, ihre Gefühle in Zaum zu halten und sich davon zu überzeugen, dass ihre Müdigkeit daran schuld war, dass sie so emotional reagierte und ihr Herz in Corts Nähe seltsame Sprünge machte. Als Cort sie jetzt ansah, war sie sich nicht mehr so sicher. Schließlich schüttelte er den Kopf, und seine blauen Augen wurden sanft, was ihr Herz wieder flattern ließ.

„Hat dir jemals jemand gesagt, dass du manchmal ein bisschen arg direkt bist?", fragte er.

Sie lachte, und ein Energieschub schoss durch sie hindurch. „Tut mir leid, du darfst nicht vergessen, dass ich von einer Horde Großmüttern großgezogen wurde. Zu sagen, dass sie sich unverblümt ausgedrückt haben, wäre eine Untertreibung. Ich muss mich manchmal zurückhalten, weil sie zu sehr auf mich abgefärbt haben. Aber glaub mir, im Vergleich zu ihnen bin ich sanft wie ein Lamm."

„Wow, in der Nähe deiner Großmütter möchte man lieber kein Mann sein… Wie viele Großmütter haben dich großgezogen?" Cort hob einen Stock auf und spielte mit einem heruntergefallenen Blatt.

Lilly sah ihm zu und dachte an die Großväter, die sie nie gekannt hatte. Das hatte sie immer bedauert. Sie schob den Gedanken beiseite, strich ihren Rock glatt und blickte über die Wiese.

„Bis ich zwölf war, habe ich mit drei Großmüttern gelebt", sagte sie und lächelte bei der Erinnerung an ihre ungewöhnliche Kindheit. „Dann ist Granny Shu-Shu im gesegneten Alter von hundert Jahren gestorben. Granny Gab ist sechs Jahre später gestorben – da war sie einundachtzig. Und Granny Bunches – die eigentlich meine Großtante war, doch ich habe sie immer Granny genannt – sie ist vor drei Jahren gestorben. Sie war neunzig." Sie seufzte. „Sie wären geschockt gewesen, dass ich einen Sohn habe, aber sie hätten ihn geliebt."

Sie spürte Corts Blick und sah ihn an.

Sie sah das Mitgefühl in seiner Miene.

„Mein Beileid", sagte er mit gedämpfter Stimme. „Aber es muss schön gewesen sein zu wissen, dass so viele Leute dich geliebt haben."

„Es war wunderbar. Und *niemals* langweilig. Meine Großmütter waren alles etwas Besonderes."

„Was ist mit deinen Großvätern? Du hast gesagt, dass deine Großmütter keine Männer gebraucht haben?“

Sie schmunzelte. „Und wer ist jetzt arg direkt?“

Er lächelte und hob die Hände. „Ich darf auch Fragen stellen.“

Lilly lachte. „Okay, nachdem du mich in den Wehen erlebt hast, kann ich dir auch meine Familiengeschichte erzählen. Ich kannte meine Großväter nicht. Sie kamen und gingen.“

„Hat all die Direktheit sie vertrieben?‘

Lilly wusste, dass er scherzte, doch sie hatte sich immer gefragt, ob es nicht so gewesen war. „Vielleicht.“

„Alle? Jeden von ihnen?“ Cort runzelte fassungslos die Stirn. Das war jedoch der Standardgesichtsausdruck, wann immer sie mit jemandem über die Tipps-Frauen und ihre Männer sprach.

„Granny Shu-Shus Ehemann ist nach drei Jahren Ehe in den Krieg gezogen und hat ihr von dort mitgeteilt, dass er nicht mehr zu ihr zurückkommen werde. Er hat Granny Shu-Shu und seine Töchter Gabriella und Beatrice im Stich gelassen. Granny Gab ist die Mutter meiner Mutter. Ihr Mann hat sie verlassen, als er erfahren hat, dass sie schwanger war. Sieht so aus, als wäre ich nicht die einzige, die vergessen hat, vor der Hochzeit das Thema Familienplanung anzusprechen. Sie waren fünf Monate verheiratet, und danach war Granny Gabs Meinung, was Männer anging, ruiniert. Meine Mutter ist dazu erzogen worden, grundsätzlich allen Männern zu misstrauen und keinen Nutzen in ihnen zu sehen. Als meine Mom gestorben ist, war es das dann für Granny Gab. Sie hat mein Leben lang Männer gehasst. Granny Bunches – Beatrice – hat nie geheiratet. Sie hat geglaubt, dass es gute Männer gab, doch sie hat es nicht riskiert, weil sie nicht wollte, dass Gabby litt."

„Was ist mit deiner Ehe?"

Lilly stemmte eine Faust in ihre Hüfte. „Du lässt nicht locker, was?"

Er zuckte mit den Schultern. „Ich bin von Natur aus neugierig. Ich will so viel wie möglich über meine Nachbarin und Freundin wissen."

Lilly ging weiter, und Cort folgte ihr. „Wie schon erwähnt hat meine Ehe nur etwas mehr als einen

Monat gehalten. Doch mein Mundwerk war nicht allein schuld daran. Ich glaube, ich habe dir schon gesagt, dass ich wie Granny Gab nicht mit meinem Mann über Familienplanung gesprochen habe. Erst, als ich ihm gesagt habe, dass ich schwanger war, habe ich herausgefunden, dass er keine Kinder wollte." Sie blinzelte und wandte den Blick ab. Sie wollte nicht, dass er die Schwäche in ihren Augen sah. Sie hatte vor langer Zeit ihre letzte Träne wegen Jeff Turner vergossen. Er war ein Tunichtgut und ein Verlierer. Genau der Typ Mann, vor dem ihre Großmütter sie ihr Leben lang gewarnt hatten. „Ich denke, ich habe nur nach einem Ausweg aus etwas gesucht, von dem ihm bewusst geworden war, dass er es nicht wollte. Wir waren nur einen Monat verheiratet, doch er war ganz selten zu Hause."

Ein paar Minuten vergingen, und Cort hatte nicht eine dumme Bemerkung gemacht. Als sie ihn ansah, bemerkte sie, dass er sie beobachtete. Er blieb stehen und wandte sich ihr zu.

„Er war ein Idiot", sagte er und blickte ihr dabei in die Augen.

Lillys Herz schlug schneller. „Das denke ich auch. Ich will ehrlich sein. Ich habe ein paar Monate gebraucht, um über ihn hinwegzukommen, doch jetzt belastet es mich nicht mehr." Sie zuckte mit den Schultern. „Jeff ist der Verlierer bei der Sache." Sie hatte in den letzten paar Tagen darüber nachgedacht, dass sie nicht so sein würde wie ihre Großmütter. Ja, zugegebenermaßen hatte sie unreflektiert ein paar Bemerkungen ihrer Großmütter nachgeplappert, doch geglaubt hatte sie sie nie. Sie glaubte daran, dass es jemanden für sie gab, und anders als Granny Bunches hoffte sie, ihn eines Tages zu finden.

Doch sie hatte niemandem erzählt, dass sie das hoffte. So kuppelfreudig, wie alle im Ort waren, wollte sie niemanden auf dumme Gedanken bringen.

Als sie Cort ansah und spürte, wie ihr Herz pochte, fragte sie sich, ob sie sich vorzustellen wagte, ob er vielleicht gerade vor ihr stand. Ob er derjenige war.

Cort legte die Hand unter ihr Kinn und hob es an. „Natürlich war er ein Idiot, Joshua zu verlassen", sagte er. „Doch ich habe nicht von deinem Baby gesprochen.

Er war ein Idiot, dich zu verlassen."

Die Luft um sie herum war kalt, und Lilly wollte nicht weitergehen, denn sie spürte eine einladende Wärme, die von Cort ausging. Sein suchender Blick auf ihrem Gesicht war wie eine Liebkosung und seine Finger auf ihrer Haut wie ein Traum. Niemand hatte sie je so angesehen wie Cort es tat. Sie versuchte vergeblich, eine Träne wegzublinzeln, und Cort wischte sie zärtlich beiseite.

„Warum weinst du, Lilly?"

Sie wusste es nicht. Warum weinte sie? War es, weil sie müde war? Oder lag es daran, dass Cort ihr einen flüchtigen Blick auf das gewährte, was sie die ganze Zeit vermisst hatte? Als er sie in seine Arme zog, glaubte sie, zusammenbrechen zu müssen.

„Nicht alle Männer sind so." Sein Atem war warm an ihrem Ohr, als er Lilly fester an sich zog. „Du hast eine schwere Zeit hinter dir, so ganz allein, doch deine Großmütter hatten Unrecht. Du hast es verdient, geliebt zu werden."

Lilly blickte mit pochendem Herzen zu ihm auf. Konnte es sein?

„Lilly." Er ließ sie los. „Der richtige Mann für dich ist da draußen. Und eines Tages wirst du mehr kleine Joshuas haben, denen du deine Liebe geben kannst."

Lilly blinzelte. Einen Moment lang hatte sie gedacht, dass er … Lilly holte tief Luft und wischte sich noch eine Träne weg. Sie hätte sich fast zum Narren gemacht. Er hatte gesagt, dass sie Freunde waren. *Freunde?* Natürlich. Freunde trösteten einander.

Sie lächelte. Es würde ihm sicher nicht gefallen, dass sie ihm beinahe gesagt hätte, dass sie ihn liebte.

Und wo kam dieser Gedanke überhaupt her? Natürlich hatte sie über ihn nachgedacht. Geschwärmt. Wer wäre nicht begeistert von einem Mann, der zu ihrer Rettung geeilt war? Der ihr Baby mit Tränen in den Augen ansah?

„Mir ist kalt", sagte sie und drehte sich zum Gemeindesaal um. „Zeit, wieder reinzugehen."

Höchste Zeit.

KAPITEL SIEBZEHN

Nach dem Mittagessen hatte Norma Sue einen Volleyball irgendwoher gezaubert und ein paar Männer gebeten, das Netz aufzubauen. Alle waren ganz aufgeregt, dass es nach dem Mittagessen auch noch ein Volleyballspiel geben würde – selbst, wenn es draußen keine zehn Grad hatte.

„Oh", seufzte Esther Mae. „Es ist beinahe wie früher, als die Kinder hier wie die Wilden herumgerannt sind und Norma Sue sie angeschrien hat, dass sie sich aufstellen sollen, damit sie sie in Teams aufteilen konnte. Passt bloß auf, denn wenn sie mit

Caprihose aus der Toilette kommt, dann bedeutet das Krieg. Sie sieht vielleicht nicht so aus, doch früher war sie verrückt nach Volleyball."

Lilly und Cort kugelten sich fast vor Lachen, als Norma Sue wie angedroht mit einer blauen Caprihose und flachen Stiefeln aus der Toilette kam. Sie grinste über das ganze Gesicht, als sie vor ihnen stehen blieb, stemmte ihre Hände in die Hüften und warf Esther einen strengen Blick zu.

„Ich weiß, dass ihr alle lacht, weil Esther Mae über mich gelästert hat. Doch das ist okay, denn wir sehen uns draußen–" Sie nickte in Richtung des Netzes. „Da werde ich euch zeigen, dass diese alte Schachtel immer noch einen Aufschlag übers Netz pfeffern kann."

„Das ist mehr als ich von mir behaupten kann", murmelte einer der jungen Cowboys. „Ich habe noch nie in meinem Leben Volleyball gespielt."

„Dann bist du in meinem Team." Norma ergriff seinen Arm und zog ihn vom Stuhl. „Sie auch, Cort Wells."

Cort schnitt eine Grimasse, und Lilly hatte das

Gefühl, dass er viel lieber ein Loch gegraben und sich darin verkrochen hätte, als draußen Volleyball zu spielen. Er schüttelte den Kopf, doch Norma ließ kein Nein gelten. Ein sprachloser Cowboy stand bereits neben ihr, und offensichtlich war sie wild entschlossen, noch einen zum Spielen zu nötigen.

Das Lustigste an der Sache war, dass die meisten Männer Jeans und Stiefel trugen. Die meisten hatten ihre guten Sonntagsoutfits gegen alte Jeans und T-Shirts getauscht, doch ein paar andere, zu denen auch Cort gehörte, trugen langärmelige Hemden, gestärkte Jeans mit großen Gürtelschnallen und ihre guten Stiefel. Sie waren definitiv nicht aufs Volleyballspielen vorbereitet.

Doch interessierte Norma das? Nicht im Geringsten.

Sie stand da wie ein Drillsergeant vor einem Haufen Frischlingen und dirigierte die Männer ohne jede Gnade.

Einige versuchten, sich schnell davonzumachen, um nicht draußen in der Kälte spielen zu müssen.

Doch am Ende hatten alle eine schöne Zeit, selbst

die, die ihre Sonntagskluft trugen.

Lilly störte sich nicht daran. Sie beobachtete Cort und versuchte, erneut Grenzen zu ziehen, die ihr Herz beinahe überschritten hätte. Sie war dankbar, ihn zum Freund zu haben.

Und für den Moment reichte ihr das.

„Das hört sich nicht gut an", sagte Cort. Sie waren auf dem Parkplatz, bereit, nach Hause zu fahren. Es war ein wirklich ungewöhnlicher Tag gewesen.

Jetzt stand er neben Lillys Truck und lauschte, wie der Motor schliff, als sie versuchte, ihn anzulassen.

Er hatte ihr geholfen, alles in ihren alten Truck zu laden, und sich widerwillig verabschiedet. Dann war er zurückgetreten und hatte gewartet, dass sie den Motor anließ.

Er konnte sich nicht erinnern, wann er zum letzten Mal so viel Spaß gehabt hatte. Er hatte Lillys Gegenwart genossen und war von Norma Sue dazu angestachelt worden, sich wie ein Teenager zu benehmen, und hatte sich dabei entspannt. Natürlich erlaubte er sich keine Gefühle, die über eine wachsende Freundschaft mit seiner unglaublichen Nachbarin hinausgingen. Er hatte seine Gefühle unter Kontrolle bringen müssen, als er sie in seinen Armen gehalten hatte. Ihre Tränen hatten einen unbändigen Beschützerinstinkt in ihm geweckt. Doch er erinnerte sich daran, dass es nicht bedeutete, dass er eine Frau heiraten musste, deren Gesellschaft ihm angenehm war. Ganz gleich, wie ausgeprägt sein Beschützerinstinkt und das Bedürfnis, sie zu umsorgen, waren.

Er musste lächeln, als Lilly die Nase rümpfte und ihn mit glitzernden Augen ansah – Augen, die viel zu müde waren.

„Ich bin zu müde, um darüber nachzudenken, was mit dem Motor ist", seufzte sie.

Cort wusste, dass es so war. Im Verlauf des Nachmittags hatte sie ihren toten Punkt überwunden und bei dem Volleyballspiel gelacht und gescherzt. Doch er sah, dass sie erschöpft war. Dass sie sich rund um die Uhr um ihr Baby und ihren Hof kümmerte, war ihr anzusehen. Daher mussten auch die Tränen gekommen sein, als sie spazieren gegangen waren. Er durfte sich nicht erlauben zu denken, dass etwas anderes dahintersteckte.

Er öffnete die Fahrertür. „Komm, steig aus. Ich bringe dich und Joshua nach Hause."

„Aber was ist mit meinem Truck?", protestierte sie, während er ihr beim Aussteigen half. „Ich komme morgen früh wieder her und kümmere mich darum."

„Aber–"

„Kein aber, Lilly. Es war ein langer Tag für dich, und niemand wird sich daran stören, wenn der Truck über Nacht hier stehenbleibt. Das Wichtigste ist, dass du nach Hause kommst und dich ausruhst."

Sie blickte zu ihm auf und sah ihn einen Moment an, dann streckte sie sich nach Joshua. „Du hast Recht. Ich muss wirklich dringend nach Hause. Ich habe noch eine Menge zu erledigen, bevor es dunkel wird."

Cort nahm sie bei den Armen, drehte sie in Richtung seines Trucks um und gab ihr einen sanften Stoß. „Geh schon vor. Ich bringe Joshua und die Windeltasche mit. Und ich kümmere mich um das, was du zu erledigen hast." Es überraschte ihn, als sie sich umdrehte und die Arme um seine Taille schlang.

„Danke", sagte sie, drückte ihn und eilte dann zu seinem Truck.

Cort konnte sich nicht bewegen. Er beobachtete, wie sie die Beifahrertür öffnete und einstieg. Sein Herz donnerte gegen seine Rippen, und seine Sinne waren benebelt von ihrem zarten Duft. Als sie ihn fragend ansah, wurde ihm bewusst, dass er sich nicht bewegt hatte, seit sie gegangen war. Vorhin, als sie geweint hatte, hätte er beinahe die Grenze der Freundschaft überschritten. Es hatte ihn große Mühe gekostet, sich darauf zu konzentrieren, was für Lilly am besten war.

Und es hatte nur eine simple Umarmung aus Dankbarkeit gebraucht, um all diese Mühe zunichte zu machen.

Es war sechs Uhr, als sie in Lillys Auffahrt einbogen. Nachdem er losgefahren war, hatte sie sich auf dem Beifahrersitz zurückgelehnt und war sofort eingeschlafen. Nicht einmal von den Schlaglöchern in der unbefestigten Zufahrtsstraße war sie wachgeworden. Als er seinen Truck neben ihrem Haus anhielt, musste er sich die Sehnsucht eingestehen, die ihn beinahe überwältigte, als er Mutter und Baby ansah, die beide friedlich schliefen.

Es war ihm unangenehm, sie aufzuwecken. „Lilly", sagte er leise und berührte sanft ihre Schulter. Ihre weichen Locken waren ihr ins Gesicht gefallen. Er strich sie ihr hinters Ohr. „Hey, Schlafmütze, Zeit aufzuwachen." Sie öffnete die Augen, als er das Geräusch hörte.

Lilly hörte es auch. Sie machte große Augen, und beide rissen gleichzeitig die Türen auf.

Samantha steckte in Schwierigkeiten.

Der Laut, den sie ausstieß, war anders als das furchtbare Geräusch, das sie bei ihrer ersten Begegnung von sich gegeben hatte. Es war eher ein Wimmern. Ein heiseres, hilfloses Wimmern.

Cort eilte zuerst um die Ecke der Scheune und blieb stehen, als er Samanthas Kopf im Stalltor stecken sah. Wie sie es geschafft hatte, ihren dicken Kopf durch die engen Streben zu schieben, würde Cort immer ein Rätsel bleiben. Lilly keuchte geschockt, als sie neben ihm stehenblieb. Ihre Hand fiel auf seinen Arm. Instinktiv legte er seine Hand auf ihre, um sie zu beruhigen. Sie durften Samantha nicht nervös machen. Cort hatte Pferde gesehen, die sich ihre Hälse in weniger brenzligen Situationen gebrochen hatten.

„Samantha, wie hast du das denn geschafft?", sagte Lilly. Ihre ruhige Stimme ließ Samantha zu ihr aufblicken.

Cort schob Lilly auf Samantha zu. Er spürte, dass Lilly verstand, dass sie ruhig bleiben mussten. Sie streckte die Hand aus und streichelte liebevoll Samanthas Kopf. Samantha blinzelte zu ihr auf und versuchte, an ihrem Ärmel zu knabbern.

„Wir holen dich da raus, Süße. Du musst nur auf mich hören und darfst nicht nervös werden."

Cort beobachtete Lilly und Samantha. Offensichtlich hatten sie eine Verbindung, die aus einer jahrelangen Freundschaft gewachsen war. Cort kannte sich mit Pferden aus, und er wusste um das Vertrauen, das zwischen Pferd und Reiter nötig war, um gut zusammenarbeiten zu können. Cort sah das Vertrauen in Samanthas Augen, als Lilly auf sie einredete. Er hatte geahnt, dass ihre Stimme magisch war, seit er sie das erste Mal gehört hatte – doch jetzt wusste er es sicher. Samantha schloss die Augen und stand regungslos da, während Lilly und er ihren großen haarigen Kopf drehten und schoben, um sie aus dem Tor zu befreien.

Während er mit Lilly an Samanthas Befreiung arbeitete, wuchs in ihm der Wunsch, die ganze Nacht mit ihr zu verbringen. Natürlich war das nicht möglich, denn in seinem Truck schlief ihr Baby.

Sie wechselten sich damit ab, nach Joshua zu sehen. „Sie hat ihren Kopf zwischen die Streben bekommen, also muss es auch einen Weg geben, ihn wieder herauszubekommen." Er schob seinen Hut zurück und rieb sich das Kinn. Samantha blickte zu ihm auf und scharrte mit dem Huf.

„Sie hat das vorher noch nie gemacht?"

Lilly kraulte den Esel hinterm Ohr. „Sie hat schon viel angestellt, doch das ist neu. Sie hat sich einmal im Lager eingesperrt, als die Tür zugefallen ist, nachdem sie eingebrochen ist. Sie hat ihren Schwanz in der Heckklappe meines Trucks eingeklemmt. Oh, und ihre

Mähne hat sich im Heuständer verfangen." Lilly streichelte das borstige Haar, das Samantha in die Stirn hing. Samantha blickte Lilly sehnsüchtig an, dann schien sie zu lächeln.

Cort schmunzelte. „Ich glaube wirklich, dieser Esel ist menschlich. Und aus irgendeinem Grund glaube ich, dass sie genau weiß, was sie tut."

Lilly sah ihn an. „Oh ja, das weiß sie. Sie kennt alle Tricks. Nicht wahr, Samantha?"

Als Lilly zu ihm auflächelte, musste er gegen das überwältigende Bedürfnis, sie in den Arm zu nehmen, ankämpfen.

„Alfalfa!", entfuhr es ihr.

„Gesundheit."

Sie versetzte ihm einen Klaps auf die Schulter. „Wir brauchen Alfalfa", lachte sie.

„Was hast du vor?"

„Gib mir einen Moment."

Sie ging zur nächstgelegenen Tür und öffnete den Riegel, der untypischerweise ganz oben angebracht war. Doch er verstand sofort, warum das so war. Er würde seine Riegel auch höher montieren müssen, um

Samantha am Einbrechen zu hindern.

Kurze Zeit später kehrte Lilly mit einem Eimer voller Alfalfawürfel zurück.

Samantha richtete sofort die Ohren auf. Sie wedelte mit dem Schwanz und beäugte den Eimer, als Lilly vor ihm stehenblieb.

„Ich wette, sie kommt da wieder raus, wenn sie nur will."

Cort nickte. „Ich wette, du hast Recht. Ich wollte sie nicht erschrecken, weil ich befürchtet habe, sie könnte sich verletzen, doch sie ist cleverer als jedes Pferd, das ich kenne."

Lilly nahm einen Würfel und hielt ihn Samantha entgegen. Der Esel blickte in Richtung des Alfalfawürfels, dann in Lillys Richtung, dann zu Cort und wieder zurück zu Lilly. Sie wedelte mit dem Schwanz wie ein Hund, dem man ein saftiges Steak entgegenhielt. Cort lachte. Der Esel liebte Alfalfa.

„Stell den Eimer hierhin", sagte Cort. Er ging zu Lilly und nahm sie bei der Hand. „Lass uns rausgehen und sehen, was passiert."

„Genau mein Gedanke." Lilly stellte den Eimer ab

und folgte ihm aus der Scheune. Sobald sie Samanthas Sichtfeld verlassen hatten, rannten sie kichernd wie zwei Schuldkinder zum anderen Ende der Scheune und spähten um die Ecke. Samantha hatte den Blick immer noch auf den Eimer gerichtet, und während sie zusahen, streckte sie ihren Kopf soweit, dass er scheinbar nahtlos in den Hals überging, und zog ihn mühelos zwischen den Streben hervor. Lilly hatte das Tor bereits entriegelt, darum musste Samantha es nur mit der Nase anstoßen, dann trottete sie zum Eimer und steckte fröhlich die Nase hinein.

„Du raffinierter kleiner Vielfraß." Lilly schüttelte den Kopf.

„Ich hätte es auch nicht geglaubt, wenn ich es nicht mit eigenen Augen gesehen hätte", flüsterte Cort in Lillys Ohr. Er hätte beinahe Samanthas Befreiungstrick verpasst, weil er zu sehr damit beschäftigt gewesen war, Lillys Profil zu studieren. Er trat schnell einen Schritt zurück, als sie den Kopf zu ihm umdrehte. Dieser Schritt rettete ihn. Eine Sekunde länger, und er hätte ihr einen Kuss auf die Spitze ihrer süßen Stupsnase gedrückt.

Es wurde immer schwieriger, Reaktionen zu unterdrücken, die vollkommen natürlich erschienen.

Cort bewegte sich zielstrebig durch Lillys Küche. Nachdem Samantha sie überlistet hatte, hatte Lilly darauf bestanden, Cort Abendessen zu kochen. Doch er wollte nichts davon hören und überredete sie dazu, sich stattdessen von ihm bekochen zu lassen. Noch nie in ihrem Leben hatte ein Mann für sie gekocht. Sie unterdrückte ein Gähnen und hoffte, dass sie das Festessen, das er für sie zubereitete, genießen konnte und nicht einschlafen und mit dem Gesicht in ihrem Essen landen würde. Es war ein furchtbar langer Tag gewesen, doch es war einer der besten in ihrem Leben. Seit Joshuas Geburt hatte sie Tagträume von einem ungestörten Nickerchen, doch jetzt wollte sie einfach nur dasitzen und Cort zusehen. Sie wünschte sich, die Müdigkeit würde sie noch ein bisschen verschonen, damit sie einen Moment mit diesem wunderbaren Mann genießen konnte. Corts süße Seite kam zum Vorschein, und sie war verliebt in sie.

„Ketchup?", fragte der wunderbare Mann. Das Lächeln, das er ihr schenkte, war ein bisschen albern, als er das Küchentuch auf dem Weg zum Kühlschrank über seine Schulter warf und sie mit hochgezogenen Brauen ansah.

„Warm", schmunzelte sie. Sie verlagerte Joshua in ihren Armen und hob sein Fläschchen an, damit er auch noch den Rest der Milch in seinen kleinen Bauch bekam.

Cort riss die Kühlschranktür ein bisschen zu stürmisch auf, und eine von Joshuas Milchflaschen sprang ihm entgegen.

„Whoa, wo kommt die denn her?", keuchte er und fing sie auf, bevor sie auf dem Boden aufschlagen konnte.

„Ich bin vorbereitet. Wenn Joshua mitten in der Nacht aufwacht und ich über meine eigenen Füße stolpere, bin ich nicht in der Lage, seine Babynahrung zusammenzurühren. Gott weiß, was ich im Halbschlaf zusammenbrauen würde."

Cort fand den Ketchup. Er lachte und wandte sich ihr zu. Lilly mochte sein Lachen. Es war leise und rau und jagte einen wohligen Schauer durch sie hindurch und weckte in ihr den Wunsch, ihn wieder zum Lachen zu bringen, um es noch einmal hören zu dürfen.

„Ich bin mir sicher, dass Josh es dir dankt." Cort kippte eine halbe Tasse Ketchup in das Gericht, das noch keinen Namen hatte, dann schlug er vier Eier am Pfannenrand auf und ließ sie hineingleiten. Als er fertig war, nahm er einen Schneebesen und rührte die Mischung um. Sie nahm an, dass es eine Art von Omelette sein musste. Nein, Rührei. Es sah furchtbar unappetitlich aus, doch es roch gut. Sie dachte an ihren Truck. Er hätte sich keine schlechtere Zeit aussuchen können, um die Hufe hochzureißen. „Glaubst du, mein Truck fährt morgen wieder? Am Nachmittag habe ich einen Arzttermin mit Joshua."

Cort brachte zwei Teller mit dem Rührei und Toast. „Wann denn?"

„Um drei."

„Sobald ich die Pferde am Morgen bewegt habe, fahre ich rüber. Wenn es nur die Batterie ist, kann ich sie überbrücken, und dann kannst du ohne Probleme fahren. Wenn nicht, bringe ich euch zu eurem Termin und besorge die Teile, um zu reparieren, was repariert werden muss, während du und Joshua beim Arzt seid."

„Oh nein, das kann ich nicht von dir verlangen", protestierte Lilly und hob die Hand.

„Lilly, du hast es nicht verlangt, ich habe es angeboten. Wann wirst du mich dir einfach helfen lassen, weil ich dir helfen will? Davon abgesehen, so müde wie du bist, solltest du nicht allein fahren. Es ist okay, sich ein bisschen helfen zu lassen."

Lillys Herz schmolz ein bisschen mehr. Wenn er so argumentierte, konnte er ihr so viel helfen, wie er wollte.

KAPITEL ACHTZEHN

Cort nahm das Überbrückungskabel von Lillys Batterie ab. Als er die Motorhaube des alten Trucks geöffnet hatte, hatte er festgestellt, dass – abgesehen von der Tatsache, dass sie wahrscheinlich einen neuen fahrbaren Untersatz brauchte – die Batterie schon bessere Tage gesehen hatte. Er konnte sie nicht einmal fremdstarten. Er wusste nichts über Lillys finanzielle Situation und war sich nicht sicher, ob sie den alten Truck fuhr, weil sie keine andere Wahl hatte oder weil sie es wollte. Ihm gefiel der Gedanke nicht, dass sie und Joshua allein in einem unzuverlässigen Fahrzeug unterwegs waren.

„Loser, einsteigen", rief er. Loser lag unter einer Eiche neben der Kirche. Mit hängendem Schwanz und hängenden Ohren schleppte sich der Hund zu seinem Truck und sprang hinein. Cort sah amüsiert zu.

„Wach auf, Kumpel – wir fahren rüber zu Lilly, und ich weiß, dass du dich freust, sie zu sehen." Gestern war ein guter Tag gewesen. Nein, ein großartiger Tag. Kein Leugnen konnte etwas daran ändern, dass er Lillys Gesellschaft genoss. Er wusste, dass es schlecht war so zu denken, doch er hatte sich gefreut, als er gesehen hatte, dass ihre Batterie in derart schlechtem Zustand war, dass er Lilly und Joshua nach Ranger zum Arzt bringen musste.

Der Gedanke an den kleinen Jungen zauberte ein Lächeln auf sein Gesicht. Welche Entwicklung er durchgemacht hatte, seit Lilly ihn mehr oder weniger gezwungen hatte, das Baby zu halten, war erstaunlich. Als hätte sie gewusst, wieviel Angst er gehabt hatte, und doch gespürt, dass er den kleinen Kerl kuscheln wollte. Jetzt war er um jede Ausrede dankbar, in Joshuas und Lillys Nähe sein zu können. Sein Herz mischte mit, und das machte ihm furchtbare Angst.

Offensichtlich war er hierhergeschickt worden, um auf Lilly und Joshua aufzupassen, darum würde er das auch tun. Er würde ihnen helfen, wann immer sie ihn brauchten. Er würde sich um ihr Wohlbefinden kümmern und konnte für Joshua so etwas wie ein Onkel sein. Alles, was er tun musste, war, sich daran zu erinnern, dass alles, was über eine Freundschaft hinaus ging, nicht in Lillys und Joshuas bestem Interesse war.

Lilly hatte gesagt, dass sie einen Fehler bei der Wahl ihres ersten Ehemannes gemacht hatte. Die süße Lilly, behütet von ihren Großmüttern. Ihr Exmann hatte – zumindest sah Cort das so – ihre äußerst begrenzte Erfahrung ausgenutzt. Wenn es Cort bestimmt war, sie zu behüten, dann sollte es so sein. Der nächste Typ, der kam, um Lillys Dach oder sonst was zu reparieren, würde erst an ihm vorbeimüssen, wenn er irgendetwas von ihr wollte.

Und dann auch nur, wenn Cort davon überzeugt war, dass seine Absichten ehrenwert waren.

Dann wäre es in Lillys bestem Interesse, wenn

Cort nicht im Weg stand.

Er ließ seinen Motor an und blickte gen Himmel. Er würde überirdische Stärke benötigen, um zu tun, was er tun musste.

Samantha saß am Straßenrand zwischen seinem und Lillys Haus, als Cort die lange, einsame unbefestigte Straße hinunterfuhr. Sie sah aus wie ein großer Hund, so wie sie auf den Hinterbeinen unter einer Eiche saß. Ein langer Grashalm hing ihr aus dem Maul. Sie kaute gemächlich darauf herum und beobachtete, wie Cort neben ihr anhielt.

Loser sprang aus dem offenen Fenster und landete wie ein Sack Kartoffeln zu Samanthas Füßen.

Samantha blickte auf den Hund herab, der vor ihr lag und kaute weiter auf ihrem Grashalm herum, als wäre nichts passiert.

Cort stützte seinen Arm auf die Tür und sah das schräge Paar an. Die beiden hatten eine Verbindung. Er war sich nicht sicher, was daraus werden würde, doch zu sehen, dass Loser für Samantha lebendig wurde, freute ihn. Loser rappelte sich auf, schüttelte sich und schnupperte am haarigen Kinn des Esels, bevor er ihn argwöhnisch umkreiste. Als er zu nah kam, versetzte Samantha ihm einen Nasenstüber und kaute weiter. Cort lachte. Was für ein Paar.

Er fuhr langsam weiter und ließ Loser den Rest des Weges zu Lillys Haus zu Fuß laufen. Ein bisschen Bewegung würde dem faulen Hund guttun. Es war ein schöner Tag, um übers Land zu fahren. Es war kalt, doch die Sonne schien. Cort mochte dieses Wetter. Im Sommer musste er vor Sonnenaufgang aufstehen, damit er alle Pferde vor der Mittagshitze bewegen konnte. Die Pferde liebten diese Jahreszeit, und sie waren bereit, mehr zu leisten, wenn sie guter Stimmung waren. Heute herrschte eine sanfte Brise – ein perfekter Tag.

Ein perfekter Tag für eine Fahrt in die Stadt mit Lilly.

Lilly erwartete ihn schon, als er vor dem Haus anhielt. Sie trug Khakihosen und ein grünes Hemd, das die goldenen Sprenkel in ihren Augen betonte. Ihre Haare trug sie offen. Sie fielen auf den Kragen ihrer

Jacke und wehten im Wind, als sie mit Joshua in seiner Sitzschale auf ihn zu kam. Cort sprang aus dem Truck, um zu helfen.

„Hey, Cowboy", sagte sie, als er ihr die Sitzschale aus der Hand nahm. „Hältst du mich für zu schwach, das zu tragen?'

Er lächelte. Sie hielt sich für Mighty Mouse. „Nein, ich will nur nicht, dass du schwer trägst, während ich da bin. Hast du schlafen können? Du siehst gut aus." Die Belohnung für sein Kompliment waren hübsch gerötete Wangen.

„Oh ja, das habe ich. Als er das erste Mal aufgewacht ist, habe ich geschummelt und ihm ein bisschen Babyreis in seine Milch gemischt, wie Esther Mae mir geraten hat. Er war begeistert und hat den Rest der Nacht durchgeschlafen. Ich glaube, er hat einfach nicht genug Nahrhaftes bekommen. Als ich heute Morgen aufgewacht bin, hatte ich natürlich erst einmal Angst, dass irgendwas nicht mit ihm stimmt. Doch er hat friedlich geschlummert, als ich in sein Zimmer gekommen bin."

„Das klingt ja vielversprechend."

Lilly lächelte, und ihre Augen strahlten so viel heller nach einer Nacht erholsamen Schlafes. „Jetzt hoffe ich nur, dass der Arzt mir deswegen nicht böse ist."

Cort schnallte Joshuas Sitzschale auf der Rückbank fest. Als er sich umdrehte und die Tür zuwarf, stand Lilly neben ihm. Er musste gegen den Drang ankämpfen, sie zu umarmen. Sie duftete so gut nach frischer Seife und Babypuder. Er öffnete die Beifahrertür und zwang sie, ihr lediglich die Hand zur Hilfe beim Einsteigen anzubieten. Sie sah seine Hand an, dann sein Gesicht.

„Weißt du", sagte sie, wandte den Blick ab und kletterte in den Truck. „Dass du gestern für mich gekocht hast, war das erste Mal, dass ein Mann das für mich getan hat. Und mir in den Truck zu helfen … ich frage mich, ob je ein Mann das für meine Großmütter getan hat."

Cort zuckte mit den Schultern. „Meine Mutter hat mir beigebracht, dass man einer Frau die Tür aufhält. Sie hätte mir das Fell gegerbt, wenn ich das nicht getan hätte."

Ein Lächeln umspielte seine Mundwinkel. Cort schloss die Tür, joggte auf seine Seite des Trucks und stieg ein. Lilly war eine ungewöhnliche Frau, die unter ungewöhnlichen Frauen aufgewachsen war. Ihre Geschichte faszinierte ihn. Doch er konnte sich einfach nicht vorstellen, wie ein Mann eine Frau verlassen konnte, die sein Kind unter dem Herzen trug, wie er sie heiraten und dann so schäbig hatte behandeln können… Wie irgendjemand einer Frau wie Lilly das antun konnte, entzog sich seiner Vorstellungskraft.

„Hast du alles, was du brauchst?", fragte er, entschlossen, Lilly mehr denn je zu zeigen, dass sie etwas ganz Besonderes war und es verdient hatte, entsprechend behandelt zu werden. Freunde konnten das tun.

„Ja, danke. Oh Cort, schau!", rief sie und deutete auf die Straße. Samantha kam die Straße entlang geschlendert, dicht gefolgt von Loser. Sie bewegten sich langsam wie eine Herde Elefanten.

„Loser ist zu Besuch gekommen!", rief Lilly und öffnete die Tür. Sie sprang aus dem Truck und rannte zu den trägen Tieren hinüber, um sie zu umarmen.

Cort lachte, als er Loser wie verrückt mit dem Schwanz wedeln sah. Sein ganzes Hinterteil wedelte mit. Dem sonst so deprimierten Hund hing förmlich die Zunge aus dem Maul. Nein, wirklich – er leckte Lillys Gesicht, und sie lachte, während sie versuchte, seinen nassen Küssen zu entkommen. Als er versuchte, ihr mit den Pfoten auf die Schultern zu springen, war für Cort die Zeit zum Einschreiten gekommen.

Als er sie erreichte, hatte Loser sie jedoch schon umgeworfen.

„Was fütterst du diesem Kraftprotz?", quietschte sie und schob den Hund von sich, musste dabei aber so sehr lachen, dass es ihr schwerfiel, den aufgeregten Mischling loszuwerden.

„Offensichtlich nicht das Richtige, wenn ich mir seine Manieren ansehe. Loser! Aus!"

Er ergriff Lillys Hand und zog sie vom Boden hoch. Ihre Augen glitzerten amüsiert, und es schien sie nicht zu stören, dass sie sich den Straßenstaub abklopfen musste. Als sie es tat, hüllte eine bräunliche Staubwolke sie ein.

„Loser weiß, wie man eine Frau in die Knie

zwingt."

Er lachte. „Er ist schon eine Marke", sagte er, dann zupfte er ihr einen Grashalm von der Stirn. „Da war noch was." Seine Finger fanden wieder die Locke, die über ihrem Auge baumelte. Sie schluckte, wandte den Blick ab und wich einen Schritt zurück.

Corts Instinkt hinderte ihn daran, ihr zu folgen, und er vergrub seine Finger in seinen Hosentaschen. „Wir sollten los, sonst kommen wir zu spät zu eurem Termin."

Sie nickte. „Meine Großmütter wären gar nicht begeistert von meiner Unpünktlichkeit in letzter Zeit. Aber ich wollte Loser begrüßen. Er ist mein kleiner Kumpel, und ich habe ihn seit der Geburt nicht oft gesehen. Anders als Samantha in deinem Fall, kommt er mich nicht von sich aus besuchen. Ich muss immer lächeln, wenn ich daran denke, wie nervös er auf der Fahrt nach Mule Hollow war. Er hat sich benommen wie ein werdender Vater."

Cort ging ihr voraus zum Truck und dachte an die Nacht. „Oh ja, er war ziemlich aufgeregt. Aber wenigstens ist er nicht in Ohnmacht gefallen."

Sie schmunzelte. „Ah, mach dir nichts draus. Es war süß, auch wenn es mich erschreckt hat. Ich bezweifle, dass irgendjemand mehr Aufregung während der Entbindung hatte als ich. Mein Gott, was für eine Nacht."

„Ja, was für eine Nacht."

Sie lächelten einander an und dachten an einen Moment, der sie für immer verbinden würde. Cort räusperte sich und griff nach der Tür. „Wir sollten losmachen."

„Ja. Joshua sollte nicht zu spät zu seinem Termin kommen."

Entschlossen, seine Konzentration durch nichts stören zu lassen, half er ihr beim Einsteigen und fuhr dann in Richtung Ranger los. Trotz der Funken, die zweifellos zwischen ihnen übersprangen, entspannten sie sich während der Fahrt. Cort mochte die direkte Art, wie Lilly mit ihm redete. Sie war intelligent und humorvoll.

Sie waren auf halbem Weg nach Ranger, als er sie fragte, wie sie ihren Lebensunterhalt verdiente. Er wusste, dass ihr kleiner Farmbetrieb nicht dazu reichte.

Er war neugierig, doch das war ihm zwischenzeitlich egal.

„Abgesehen davon, dass ich einen Teil meines Landes an meinen anderen Nachbarn verpachte und natürlich meiner erbärmlich kleinen Viehzucht, mache ich die Buchhaltung für ein paar Rancher hier in der Gegend und stelle Viehkataloge für einen Mann in Ranger und einen anderen in San Angelo zusammen. Das hält mich auf Trab.“

„Hört sich ganz so an. Macht es dir Spaß?“

Sie lächelte und blickte in Richtung von Joshua, der wach war und fasziniert die Decke anstarrte. „Meistens ja.“

„Ich weiß, was du meinst.“

Als sie sich zu ihm umdrehte, begegneten sich ihre Blicke.

Sie sah ihn erwartungsvoll an.

„Ich dachte, du liebst, was du tust“, sagte sie. „Ich meine, du hast wunderschöne Pferde auf deiner Ranch und gehst zu all diesen Wettbewerben. Du siehst die aufregendsten Orte.“

Cort sah sie erneut an. Hörte er etwa Sehnsucht in

ihrer Stimme? „Rumreisen ist nicht so toll wie man es sich vorstellt."

Er blickte auf die Straße hinaus und dachte nach. „Das Trainieren macht mir Spaß. Aber … ich weiß nicht. Ich werde älter. Ich würde lieber zu Hause bleiben und jemand anderen zu den Wettbewerben lassen als allein in Hotelzimmern zu übernachten."

Lilly hielt ihn jetzt wahrscheinlich für sentimental. Doch es war so. Nachdem Ramona ihn verlassen hatte, hatte er sich in seine Arbeit gestürzt. Doch unterwegs zu sein erinnerte ihn an alles, was er verloren hatte. Nicht, dass Ramona ihn gerne begleitet hätte. Das hatte sie nicht, und wenn sie mit ihm gekommen war, dann war es wegen der Leute, die sie dort treffen konnte. Berühmte Leute investierten Unsummen in die Pferdeindustrie. Ramona hatte den sozialen Aspekt geliebt. Sie war nie wirklich mitgekommen, um Zeit mit ihm zu verbringen.

Er hätte das als Warnung betrachten sollen, dass in seinem scheinbar glücklichen Haus nicht alles gut und richtig war.

„Ich würde das zu gerne machen", sagte Lilly zu

seiner Überraschung. „Ich meine, nicht mit dir. Ich meine … also, was ich sagen will, ist, dass ich mein ganzes Leben auf der Farm verbracht habe. Meine Kindheit mit meinen Großmüttern hier draußen war einsam. Granny Bunches hat mir immer gesagt, dass ich die Farm verkaufen sollte, wenn sie alle tot sind, und mir das Land ansehen soll. Ich bin nie wirklich aus Mule Hollow rausgekommen. Natürlich liebe ich es…"

Sie verstummte, und Cort ertappte sich dabei, dass er sie wieder ansah. Sie blickte mit gerunzelter Stirn aus dem Fenster.

Er fragte sich, wie es wohl wäre, ihr seine Welt zu zeigen. Sein Leben durch neue Augen zu sehen. Lillys Augen.

Ein gefährlicher Gedanke.

„Er wiegt elf Pfund, und der Arzt sagt, dass es okay ist, ihm Babyreis in die Milch zu mixen, wenn er nicht schlafen will." Seit sie die Praxis verlassen hatte, hatte Lilly ununterbrochen geplappert. „Gott sei Dank ist er älter, denn ich glaube nicht, dass ein jüngerer Arzt sowas gutheißen würde." Sie freute sich so sehr, ein bisschen mehr Schlaf zu bekommen und zu wissen, dass es nicht ungesund war, Joshua etwas Nahrhafteres in die Milch zu mischen. Sie konnte ihre Begeisterung kaum im Zaum halten.

Ganz zu schweigen von der Tatsache, dass sie es genoss, Zeit mit Cort zu verbringen.

Sie saßen in einem Restaurant in der Nähe der Arztpraxis. Lilly war seit Ewigkeiten nicht mehr in einem richtigen Restaurant gewesen. Cort hatte darauf bestanden, sie in dieses schöne Steakhaus einzuladen, als sie einen Hamburgerladen am Highway auf dem Weg nach Hause vorgeschlagen hatte.

Cort schien es Freude zu machen, ihr das Gefühl zu geben, etwas Besonderes zu sein. Er hielt ihr die Türen auf, trug Joshua und hielt sogar ihren Ellbogen, als sie sich auf dem Stuhl niederließ, den er ihr herausgezogen hatte. Was für ein Mann. Nicht, dass es keine anderen Männer gäbe, die so etwas taten. Es hatte nur noch nie einen gegeben, der das für sie getan hätte. Doch sie war in ihrem ganzen Leben auch nur mit drei Männern auf Dates gegangen.

Nicht, dass das ein Date gewesen wäre … oh nein, das wusste sie. Cort war nur ihr Nachbar. Ganz gleich, wie nett er gestern Abend und heute gewesen war, sie konnte nicht vergessen, dass er ihr bei der Kirche unmissverständlich klargemacht hatte, dass er nicht der richtige Mann für sie war. Er hatte kein Interesse daran, sie zu daten.

Er war einfach nur ein netter Nachbar.

Sie befand sich auf gefährlichem Terrain, wenn sie sich erlaubte, zur Kenntnis zu nehmen, was alles an Cort ihr Herz pochen ließ. Gestern Abend hatte sie ihm nachgeblickt, als er nach Hause gefahren war, und über seine Vergangenheit nachgedacht. Seine Frau hatte ihn tief verletzt. Er musste sie sehr geliebt haben, dass er sich jetzt so verschloss und sich hinter der grimmigen Fassade versteckte – die jedoch mehr und mehr bröckelte. Vorhin hatte er sanft auf Joshua eingeredet, als er ihn aus dem Auto genommen hatte.

Sie wunderte sich über ihn, was Joshua anging. Er schien mit ihm spielen zu wollen und sich ihm zu öffnen, doch er schien dagegen anzukämpfen. Da wurde Lilly bewusst, dass Joshua Cort guttun würde.

Der Plan, mit dem sie gespielt hatte, schien plötzlich gar nicht mehr so weit hergeholt zu sein. Im Gegenteil, er könnte sich als Segen für Cort erweisen. Und sie wollte ihm helfen. Er war so gut zu ihr und ihrem Kind. Selbst wenn er glaubte, nicht der richtige Mann für sie zu sein…

Sie lächelte und dachte an ihren Plan. Ja, ihr Sohn brauchte eine Vaterfigur, und Cort war bei der Geburt für sie da gewesen und lebte nur die Straße runter. Es war, als hätte ihn jemand genau dorthin geschickt – nicht, um ihnen zu helfen, wie sie zuerst gedacht hatte, sondern damit sie ihm halfen.

KAPITEL NEUNZEHN

Die Luft war kühl, als Cort Ringo zu einem leichten Trab animierte. Das große Pferd war heute überaus munter. Cort spürte, dass das Tier schneller laufen wollte, begierig, die Freiheit zu spüren, die mit dem Abbau aufgestauter Energie einherging. Cort schnalzte mit der Zunge, und das Pferd begann, um den Reitplatz zu galoppieren. Cort versuchte, sich auf den Ritt zu konzentrieren, doch seine Gedanken waren nicht bei dem Pferd.

Sie waren bei Lilly.

Tagelang hatte er jetzt schon seine

Abwehrmechanismen schleifen lassen und versucht, sich vorzumachen, dass sie einfach nur Freunde sein könnten. Doch er machte sich etwas vor. Seit ihrer ersten Begegnung schon. Lilly war eine Frau, mit der ein Mann eine Zukunft aufbauen konnte. Sie sprach aus, was sie dachte, doch sie war liebevoll. Ihr Herz war gebrochen worden und ihre Träume belächelt, doch sie hatte es geschafft, ihren Optimismus zu bewahren.

Sie war eine wunderbare Mutter. Jedes Mal, wenn sie und Joshua in seiner Nähe waren, musste er gegen die Sehnsucht ankämpfen, die ihn erfüllte. Er liebte – nein, diesen Gedanken wollte er nicht denken. Er konnte sich nicht erlauben, die Gefühle zuzugeben, die in seiner Seele ihr Lager aufgeschlagen hatten. Er war nicht der richtige Mann für sie. Er hatte ihr nichts zu bieten. Eines Tages würde Lilly wieder heiraten, und er würde dabei zusehen müssen, wenn sie die Liebe fand, die sie verdiente.

„Hey, Loser!", rief Lilly, auch, wenn sie den Namen

nicht mochte. Der stets schmollende Hund sah sie die Auffahrt hinaufkommen, hob seinen struppigen Kopf und sprang schwanzwedelnd von der Veranda.

„Wir müssen dir einen neuen Namen geben." Er saugte die Aufmerksamkeit, die sie ihm schenkte, mit jeder Faser seines haarigen Körpers auf. Cort hatte ihr mehr als einmal gesagt, dass Loser angefangen hatte zu leben, seit er ihr und Samantha begegnet war.

Der Gedanke wärmte Lilly innerlich. Doch es war an der Zeit, dass sie tat, wofür sie gekommen war. „Wo ist Cort?", fragte sie und stützte das Babytragetuch, in dem sie Joshua trug, während sie Loser hinterm Ohr kraulte. Er blickte mit einem breiten Hundegrinsen im Gesicht zu ihr auf, antwortete jedoch nicht. Darum horchte sie und folgte dem klirrenden Geräusch, das aus der Scheune kam.

Sie fand Cort am Boden unter einem Traktor. Nur seine langen Beine lugten unter der riesigen Maschine hervor.

„Hey, Nachbar, hast du ein Problem?", fragte sie und bückte sich, um sehen zu können, was er tat.

Seine Hände waren ölverschmiert, und als er

aufblickte, sah sie einen schwarzen Streifen auf seiner Wange. Seine Augen leuchteten auf, als er sie sah. Lillys Herz stolperte und schlug schneller. Selbst der Zwei-Meilen-Spaziergang von ihrem Haus hatte ihr Herz nicht so zum Pochen gebracht wie es das jetzt tat. Das Stolpern war ein Gefühl, von dem sie zwischenzeitlich gelernt hatte, dass nur Corts Gegenwart es auslösen konnte.

„Nichts, was ich nicht reparieren könnte", sagte er und rutschte unter dem Traktor hervor.

Sie waren nur Zentimeter voneinander entfernt, und ohne nachzudenken wischte Lilly eine Spinnwebe über Corts Ohr weg. Ihre Finger erstarrten, als sie seine seidigen Haare berührte.

Als Cort ihrem Blick begegnete, zog sie die Hand zurück, erschrocken über die Nähe. Sie wollte sie, doch sie fürchtete sie.

Erst, nachdem sie Joshuas Haare gestreichelt hatte, konnte sie wieder sprechen. „Ich wollte dich was fragen", sagte sie mit wackeliger Stimme.

Mit einer Kraft, von der sie nicht gewusst hatte, dass sie sie besaß, rang sie die aufsteigende Furcht nieder und sah Cort an. Er hatte sich nicht bewegt. Er saß genau in derselben Position, wie er gesessen war, als sie ihn berührt hatte. Seine Augen bohrten sich in ihre. Die Intensität bedrohte ihre Willenskraft und hatte beinahe die unbekannten, unerforschten Gefühle entfesselt, die sie bisher krampfhaft zu unterdrücken versuchte, um sich ihrer vielleicht später anzunehmen.

Später, wenn sie allein war, war es vielleicht sicher, wirklich in ihr Herz zu blicken.

Da sie die Nähe nicht länger ertragen konnte stand sie auf und setzte sich auf einen Heuballen ein paar Schritte von ihm entfernt.

Der Tag war kalt, doch die Sonne schien, und der Spaziergang hatte sie warmgehalten. Jetzt, im Schatten der Scheune, erschauerte sie, und sie zog das warme Tragetuch fester um Joshua. Natürlich wusste sie, dass ihre Körperwärme ihn warmhielt. Er war so warm wie der Spatz im Nest, wie ihre Granny Gab zu sagen gepflegt hatte. Doch sie brauchte etwas, um ihre Hände zu beschäftigen, und am Tragetuch herumzuzupfen war genau das Richtige. Als sie aufblickte, war Josh aufgestanden und wischte sich Hände und Gesicht mit einem Lappen ab. Er hatte ihr den Rücken zugewandt und gewährte ihr einen Moment zum Durchatmen.

„Ich habe über Joshuas Zukunft nachgedacht. Und, also… ich hab mich gefragt. Nein, ich wollte dich bitten–" Als sie steckenblieb, drehte er sich zu ihr um, sein süßes Gesicht vollkommen verunsichert.

Cort zog eine Augenbraue hoch, lächelte aber nicht. „Nur zu, raus damit", sagte er und lehnte sich gegen die Stallabtrennung ein paar Schritte von Lilly entfernt, schob die Hände in die Hosentasche und sah sie geduldig wartend an.

Er wirkte so stark und attraktiv. Lilly zupfte an ihrem Kragen und versuchte, nicht daran zu denken, wie sich seine Arme um sie angefühlt hatten oder wie sicher sie sich darin gefühlt hatte.

„Elternschaft ist eine ernste Angelegenheit. Kinder großzuziehen, ist die wunderbarste und bereicherndste Sache, die man als Eltern tun kann. Ich bin mir sicher, dass du noch viel darüber nachdenken wirst." Cort hielt inne, und Lilly fragte sich, ob sie da gerade Traurigkeit in seinen Augen gesehen hatte.

Er hatte sich auch Kinder gewünscht. Kinder, von

denen er jetzt wusste, dass er sie nie haben würde. Lillys Herz schmerzte. Cort wäre ein wunderbarer Vater gewesen, dessen war sie sich sicher. Dieser Gedanke machte ihr Mut, fortzufahren. Und wenn er Nein sagte, hätte sie ihn zumindest gefragt.

„Ich weiß, dass es eine große Verantwortung ist … dass du mit deinem Beruf und deinem Leben vielleicht lieber Nein sagen wirst. Und ich würde es verstehen, wirklich." *Spuck's aus, Lilly!* „Würdest du Joshuas Pate werden, sein Vormund, falls mir etwas passieren sollte?"

Cort, der eben noch seine Stiefel angestarrt hatte, blickte abrupt zu ihr auf. Seine Miene war ausdruckslos. Sein Mund stand ihm offen.

Das Licht, das in seinen Augen geflackert hatte, erlosch, und Lilly kämpfte darum, es wieder anzufachen, als er nicht antwortete und Joshua traurig ansah.

„Und du wärst ihm so ein guter Vater … falls, falls mir was zustoßen sollte." Da, sie hatte es gesagt.

Cort sah sie lange an und keiner von beiden bewegte sich. Oder atmete.

„Dir wird nichts zustoßen, Lilly."

„Das weiß man nie." Jetzt, wo sie die Worte ausgesprochen hatte, wusste sie, wie wichtig sie waren. Sie wusste, dass sie Recht hatte. Sie wusste in ihrem Herzen, dass er die richtige Wahl war, um an ihre Stelle zu treten, falls ihr etwas passieren sollte.

„Selbst, wenn etwas passieren würde, gibt es jede Menge andere, die Joshua gerne großziehen würden. Ich bin mir sicher, Lacy und Clint würden sich freuen, seine Paten zu werden. Sie wären so viel besser geeignet als ein alter Single wie ich."

„Sie wären wunderbar, das weiß ich. Aber du hast ein Band mit ihm. Und du bist nicht alt."

„Lacy hat ein Band. Sie hat bei der Entbindung geholfen."

Lilly legte die Hand auf seinen Unterarm. Seine Muskeln spannten sich unter ihren Fingern an. „Aber du hast ihn zu ihr gebracht. Du hast in dieser Nacht so viel für uns riskiert und uns in Sicherheit gebracht. Du bist derjenige, den Gott geschickt hat, um auf uns aufzupassen."

Cort dachte lange nach, und Lilly wurde schwer

ums Herz. Sie wusste, dass er sie nicht wollte, doch sie hatte gehofft, dass er wenigstens Joshua wollen würde.

Seine Kiefermuskeln zuckten, und seine Augen wurden dunkler. „Ich mache es. Ich werde sein Pate."

Lilly wusste nicht, ob sie sich über seine ernste Stimme freuen oder traurig sein sollte. Doch sie hatte geahnt, dass es nicht leicht sein würde, ihn davon zu überzeugen.

„Es ist mir eine Ehre, die Verantwortung zu übernehmen, die mit deiner Bitte einhergeht."

Okay, das klang besser. Ein Schauer lief ihr den Rücken hinunter, und Lilly stand mit zittrigen Beinen auf. „Danke."

Plötzlich brannten Tränen der Erleichterung in ihren Augen, und bevor sie etwas dagegen tun konnte, lief eine über ihre Wange. Schnell wischte sie sie weg und wandte sich zum Gehen. Seit Joshuas Geburt lauerten ihre Gefühle furchtbar dicht unter der Oberfläche. Sie verstand nicht, was mit ihr los war. An Schlafmangel konnte es nicht mehr liegen.

Corts Hand auf ihrer Schulter ließ sie innehalten.

„Lilly, bitte weine nicht. Dir wird nichts

passieren." Cort drehte sie sanft zu sich um, und als er die Arme um sie legte und Joshua zärtlich zwischen sie und ihn nahm, schmolz sie.

Zuhause.

Das Wort schwoll in ihrem Herzen. Plötzlich wusste sie es. Sie hatte versucht, es zu leugnen, sie zu unterdrücken. Doch in ihrem Herzen hatte sie bereits gewusst, dass sie ihren Platz in Corts Armen gefunden hatte.

Cort hielt Lilly fest in seinen Armen und genoss das Gefühl, sie und ihr Kind zu spüren. Wellen des Bedauerns für eine verlorene Vergangenheit und eine Zukunft, die er nie haben würde, brachen über ihn herein. Doch er konnte ihr geben, worum sie ihn gebeten hatte, denn er wusste ohnehin schon, dass er bereit war, alles zu tun, um ihr und Joshuas Leben zu erleichtern.

Er wollte sie nicht weinen sehen. Er blickte auf sie hinab, hob ihr Kinn und blickte in ihre glänzenden goldenen Augen. Als ihre Unterlippe zu zittern begann und ihr erneut Tränen in die Augen stiegen, küsste er sie.

Er hatte sie nur halten und trösten wollen, doch sein Herz hatte sich eingemischt und das Bedürfnis, sich seine Liebe zu ihr einzugestehen, hatte ihn überwältigt.

Ja, er liebte sie. Er hatte sie von dem Moment an geliebt, als er sie mit diesem unglaublich strahlenden Lächeln auf ihrem hübschen Gesicht in seiner Scheune auf dem Boden hatte liegen sehen. Sie war unerschrocken und selbst sein Lasso hatte nichts daran ändern können.

Doch sie kann dir nicht gehören.

Eine grausame Stimme zischte ihm die Wahrheit zu. Er musste all seine Kraft aufbringen, um sich von ihr zu lösen. Sie hatte seinen Kuss mit einer Wärme angenommen und ihn so süß erwidert, dass es ihm das Herz brach.

„Das…", stammelte er und fuhr sich mit der Hand durchs Haar. „Das ist keine gute Idee. Es würde nicht funktionieren."

„Warum nicht?", fragte sie. Ihre Stimme war leise.

Ein Flüstern. Ihre Augen dunkel vor Emotion. „Ich weiß, ich bin nicht deine Frau. Aber–"

„Es hat nichts mit Ramona zu tun. Das ist vorbei. Es geht um dich. Dich und Joshua. Ihr braucht mehr, als ich euch geben kann. Ihr verdient mehr."

Lilly blickte zu ihm auf. „Ich glaube, du traust dir zu wenig zu. Und mir traust du auch zu wenig zu."

„Darum geht es nicht. Es geht darum, dass ich dir nicht die Familie geben kann, von der ich weiß, dass du sie willst."

Lillys Augen blitzten. „Woher willst du wissen, was ich will? Wie kommst du darauf, dass ich das, was ich will, nicht mit dir haben kann?" Sie hielt inne, und Schweigen breitete sich zwischen ihnen aus.

Cort wollte ihr nicht wehtun, doch er wusste, was gut für sie war. Jetzt war er sich nicht mehr so sicher, ob es die richtige Entscheidung gewesen war, zuzustimmen, Joshuas Pate zu werden. Wenn sie wieder heiratete, würde es einen Mann in Joshuas Leben geben – dann würden sie ihn nicht mehr brauchen.

„Es gibt ganz sicher den richtigen Mann für dich

und den richtigen Vater für Joshua. Aber das bin nicht ich, Lilly. Ich habe dir nichts zu bieten. Das Beste wäre, wenn wir vergessen würden, dass das jemals passiert ist."

Das Feuer, das in Lillys Augen aufloderte, überraschte ihn. Und sein Mund blieb ihm offenstehen, als sie zurücktrat, eine Hand in ihre Hüfte stemmte, die andere auf Joshuas Rücken legte und zu ihm aufblickte. „Wenn du es vergessen willst, Cowboy, bitteschön. Aber ich will es nicht vergessen."

Damit machte sie auf dem Absatz kehrt und marschierte mit wippenden Locken davon, dicht gefolgt von Loser.

KAPITEL ZWANZIG

Der ganze Ort war in Aufruhr. Die Frauen waren zusammengekommen und hatten Lacys Hochzeit bis zur letzten importierten pinkfarbenen Gerbera geplant.

Clint hatte kapituliert und alles abgesegnet, weil er Lacy einfach so sehr liebte. Es war eine Liebe, von der Lilly sich nur wünschen konnte, sie eines Tages zu finden. Eine Liebe, von der sie geglaubt hatte, dass sie sie gefunden hatte. Doch sie hatte sich getäuscht.

Cort war ihr nicht gefolgt.

Heute passste Adela auf Joshua auf, während Lilly

mit Lacy unterwegs war. Lilly wollte, dass ihr Sohn die Liebe von Adela, Norma Sue und Esther Mae spürte. Sie wollte, dass ein Band zwischen ihnen wuchs. Darum hatte sie zugestimmt, bei den letzten Vorbereitungen für Lacys Hochzeit zu helfen.

Während sie hinten in der Kirche stand und zusah, wie Lacy und Ashby Templeton den Blumenschmuck besprachen, betete Lilly. Da sie es gewohnt war, nicht um den heißen Brei herumzureden, wollte sie verlangen, dass Cort sich eingestand, dass er sie liebte.

Sie brauchte Cort. Ihn und Joshua. Und Gott. Was für ein Segen dieser Kreis der Liebe doch wäre. Doch sie erlaubte sich nicht, das zu verlangen, denn sie wusste nicht, ob dem so war.

Wie kam sie überhaupt auf diesen Gedanken? Cort hatte nie etwas zu ihr gesagt, das auch nur annähernd darauf schließen ließ, dass er sie liebte. Ja, er hatte sich ihr gegenüber fürsorglich und herzlich gezeigt und sich als guter Freund erwiesen. Doch Liebe? Nein. Er hatte ihr gesagt, dass er nicht der richtige Mann für sie war. Sie verband nichts, was man auch nur annähernd als romantische Beziehung bezeichnen konnte. Natürlich war da dieser eine Kuss gewesen. Ein langer, zärtlicher Kuss. Und dann hatte er die Flucht ergriffen. Lilly verstand nicht, warum in aller Welt sie erwartet hatte, dass er mehr empfand. Wem versuchte sie, etwas vorzumachen?

Während sie Lacy beobachtete, lächelte Lilly, auch wenn ihr nicht danach zumute war. Das aufgedrehte Ding wollte gar nicht aufhören, zu plappern. Es war, als wüsste sie, dass etwas nicht stimmte, doch sie hatte nicht gefragt. Sie hatte Lilly einfach mit einem Lächeln und wachsender Begeisterung in die abschließenden Pläne für ihre Hochzeit eingebunden. Natürlich – das war Lacy, und Lacy bezog äußerst effizient jeden mit ein.

Molly hatte in ihrer Kolumne in der Houstoner Zeitung bereits mehrmals über Mule Hollow geschrieben und auch in anderen Zeitungen, die ab und zu ihre Geschichten druckten. Selbst eine Zeitung aus New York hatte ihre Artikel übernommen. Sie waren ein großer Hit bei Mollys Lesern. Die erste Hochzeit im Ort nach einer nationalen „Frauen gesucht" Anzeigenkampagne war eine große Sache …

zumindest für die wachsende Armee treuer Leser. Die Tatsache, dass die Kampagne innerhalb von nur sechs Monaten zu einer Hochzeit geführt hatte, war ein Knaller. Es zeigte den Leserinnen, dass es nicht nur eine Publicity-Nummer war. Es bewies, dass sie tatsächlich eine Zukunft in Mule Hollow haben konnten.

„Lilly", sagte Lacy und ließ sich neben ihr auf der Kirchenbank nieder. Ashby setzte sich auf die Bank vor ihnen. „Was hältst du von rosa Moosrosen und rosa–"

„Das klingt wie aus *Magnolien aus Stahl*", sagte Lilly schaudernd.

„Ich liebe diesen Film!", strahlte Lacy. „Julia Roberts, wie sie den Gang hinunter schwebt, umgeben von einem rosafarbenen Meer – das war fantastisch. Seit ich den Film das erste Mal gesehen habe, wusste ich, dass ich, wenn ich denn einmal heirate – genauso heiraten will, mit einem Meer von Blumen um mich herum." Sie nickte und sah sich um. „Ja… ja, ich kann es jetzt schon sehen."

Ashby sah Lilly an, und sie platzten vor Lachen.

Wenn es etwas gab, das Lacy Brown liebte, dann Rosa in allen Schattierungen. Sie blickte beide streng an, während das Lachen zu einem Kichern wurde.

„Ich sage euch, es wird wunderschön! Vergesst nicht, wir heiraten am Valentinstag. Da geht nur Rosa oder Rot – und wie ihr wisst, bin ich Team Rosa."

Lilly rang um Fassung und wich Ashbys Blick aus, um nicht wieder loszuprusten. „Lacy, es ist deine Hochzeit. Und wenn du rosa Wände haben wolltest wäre das okay. Es wird so oder so schön werden. Und du hast Recht – Rosa ist perfekt für den Valentinstag. Aber sag bitte, dass du Clint nicht zwingen wirst, sich Rosa anzuziehen…"

Lacy lächelte. „Er liebt mich, doch das wäre ein bisschen viel verlangt. Grau und Schwarz passen ganz wunderbar zu Rosa. Ich selbst werde nichts Rosafarbenes tragen, darum kann ich es schlecht von ihm verlangen."

„Du hast das nicht wirklich in Erwägung gezogen, oder?", fragte Ashby, nicht sicher, wann sie Lacy ernst nehmen sollte und wann nicht.

„Nein, nicht wirklich. Clint ist ein Cowboy. Und

davon abgesehen hat er schon einmal für mich Rosa getragen und es hat ihm ganz und gar nicht gefallen.“

Lilly erinnerte sich an den Zwischenfall, als sich ein ganzer Eimer grellrosa Farbe über Clints Kopf ergossen hatte, als Lacy ihr Gebäude an der Hauptstraße gestrichen hatte. Diese Geschichte würde ihm noch ewig nachgehen. Doch er nahm es ihr nicht übel. Er hatte gesagt, dass es egal war, was damals passiert war, da er am Ende Lacy bekommen hatte. Lillys Herz zog sich zusammen, als sie an Cort denken musste.

Sie empfand dasselbe für ihn. Was auch immer geschah, es war egal, solange sie am Ende seine Liebe haben konnte.

Wenn sie nur wüsste, wie sie das schaffen konnte.

Hab Vertrauen, Lilly.

Doch das war leichter gesagt als getan.

Nachdem sie in der Kirche fertig waren, verließ Ashby sie, um die Blumen zu bestellen. Sie hatte einen Kontakt in Hollywood – ihrem früheren Zuhause – der die Blumen bis Freitagmorgen nach Mule Hollow schicken würde. Sie schickte sich mit den Blumen mit. Und wenn es nach Ashby ginge, würde sie bleiben und ihren Internet-Blumenimport von Mule Hollow aus leiten. Eine weitere gute Gelegenheit für den kleinen Ort. Der Onlineversand machte heute Dinge möglich, die man sich vor zehn Jahren noch nicht einmal hätte vorstellen können. Ashbys Internet-Boutique mit exklusiven Kleidern lief von Mule Hollow aus genauso gut wie von Hollywood. Und die Kleider, die sie für alle für die Hochzeit bestellt hatte, waren atemberaubend schön.

Lilly und Lacy stiegen in Lacys rosa 1958 Cadillac Cabriolet. Mit geschlossenem Dach und Heizung auf Hochtouren fuhren sie ins Gemeindezentrum, wo der Empfang stattfinden würde. Da die Hochzeit in einer Woche war, wurde bereits dekoriert. Heute würden sie dabei helfen, den weißen und rosa Tüll und die Lichterketten anzubringen.

Die Landschaft sauste an den Fenstern des Caddy vorbei, während Lilly sich in dem tiefen Sitz entspannte.

„Ich liebe es einfach zu fahren", sagte Lacy, die aufmerksam die Straße beobachtete. „Besonders mit offenem Dach. Würde es dir was ausmachen, offen zu fahren?"

Lilly warf Lacy einen verständnislosen Blick zu. „Es hat keine acht Grad draußen."

„Bist du je bei dieser Temperatur mit offenem Dach gefahren?" Sie sah Lilly mit einem begeisterten Lächeln und hochgezogenen Brauen an.

„Nein, aber es ist kalt."

„Mann, Mädel, leb mal ein bisschen. Bevor wir zum Gemeindezentrum gehen, fahren wir ein bisschen rum, denn du musst mir erzählen, was mit dir los ist."

Lacy trat abrupt auf die Bremse und hielt den Caddy an. Bevor Lilly den Schock überwinden konnte, sah sie entsetzt zu, wie Lacy einen Knopf drückte und das Dach aufklappte. Kaum war das Dach verstaut, trat Lacy wieder aufs Gas. In ihren Sitz gepresst spürte Lilly, wie der Fahrtwind ihre Locken erfasste und über ihrem Kopf tanzen ließ, als wären sie lebendig. Die Kälte brannte auf ihren Wangen, doch der kalte Wind brachte sie zum Lachen. Auch Lacy lachte.

Lacy drehte die Heizung auf, und plötzlich hatte Lilly das Beste von beiden Welten – ihre Füße und Hände waren wunderbar warm, doch der kalte Wind, der ihr ins Gesicht wehte, ließ pure Lebensfreude durch sie hindurch strömen.

„Ich habe dir ja gesagt, dass es toll ist!", rief Lacy über den Wind hinweg, als sie auf dem Weg vom Ort weg an einer Farm vorbei brausten.

„Es ist wunderbar! Daran könnte ich mich glatt gewöhnen. Ist das Auto zu verkaufen?", rief Lilly, auch wenn sie wusste, dass Lacy sich nie von ihrem geliebten Caddy trennen würde.

„Oh nein, niemals. Aber ich weiß, wo du genau so einen herbekommen kannst."

Lilly dachte darüber nach. Sie brauchte einen neuen Wagen, doch sie brauchte einen Familienwagen. Einen, mit dem sie sich mit Joshua sicher auf der Straße fühlen konnte. „Besser nicht. Aber ich werde dich öfters bitten, mich mit dir fahren zu lassen. Deine Schuld. Du hast mich süchtig gemacht."

„Oh gerne." Lacy bremste den Caddy und hielt den Wagen neben einem verlassenen Rastbereich mit

Picknicktischen an. „Okay, und jetzt, wo ich dich locker gemacht habe – raus mit der Sprache. Was ist los?"

Lilly konnte das aufrichtige Interesse in Lacys Stimme hören und in ihren Augen sehen. In Lacys Gesellschaft fühlte Lilly sich wohl genug, um Lacy in ihr Herz blicken zu lassen „Ich habe Jeff geheiratet, weil ich einsam war und meinen Großmüttern beweisen wollte, dass das mit dem Fluch der Tipps-Frauen Unsinn ist. Eine dumme Entscheidung." Lilly betrachtete die Landschaft, die abgegrasten Weiden, die auf den Frühling warteten. „Es war ein riesiger Fehler. Ich habe alles versucht, doch er wollte weder mich noch das Baby. Und es war ein Desaster. Nachdem er mich verlassen hat, nachdem ich angefangen habe, wieder in die Kirche zu gehen, und nachdem ich dich kennengelernt habe, ist mir bewusst geworden, dass mein Wunsch nach einem Ehemann so stark gewesen ist, dass ich nicht auf den *richtigen* gewartet habe – den Mann, der nur für mich bestimmt ist. Was denkst du, kann das sein?"

Lacy schwieg eine Weile. „Du hast dein

Ehegelöbnis ernst genommen, doch Jeff ist gegangen, und es ist vorbei. Und ich glaube tatsächlich, dass es für jede von uns einen besonderen Mann gibt, der nur für uns bestimmt ist." Lacy legte ihre kalte Hand auf Lillys. „Sehnst du dich immer noch nach einem Mann?"

„Ja. Das tue ich. Trotz allem, was meine Großmütter mir eingetrichtert haben, wünsche ich mir eine Familie. Ich sehe Joshua an, und alles Negative, was meine Großmütter über Ehe und Männer gesagt haben – all das löst sich in Wohlgefallen auf. Ich will einen Ehemann. Und ich will mehr Kinder. Doch ich will nicht irgendeinen Mann. Ich will Cort."

Lacy lächelte. „Das dachte ich mir! Ich habe dir ja gesagt, dass ich glaube, dass er deine Zukunft ist."

„Aber Lacy, er will mich nicht heiraten, aus Gründen, über die ich nicht reden kann."

„Liebst du ihn?"

Sie starrte ihre Hände an. „Ja. Ja, ich liebe ihn."

„Ich habe das Gefühl, dass es ihm genauso geht. Du musst vielleicht einfach daran glauben, dass er seine Meinung ändert."

Lilly sah Lacy an. Ihre weißblonden Haare sahen aus wie ein geplatztes Sofakissen, doch die Weisheit, die aus ihren blauen Augen strahlte, reichte tief in Lillys Herz. „Ich will darauf vertrauen, dass es passiert."

Lacy drückte Lillys Schulter. „Dann tu das. Doch vergiss nicht, dass, was immer mit Cort ist, nicht an dir liegt und dass immer die Möglichkeit besteht, dass du nicht bekommst, was du dir wünschst. Doch ich glaube in meinem Herzen, dass alles gut werden wird."

„Doch was, wenn nicht? Was mache ich dann?"

„Manchmal passieren einfach Dinge im Leben, die wehtun. Du hast das bereits erlebt. Das Leben ist nicht fair. Als mein Dad meine Mom und mich verlassen hat, das hat furchtbar wehgetan, doch mein Glaube hat es mich durchstehen lassen. Auch für dich wird alles gut werden, Lilly Tipps."

Lilly umarmte Lacy. „Danke, Lacy. Ich bin so dankbar, dich als Freundin zu haben."

Lacy drückte sie. „Mädel, mir geht es genauso mit dir." Sie ließ Lilly wieder los, legte den Gang ein, dann ließ sie den Motor aufheulen und lachte.

Lilly holte tief Luft und hielt sich fest, als sie auf die Straße zurück in Richtung Ort schoss.

„Mach dich bereit, Lilly", rief Lacy wie ein Cheerleader. „Ich bin davon überzeugt, dass auf dich und Joshua ganz *fantastische* Dinge warten."

Lilly musste lächeln, auch wenn in diesem Moment ein Käfer an ihrer Stirn zerplatzte.

KAPITEL EINUNDZWANZIG

Cort warf den Schraubenzieher zurück in seine Werkzeugkiste, dann schloss er die Tür des Futterlagers und probierte das Schloss aus, das er gerade ans obere Ende des Türblatts versetzt hatte. So würde Samantha sicher nicht mehr einbrechen können. Es tat ihm fast ein bisschen leid, dass er das Schloss versetzt hatte. Was Samantha wohl denken würde, wenn sie bemerkte, dass sie jetzt ausgesperrt war, nachdem sie ihr Leben lang freien Zutritt hatte?

Sie war nur ein Esel. Ein dreister, verfressener kleiner Esel. Doch sie schien mehr zu sein. Er hatte das alte Mädchen liebgewonnen. Genauso, wie er Lilly liebgewonnen hatte. Und Joshua.

Loser saß zu seinen Füßen. Er lag nicht da, sondern saß tatsächlich. Aufmerksam, als wartete er auf etwas. Er wedelte sogar ab und an mit dem Schwanz. Und wenn Cort in die Nähe seines Trucks kam, rannte der verrückte Hund los, hechtete auf die Ladefläche und sah ihn erwartungsvoll an. Loser wollte fahren, doch nicht irgendwohin. Loser wollte Samantha sehen. Cort ging es genauso mit Lilly. Jedes Mal, wenn er an seinem Truck vorbeikam, wollte er einsteigen und rüberfahren, um zu sehen, was an ihrem Ende der Straße los war.

Doch er konnte nicht. Er hatte Lilly geküsst und ihr dann gesagt, dass er nicht der richtige Mann für sie war. Er hatte diese süße Frau abgelehnt, wo er in seinem Herzen nichts mehr wollte, als sie mit beiden Händen festzuhalten und nie wieder loszulassen.

Er hatte sie getäuscht, und er hatte sie verletzt.

Doch er konnte nichts daran ändern. Er lernte auf die harte Tour, dass das Leben nicht fair war, und dass es dem Leben definitiv egal war, wie oft es ihn in die Knie zwang. Als Ramona ihn verlassen hatte, hatte er ihr nicht die Schuld daran geben können.

Sie wollte Kinder. Sie hatte immer welche gewollt, und ganz gleich, wie sehr es Cort wehgetan hatte, sie gehen zu sehen – tief in seinem Inneren hatte er gewusst, dass er sie gehen lassen musste. Es war in ihrem besten Interesse gewesen.

Er sah den jetzt beinahe lächelnden Loser an. „Ich bin froh, dass einer von uns glücklich ist. Ich fühle mich wie auf einem Karussell. Nur, dass nichts daran fröhlich oder erbaulich ist. Nur ein Herzschmerz nach dem anderen."

Loser neigte den Kopf und bellte, dann rannte er hinüber zum Truck, der am Ende der Scheune parkte. Er wedelte nicht nur mit dem Schwanz, sondern mit dem ganzen Körper. Je näher Cort dem Truck kam, desto begeisterter wurde sein Schwanzwedeln.

„Ich fahre nicht da rüber, Loser. Das ist der letzte Ort, an dem ich jetzt sein sollte." Er warf einen Blick auf seine Uhr und sah, dass es fast schon drei war. Er hatte Clint versprochen, ihm und ein paar anderen Cowboys zu helfen, ein paar Tische für die Hochzeit am Samstag aufzubauen.

KAPITEL ZWEIUNDZWANZIG

„Lacy Brown, geh von der Tür weg!"

Lacy ignorierte Norma Sue und spähte weiter durch die schwere Kirchentür. „Es ist rammelvoll!"

Lilly kicherte. Auch wenn ihr Herz schwer war, war sie fest entschlossen, Lacys Hochzeit zu genießen. Und Lacy sowieso. Lilly stand auf Zehenspitzen und spähte über Lacys Kopf hinweg. Die kleine Kirche war voller Cowboys und vieler Frauen. Einige von ihnen erkannte sie vom Dinnertheater.

„Seht ihr irgendjemanden da draußen flirten?", fragte Esther Mae und stieß zuerst gegen Lacy und dann Lilly, als sie versuchte, auch einen Blick hinaus zu werfen.

„Esther, pass auf!", schimpfte Norma. „Du trampelst mit deinen großen Füßen auf Lacys Kleid rum."

Lilly war froh, dass Adela so laut Piano spielte, dass es das Geschnatter übertönte.

„Norma, Norma, Norma, beruhige dich", lachte Lacy. „Schau da raus. Sieh dir an, wie schön und glücklich Clints Mutter aussieht. Ich bin so froh, dass sie zur Hochzeit gekommen ist und dass sie und Clint einander neu kennenlernen."

Lilly konnte Clints Mutter in der zweiten Reihe neben Lacys Mutter sehen. Wenn man sie so sah, war es schwer zu glauben, dass sie mit einem Mann vom Zirkus davongelaufen war, als Clint noch ein kleiner Junge gewesen war. Doch sie hatte ihr Leben geändert, und Mutter und Sohn hatten eine neue Beziehung aufgebaut. Jetzt war sie hier, um der Hochzeit ihres Sohnes beizuwohnen. Es war unglaublich schön und gab ihr Hoffnung.

Als Cort die Kirche betrat, hatte ihre Magen angefangen zu flattern und ihr Puls zu rasen. Cort Wells schaffte es sogar, sie aus der Ferne glücklich zu machen.

„Oh, und schau dir Molly an. Sie knipst in einem fort", zischte Lacy begeistert und riss Lilly damit aus ihren Gedanken. „Da ist Cort neben Sheriff Brady. Lilly warte nur, bis er dich in deinem Kleid sieht. Oh! Molly hat sie gerade fotografiert."

Lilly blickte an dem zartrosa Kleid, das sie trug, hinunter. Sie konnte immer noch nicht fassen, dass sie eine von Lacys Brautjungfern war. Natürlich war Lacy unkonventionell. Sie hatte gewollt, dass Norma Sue, Esther Mae und Adela ihre Brautjungfern wurden, doch sie hatten abgelehnt und erklärt, dass sie viel zu alt dazu waren. Am Ende hatte sie ihre Geschäftspartnerin Sherri als ihre Trauzeugin und Lilly als ihre Brautjungfer ausgewählt.

Esther Mae und Norma Sue würden indes für sie auf Joshua aufpassen.

„Okay, meine Damen", sagte Ashby hinter ihnen.

Alle wirbelten herum und reihten sich vor ihr auf. Sie fungierte als Hochzeitsplanerin und sah auch so aus in ihrem eleganten Kostüm mit ihren seidig glatten Haaren.

„Ihr seht aus, als hätte ich euch mit den Fingern in der Keksdose erwischt. Was ist los?"

„Wir haben nur die Leute draußen beobachtet", sagte Norma Sue und wiegte Joshua in ihren Armen.

„Es ist Zeit für dich, zum Altar zu gehen."

Lilly war nervöser als Lacy. Als der Hochzeitsmarsch anspielte, war Lilly nur in Position, weil Ashby sie dorthin geschoben hatte und ihr einen kleinen Stoß versetzt hatte.

Alle in der Kirche drehten sich um und starrten sie an, als die Tür aufging, doch ihre Füße wollten ihr nicht gehorchen.

„Geh!", flüsterte Ashby ihr hinter der Tür hervor zu, und Lilly hielt den Atem an und trat hinaus.

Cort saß in der zweitletzten Reihe und begegnete ihrem Blick. Sie konnte endlich wieder atmen, als sie vor dem Altar ihren ihr zugewiesenen Platz einnahm.

In ihrem Kopf stellte sie sich Cort an der Stelle vor, an der Clint auf seine Braut wartete.

Und Lilly wollte so gerne die Braut sein. Sie wünschte es sich so sehr.

Cort hatte Lilly nachgeblickt, als sie den Gang zum Altar hinunter gegangen war. Ihre Locken waren hochgesteckt und gaben den Blick auf ihren schlanken Hals frei. Ihr blassrosa Kleid bildete einen interessanten Kontrast zur Wärme ihrer Augen. Als sich ihre Blicke begegnet waren, hatte sie weggesehen, in Richtung Altar. Cort war nicht in der Lage gewesen, seinen Blick abzuwenden, und hatte jede ihrer Bewegungen verfolgt.

Und ihm war aufgefallen, dass seine nicht die einzigen Augen waren, die Lillys Schönheit würdigten, als sie ihren Platz vorn am Altar eingenommen hatte. Cort saß weit hinten, und aus dem Augenwinkel konnte er Bob Jacobs sehen, der groß und aufrecht in seinem Smoking dastand. Cort war sich sicher, dass er ein Mann war, den eine Frau attraktiv finden konnte.

Und Bob beobachtete jede Bewegung, die Lilly machte.

Sherri ging auf dem Weg zu ihrem Platz an ihm vorbei, und Cort bemerkte sie kaum, so beschäftigt war er mit seinen Gedanken über Lilly und Bob. Im einen Moment stand sie allein da, im nächsten Moment war Sherri neben ihr.

Sherri war auch eine schöne Frau. Ihre Haare, die normalerweise (wenig vorteilhaft) an Rod Steward erinnerten, fielen in sanften Locken um ihr Gesicht und ließen sie viel weicher wirken als sonst. Doch Cort hatte nur Augen für Lilly. Sie war alles, was er wollte.

Und genau das war das Problem. Nichts daran hatte sich seit ihrer ersten Begegnung verändert. Er brauchte einen Tritt in den Hintern, und das dringend.

Als er sich endlich auf die Hochzeitszeremonie konzentrierte, strahlten Lacy und Clint einander an, während Pastor Lewis einen nach dem anderen fragte, ob sie in Gesundheit wie in Krankheit, in Reichtum wie in Armut, in guten und in schlechten Zeiten zueinanderstehen wollten.

Als Lacy eine Hand an Clints Wange legte und

sagte „Ich will", wanderte Corts Blick erneut zu Lilly.

Sie hatte Tränen in den Augen und ein Lächeln auf den Lippen.

Sein Herz schmerzte. Er wollte das Beste für Lilly. Sie hatte es verdient.

Es tat nichts zur Sache, dass er am liebsten zum Altar gegangen wäre, sie in die Arme genommen und gebeten hätte, die seine zu werden. Das einzige, was zählte, war, dass Lilly die Familie bekam, die sie verdient hatte.

Cort sah, dass Lillys Unterlippe zitterte. Weinte sie etwa? Sein Herz wurde schwer, und er ballte seine Hände zu Fäusten.

Lilly brauchte das Beste. Und er erinnerte sich, dass er nicht das Beste für sie war.

Doch als er sah wie Lillys Augen vor Tränen glänzten und ihre Unterlippe zitterte, während sie zwei Freunde das Ehegelöbnis sprechen hörte, geriet er ins Wanken. Woher wollte er wissen, ob er einer Zukunft mit Lilly eine Chance geben oder ihr nicht im Weg stehen und einfach ein Freund sein sollte?

Sein Herz schmerzte, doch er hielt sich zurück,

blieb standfest in dem, was er für das Richtige für Lilly hielt. Er würde ihr nicht im Weg stehen und als ein Freund für sie da sein, wann immer sie und Joshua ihn brauchten.

Doch es fühlte sich falsch an.

Mit jedem Tag fühlte es sich falscher an als noch am Tag zuvor.

Dennoch blieb es die richtige Entscheidung.

Lilly stand vor dem Gemeindezentrum und betrachtete all die Autos, die entlang der Hauptstraße geparkt waren. Es mussten dreihundert Leute heute Abend hier sein. Das Gebäude war zum Platzen voll. Es sah Lacy ähnlich, dass ihr Hochzeitsempfang unvergesslich war. Wer außer Lacy Brown würde ihren Hochzeitsempfang zu einer Karaokeparty machen? Eine Karaokeparty, auf der ausschließlich Liebeslieder gesungen wurden!

Und was für eine Party es war! Im Gebäude wurden reihenweise Liebeslieder verhackstückt. Auch wenn es amüsant und lustig war, hatte Lilly dringend frische Luft gebraucht. In Corts Nähe zu sein, während er so distanziert war, tat weh. Er hatte sich den ganzen Abend von ihr ferngehalten und sich die meiste Zeit mit Roy Don und Hank unterhalten. Adela hatte Joshua mit nach Hause genommen und gesagt, dass sie das Feiern der jüngeren Generation überlassen wollte. Sie verbrachte lieber Zeit mit dem jüngsten Bürger von Mule Hollow.

Jetzt war Lilly hin- und hergerissen zwischen dem Wunsch, ihn abzuholen und nach Hause zu fahren oder zurück in den Saal zu gehen. Cort hatte seine Meinung immer noch nicht geändert – er beharrte darauf, dass sie einen jüngeren Mann brauchte, der ihr Kinder schenken konnte.

Die ganze letzte Woche hatte sie versucht, geduldig zu sein. Doch es war so schwer.

Sie konnte nicht einfach ohne guten Grund zu Cort gehen, denn sonst würde sie den Eindruck erwecken, sie wollte sich ihm an den Hals werfen. Und das würde sie auf keinen Fall tun.

Lilly biss sich auf die Lippe, als sie an die Hochzeitsfeier dachte. Sie war wunderschön, doch sie war vollkommen durch den Wind, und die kleinste Kleinigkeit brachte sie den Tränen nahe.

Und die Liebeslieder waren furchtbar!

Wenn man verliebt war, waren sie natürlich perfekt. Doch jemandem, dessen Liebe unerwidert blieb, taten die schiefen Interpretationen weh.

Darum war sie nicht gerade bester Stimmung.

„Hey, Lilly, du siehst heute umwerfend aus."

Lilly sah Bob an, als er auf den Gehsteig kam und neben ihr stehenblieb. Seine Grübchen fielen ihr auf, und sein Lächeln glitzerte im Schein der Lichterketten, mit denen die Veranda dekoriert war.

„Danke, Bob, aber Lacy ist diejenige, die heute strahlt." Lilly schob ihre schlechte Stimmung beiseite und lächelte ihn an.

„Ist dir nicht kalt?" Er rieb sich die Hände und sah sie fragend an. „Stimmt was nicht?"

„Nein und nein. Nein, mir ist nicht kalt, und nein, alles in Ordnung. Ich habe nur eine Auszeit von all den Liebesliedern gebraucht."

Bob nickte, lehnte sich gegen die Brüstung und wandte sich ihr zu. „Ich weiß, was du meinst. Diese

Zeremonie hat mich über meine Zukunft nachdenken lassen. Ich bin wirklich bereit, eine Frau zu finden, eine Familie zu gründen und mich auf meinem eigenen Fleckchen Erde niederzulassen.“

„Ich bin sicher, dass du sie finden wirst. Du bist ein wunderbarer Mann.“

Lilly wurde langsam kalt, und plötzlich fühlte sie sich unbehaglich. „Ich sollte wieder reingehen. Der Mantel tut nicht viel gegen die Kälte.“

„Ja, ich glaube, Lacy will auch gleich den Brautstrauß werfen. Vielleicht fängst du ihn ja.“

„Ich werde es gar nicht erst versuchen.“

„Warum nicht? Vielleicht bist du die nächste Braut in Mule Hollow. Jeder Mann könnte sich glücklich schätzen, dich als seine Frau zu haben.“

Wieder stiegen Lilly Tränen in die Augen, und sie rang sie nieder. „Jede Frau wäre gesegnet, dich als Ehemann zu haben. Vielleicht solltest du anfangen, dir eine auszusuchen.“

Bob hielt ihr die Tür auf und lächelte sie an, als sie in den warmen Saal zurückkehrten. Als sie an ihm vorbei ging, beugte er sich hinunter und flüsterte in ihr

Ohr. „Vielleicht solltest *du* auch anfangen, jemanden auszuwählen."

Lilly blieb in der Tür stehen und blickte in sein lächelndes Gesicht auf. Flirtete er etwa mit ihr? Als er ihr zuzwinkerte, blinzelte sie und spürte, dass sie rot wurde. Sie waren Freunde. Sie hatte nichts getan, um ihn glauben zu lassen, dass sie Interesse an ihm hätte … oder?

„Manche Männer wissen nicht, was sie brauchen."

Lilly wusste nicht, was sie sagen sollte. Sie ging an ihm vorbei in den Saal und hielt inne, als er nach ihrem Mantel griff. „Ich nehme den für dich, Lilly. So kannst du Cort suchen gehen."

Was? Sie wirbelte herum und blickte ihm in die funkelnden Augen. Er zupfte spielerisch an einer Locke, die sich vor ihrem Ohr kringelte, dann sprach er leise in ihr Ohr. „Lilly, jeder kann sehen, dass du ihn liebst. Ich habe dich nur geneckt, weil du so süß aussiehst, wenn du rot wirst. Und jetzt gib mir deinen Mantel und geh den Brautstrauß fangen, wenn Lacy ihn wirft."

KAPITEL DREIUNDZWANZIG

„Nein, sowas wie das habe ich noch nie gesehen", sagte Applegate Thornton und kratzte sich am Kopf. Sein runzeliges Gesicht war zu einer Grimasse verzogen, und wenn Cort ehrlich war, hatte er etwas Derartiges auch noch nie gesehen.

Es war halb sieben am Morgen, und Cort war zu Petes Futterladen gekommen, um Alfalfa zu kaufen. Samantha hatte seinen gesamten Vorrat aufgefressen, und Pete hatte ihm bei der Hochzeit gesagt, dass er endlich eine neue Lieferung bekommen hatte. Da Cort nicht hatte schlafen können, hatte er sich entschlossen, den Tag früh zu beginnen, in den Ort zu fahren und eine Ladung abzuholen.

Er hatte nicht damit gerechnet, dass er Schlange stehen müsste.

Applegate Thornton und Stanley Orr spielten jeden Morgen in Sam's Diner von Tagesanbruch bis neun Uhr Dame, doch einmal pro Woche kamen sie zu Pete, um einen neuen Beutel Sesam zu kaufen. An diesem Morgen war Cort nach ihnen an der Reihe und sah zu, wie Pete die Körner wog und verpackte, und sie diskutierten das, was bei der Hochzeitsfeier am Samstagabend passiert war. Offensichtlich war eine Menge passiert, nachdem Cort gegangen war, weil er zu dem Schluss gekommen war, nicht ein einziges Liebeslied mehr verkraften zu können.

Nicht, dass er die Liebe nicht zu schätzen wusste. Das tat er. Doch wenn jemand hoffnungslos überfordert ist, dann war so ziemlich das Letzte, was er hören wollte, die fünfzig besten Lovesongs, dargeboten von bestenfalls semiguten Sängern. Doch das war nicht einmal der Grund gewesen, weswegen er die Flucht ergriffen hatte. Nicht einmal, als Applegate sich an einem Beatles-Song versucht hatte.

Cort war gegangen, nachdem er gesehen hatte, wie Bob Lilly etwas ins Ohr geflüstert hatte, woraufhin sich ihre Wangen so hübsch rot gefärbt hatten und sie ihn angehimmelt hatte.

Natürlich hatte er daraufhin in jener Nacht kein Auge zugemacht, und gestern hatte er auch nicht gut geschlafen. Seine Stimmung war so düster wie die Nacht, die er kaum überstanden hatte. Und vor dem Futterladen Schlange stehen zu müssen, trug auch nicht gerade zu seiner Stimmung bei.

„Haben Sie gehört, was ich gesagt habe?" Applegate lehnte sich zu ihm hinüber, als wäre Cort derjenige, der schwerhörig war, und wiederholte, diesmal lauter. „Ich sagte, ich habe sowas noch nie gesehen."

„Er hat dich beim ersten Mal gehört, App. Er ist nicht schwerhörig. Ich schon. Und ich habe dich schon beim ersten Mal gehört. Ignorieren Sie ihn, Sohn?"

Cort starrte zwischen den beiden hin und her. „Ich habe ihn beim ersten Mal gehört."

„Dann haben Sie mich ignoriert." Applegates Miene wurde finster, seine buschigen Brauen trafen sich über der Nase, und sein Gesicht wurde noch faltiger, während er seine Mundwinkel nach unten zog.

„Nein, Sir, ich habe Sie nicht ignoriert."

„Hast du das gehört, Stan – er sagt, er hat mich nicht ignoriert. Pete, hast du das gehört?"

Cort betete um Geduld und versuchte, an den Verkaufstresen zu treten, doch der alte Mann klatschte ihm die Hand auf den Rücken und kicherte.

„Ich habe gesehen, wie Sie verschwunden sind, bevor Lacy das Buh-keh geworfen hat. Hätten bleiben sollen. Ihre Freundin hat dagestanden und nicht glücklich ausgesehen … denkst du, dass sie glücklich ausgesehen hat, Stan?"

„Nein. Sie hat ausgesehen, als wollte sie schon lange, bevor sie den Blumenball geworfen haben, nach Hause gehen. Kann's ihr nicht verdenken. Armes Ding."

Cort trat von einem Fuß auf den anderen. Er wollte nichts mehr über Lilly hören. Sie hatte wahrscheinlich den Brautstrauß gefangen und würde die nächste Braut von Mule Hollow werden. Sie und Bob würden ein großartiges Paar abgeben und einen

Stall voll Kinder produzieren.

„Erzähl ihm, was passiert ist, App", sagte Pete und versuchte, App dazu zu bringen, es zu erzählen oder Platz zu machen, damit er die Schlange schnell abarbeiten und seine Füße wieder am warmen Kanonenofen, den Cort in der Ecke sah, wärmen konnte.

Cort schob seinen Hut aus der Stirn und musterte den alten Mann. „Mr. Applegate, was war denn nun so schlimm Samstagnacht?" Er hatte sich entschieden, lieber zu fragen, anstatt zu warten.

„Okay, also, da war Ihre Freundin und stand ganz still bei den anderen Außenseitern. Die Frauen haben sich alle in der Ecke geschart, wie ein Haufen Footballer, die auf einen Pass warten. Lacy hat die Blumen geworfen, und ich sage Ihnen, die sind direkt zu Ihrer Freundin geflogen–"

„Sie ist nicht meine Freundin", unterbrach Cort – vergeblich, denn Applegate ließ sich nicht unterbrechen.

„Wir haben alle den Atem angehalten, ob Lilly die Arme heben würde, damit die Blumenrakete ihr kein blaues Auge oder sowas schlägt, und plötzlich war da eine, die ist hochgesprungen wie Michael Jordan in Zeitlupe und direkt auf Ihre Lilly zu. Wie in Zeitlupe sage ich Ihnen. Die hing in der Luft mit einem Arm ausgestreckt und hat die Blumen direkt vor Lillys Nase weggeschnappt. Das einzige Problem war nur, dass noch eine andere aus der anderen Richtung kam."

Applegate rieb sich das Kinn und sah Cort an. „Jupp, Lilly hat einfach dagestanden und nichts gemacht. Was haben Sie Ihr getan? Meiner Meinung nach hätte eine Frau, die heiraten will, zumindest versucht, das Buh-keh zu fangen."

„Ja, da haben Sie wahrscheinlich Recht."

„Also, Sohn, ich sagen Ihnen, es war gut, dass die die Blumen nicht gefangen hat. Die Hühner haben sich auf die andere gestürzt und sie zu Boden gerissen. Am Ende hat, glaube ich, jede ein Blütenblatt abbekommen."

„Also, ich weiß nicht, ob viel übrig war, aber am Ende hatten sie alle Blütenblätter in den Haaren", nickte Stanley. „Und zu ihrer Verteidigung muss ich sagen, dass die Cowboys nicht besser waren, als Clint das rosa Hutband geworfen hat. Ja, Lacy hat das Ding selbst bestickt. *Ich bin der Nächste*, stand drauf. Ja, ungewöhnlich, aber es hat ein paar blaue Augen um diesen kleinen Fetzen Stoff gegeben. Und nur einen Cowboy, der das Band jetzt um seinen Hut trägt." Applegate warf sich ein paar Sesamkörner in den Mund.

Applegate war zu Sam gegangen, um sich selbst zu bedienen.

„Zu ihrer Verteidigung", erklärte Stanley und hob den Zeigefinger. „Da waren ein paar Ladys, die sich aus dem Gemetzel rausgehalten haben. Diese netten Lehrerinnen, die in Adelas Haus wohnen, haben sich nicht eingemischt – ja, genau genommen hat sich keine der Frauen, die schon hier leben, in die Schlacht gestürzt. Sie waren echte Ladys, was die ganze Sache anging, und haben die, die sich um den Brautstrauß streiten wollten, streiten lassen. Kann's ihnen nicht verdenken. Ist ja nicht so, als wäre die Buh-keh-Werferei jemals eine Garantie für einen Mann gewesen."

Cort war das Warten leid und ging an die

Bestelltheke. Pete nahm seinen Kugelschreiber und schrieb seine Bestellung ab, während sich Stanley und Applegate an den Tresen drängten.

„Wofür brauchen Sie das Alfalfa?"

Cort sah Applegate an. „Für meine Tiere."

„Leroy hat auch immer eine Tonne von dem Zeug bestellt. Sagte, es war für seinen Packesel —"

„Esel", unterbrach Cort ihn. „Samantha bevorzugt Esel. Das alte Mädchen schleppt nichts mehr."

Stanley kratzte sich am Kopf. „Genau das hat Leroy auch über sie gesagt. Hat sie auch schon Ihre anderen Viecher rausgelassen?"

„Ja."

„Was für ein Mistvieh. Leroy ist manchmal ganz schön wütend auf das kleine Ding gewesen", sagte Applegate und stellte seinen Beutel mit den Körnern ab.

Kein gutes Zeichen für Cort. Er befürchtete, dass ihn eine weitere lange Geschichte erwartete, und er musste wirklich weiter.

„Hat oft zu uns gesagt, dass er den Esel als Amme für das Vieh großgezogen hat, und dass er sie hätte verkaufen sollen, um das Biest loszuwerden. Doch er konnte es nicht, weil er wusste, dass die süße, einsame Lilly was zum Lieben gebraucht hat. Und sie hat den Esel wirklich geliebt. Stimmt's Stanley?"

Corts Herz begann in seiner Brust zu pochen bei dem Gedanken daran, dass Lilly etwas zum Lieben gebraucht hat. Es war ihm unangenehm, sich Tratsch über sie anzuhören, darum war er froh, als Pete mit seiner Bestellung kam und sie nach draußen gehen und sie aufladen konnten.

Die beiden älteren Männer folgten ihnen.

Cort wollte nicht noch mehr Tratsch über Lilly hören. Es war genau, wie er gedacht hatte: Lilly brauchte eine große Familie, um all die Einsamkeit in ihrer Kindheit wettzumachen. Und ganz gleich wie süß Samantha war, Lilly brauchte mehr als einen Esel zum Lieben.

Sie brauchte Kinder und einen Mann, der sie lieben würde, wie sie es verdient hatte.

Lilly trat aus der Scheune und fuhr sich mit der Hand

durchs Haar. Es war ein schöner Tag. Ein Rotkehlchen pickte im Heu neben der Tür – ein Zeichen, dass der Frühling bald kommen würde. Lilly streckte sich, um ihre Muskeln zu lockern, nachdem sie die Vierzig-Pfund-Säcke Viehfutter vom Truck in ihr Futterlager gebracht hatte. Es fühlte sich gut an, wieder in Form zu kommen, doch heute hatte sie es ein bisschen übertrieben.

Sie ging zum Weidetor, stellte einen Fuß auf den untersten Holm und legte die Arme auf den obersten Holm, um ihrem Vieh beim Grasen in der Ferne zuzusehen. Der Babymonitor stand auf der Motorhaube ihres Trucks, damit sie hörte, sobald Joshua von seinem Mittagsschläfchen erwachte. Es war ein wirklich guter Tag. Es wäre ein perfekter Tag, wenn…

Tränen brannten in ihren Augen, und sie senkte den Kopf, um zu beten. Das war der einzige Weg, wie sie Frieden von den Herzschmerzen, die sie plagten, finden konnte. Von den Was-wäre-wenns. Es gab keine Lösung, es sei denn jemand änderte seine

Einstellung. Sie war sich am Abend der Hochzeit bewusst geworden, als Cort nur wenige Minuten, nachdem Bob und sie wieder reingekommen waren, gegangen war, dass ihr Wunsch sich vielleicht nicht erfüllen würde.

Für den Rest des Abends war ihr Herz nicht dabei gewesen. Es war, als wäre es mit Cort gegangen. Selbst, als sich die Frauen um das Bouquet geschlagen hatten, hatte sie nicht viel empfunden. Sollten sie sich doch darum prügeln, wer die nächste Braut von Mule Hollow sein würde. Denn wenn Cort seine Meinung nicht ändern würde, würde sie nie wieder heiraten.

Doch sie hatte Joshua, und etwas Wichtigeres gab es nicht.

Lilly senkte ihren Kopf auf ihre verschränkten Arme und beobachtete das Vieh in der Ferne. Sie würde überleben. Ihr Herz war stark.

Sie warf einen Blick auf die Uhr und ging in Richtung ihrer Auffahrt. Bald dürfte Bob kommen, um an dem neuen Tor zu arbeiten, das er für sie schweißte. Das war eine einfache Lösung für ihre Samantha-

Problem. Sobald das Tor installiert war, konnte Samantha weiter auf dem Hof herumlaufen, jedoch nicht mehr raus auf die Zufahrtsstraße gelangen. Damit könnte sie auch nicht mehr ausreißen und Cort Probleme machen.

Doch sie hatte das Bedürfnis, Cort zu sehen. Joshuas Taufe würde am Sonntag stattfinden, und dort würde sie verkünden, dass Cort Joshuas Pate war. Sie musste sicher sein, dass er immer noch damit einverstanden war und zur Kirche kommen würde.

Sie hatte nicht darüber nachgedacht, wie unbehaglich es sein würde, mit ihm vor der Gemeinde zu stehen.

Sie hatte über vieles nicht nachgedacht, als sie Cort gebeten hatte, die Rolle zu übernehmen und im Notfall sein Vormund zu werden. Es war wichtig, dass Joshua sich bei seinem Vormund wohlfühlte, falls ihr je etwas passieren sollte. Das bedeutete, dass Lilly mehr Zeit mit Cort verbringen sollte, als ihr vielleicht lieb war – doch für Joshua war sie bereit, alles zu tun. Cort war ein Freund. Nicht mehr. Damit konnte sie umgehen – vorausgesetzt natürlich, Cort war immer noch bereit dazu.

Cort war in der Scheune, als er Loser kläffen hörte. Samantha war auf dem Hof. Er kam aus dem Gebäude und sah ihr Hinterteil, als sie im Haus verschwand. „Samantha!", schrie Cort und war sich nicht sicher, warum er überhaupt nach ihr rief. Es war, als stellte sie sich taub. Loser bellte im Haus, und Cort hörte Klirren, bevor er auch nur die Hintertür erreichte. Ein Blick hinein, und er hätte sie am liebsten … nein, erschossen hätte er sie natürlich nicht, doch weit weg verkaufen wäre ein Gedanke, selbst, wenn sie ihm nicht gehörte.

Er war sowieso nicht bester Stimmung, und dass dieser Esel seine Küche auf den Kopf stellte, war so ziemlich das Letzte, was er brauchte.

Er riss die Tür auf und stürmte gerade rechtzeitig in die Küche, um zu sehen, wie Samantha den Toaster herunterwarf, ihre Lippen um den Brotbeutel schloss und drückte. Der Beutel platzte, und das Brot viel heraus. Mehrere Scheiben trafen Loser am Kopf, woraufhin er zurücksprang und gegen Samanthas Beine rannte, als der Esel zur Tür herumwirbelte und die Kaffeemaschine vom Küchentresen riss.

Als Samantha ihn in der Tür stehen sah, konnte er sehen, dass sie wusste, dass sie in Schwierigkeiten war.

Lilly wartete am unteren Ende ihrer Auffahrt auf Bob, als sie Corts Truck langsam auf sich zukommen sah. Samantha war an seine Stoßstange gebunden und trottete gemächlich hinter dem Truck her. Ein Blick auf Corts finsteres Gesicht sagte ihr, dass Samantha wieder irgendetwas angestellt hatte.

„Steig ein", sagte er grimmig, als er neben ihr anhielt. Lilly stellte keine Fragen. An Samanthas betretener Miene konnte sie ablesen, dass er wahrscheinlich gute Gründe hatte, verärgert zu sein.

„Ich habe Angst zu fragen, was passiert ist", sagte sie, während sie einstieg. Loser sprang mit einem freudigen Laut auf ihren Schoß und versuchte sofort, sie zu Tode zu lecken. „Loser, nein, runter, Junge!", rief sie, als Cort weiterfuhr. „Streichelst du diesen Hund nie?", quietschte sie, während sie versuchte, das aufgeregte Tier zu beruhigen.

Cort brummte nur. Sie war auch nicht begeistert, ihn zu sehen, doch sie musste ihn wegen der Taufe fragen.

Er stellte den Truck neben der Scheune ab und stieg sofort aus. Lilly folgte ihm und ließ Loser auf ihrer Seite herausspringen. Als sie um den Truck herumkam, band Cort Samantha bereits los.

In diesem Moment hörte Lilly Joshuas Weinen aus dem Babymonitor. Er brauchte seine Flasche. „Ich bin gleich wieder da. Dann kannst du mir erzählen, was passiert ist."

Wieder ein Brummen. Lilly rannte zum Haus, nahm eine Flasche aus dem Kühlschrank, wärmte sie in der Mikrowelle und eilte dann den Flur hinunter zu ihrem Baby.

Als sie ein paar Minuten später mit Joshua auf dem Arm aus dem Haus kam, hörte sie Cort in ihrer Scheune herumrumoren.

„Was macht er denn jetzt?"

Er war damit beschäftigt, das hölzerne Tor zu reparieren, das vor Jahren kaputtgegangen war. Es war nicht nötig gewesen, die Scheune zu verschließen, doch ja, wenn das Tor funktionierte, konnte Samantha nur auf die Weide und nicht auf den Hof gehen.

Doch Samantha *mochte* es, auf dem Hof zu sein.

„Das hätte ich schon vor Wochen reparieren sollen", brummte er.

Lilly verkniff sich ein Lächeln. Er war so süß, wenn er frustriert war. Sie erinnerte sich an die Nacht ihrer ersten Begegnung, als er so wütend auf sich gewesen war, weil er eine Schwangere mit dem Lasso eingefangen hatte. Als sie in dieser Nacht in ihrer kalten Scheune gestanden hatte, hatte sie sich einen Mann herbeigewünscht, irgendeinen Mann. Und hatte Cort bekommen, den besten Mann, den sie sich hätte vorstellen können.

Empörung stand in seine blauen Augen geschrieben, als sie in der klaren Februarsonne funkelten. Sie liebte diesen Mann.

Ja, es bestand kein Zweifel. Sie liebte ihn wirklich.

„Hast du einen Hammer?"

Sie wollte ihm um den Hals fallen und ihm sagen, wieviel er ihr bedeutete. Sie wollte ihn zu Tode erschrecken, wenn das nötig war, ihn dazu zu bringen, dass er derjenige war, den sie wollte.

„Ja, habe ich", sagte sie und kicherte. „Und dir auch einen guten Morgen."

Er blickte von dem verrosteten Scharnier, das er lösen wollte, auf und hatte wenigstens genug Anstand, sie ein wenig peinlich berührt anzusehen. Er war wirklich unhöflich gewesen.

„Hallo", sagte er, und sein Blick wanderte zu Joshua. „Er ist gewachsen."

„Babys neigen dazu. Recht schnell sogar."

Er runzelte die Stirn und sah das Baby noch eine Weile an, bevor er sich wieder ihr zuwandte. Lillys Puls schlug schneller.

„Ja, das habe ich auch gehört."

Lillys Herz schwoll vor Mitgefühl für ihn. Dieser

Mann wollte so gerne Kinder haben. Sie wusste, dass er Joshua liebte, doch … *bitte, Heiliger Vater, lass ihn auch mich lieben.*

„Komm mit, ich zeige dir, wo der Hammer ist. Tut mir leid, dass ich es nicht selbst repariert habe. Was hat sie diesmal angestellt?" Es fiel ihr schwer, ihre Stimme ruhig zu halten.

„Anstatt in mein Futterlager einzubrechen, ist sie in meine Küche eingebrochen und hat sie verwüstet."

„Oh nein!" Lilly blieb stehen und drehte sich zu ihm um. „Tut mir so leid. Ich komme rüber und helfe dir beim Saubermachen, und dann ersetze ich alles, was sie kaputtgemacht hat."

„Ist keine große Sache."

Lilly ging in Richtung Sattelkammer und musste Loser ausweichen, als er an ihr vorbeischoss. *Was in aller Welt?* Sie blickte über ihre Schulter und sah, wie der Hund neben Samantha stehenblieb, die neben der Tür lehnte und alles mit großen Augen beobachtete. Ihre langen Ohren zuckten und ihr fusseliger Schwanz wedelte in einer rhythmischen Bewegung, die Lilly an eine Katze erinnerte, die sich gleich auf eine arglose Maus stürzen würde.

Der kleine Stinker bereute seine jüngsten Eskapaden nicht. Doch von jetzt an würde alles anders werden, denn Cort reparierte das Scheunentor, und Bob würde ihr ein Tor für ihre Auffahrt schweißen. Das sollte weitere Ausflüge des Esels verhindern.

Die kleine Sattelkammer war dunkel, als Lilly eintrat. „Der Lichtschalter ist die Schnur hier", sagte sie und nickte nach oben.

Er folgte ihr in die enge Kammer und hob gerade die Hand an die Schnur, als Lilly ein vertrautes Geräusch hörte – das Quietschen der Tür der Sattelkammer, als sie zugeschlagen wurde und sie einsperrte.

„Was?" Cort wirbelte im matten Licht, das die vier Wände und die stabile Holztür erleuchtete, herum.

Erst dachte sich Lilly nicht viel dabei. Der Wind musste die Tür zugestoßen haben.

Doch da war kein Wind.

Sofort drehte Cort am Knauf und drückte, doch

die Tür rührte sich nicht. Er stemmte seine Schulter dagegen und versuchte, die Tür aufzuschieben, doch nichts regte sich.

„Ist das schonmal passiert?"

„Nein."

In der Scheune bellte irgendwo Loser, doch direkt vor der Tür hörten sie ein allzu vertrautes Ihh-Aaahh.

„*Samantha!*"

KAPITEL VIERUNDZWANZIG

Sie redeten auf sie ein, sie flehten sie an, doch nichts brachte das fette kleine Tier dazu, von der Tür wegzugehen.

Nachdem Cort so lange gegen die Tür gedrückt hatte, bis er nicht mehr konnte, hatte Lilly ihm Joshua gegeben und durch einen Spalt zwischen Tür und Wand gespäht. Wenn sie sich genug verbog, konnte sie Samantha sehen, die in aller Ruhe an der Tür lehnte und seelenruhig an einem Grashalm kaute. Loser lag neben ihr am Boden, den Kopf auf seine Vorderpfoten abgelegt.

„Ich sage dir, das sieht aus wie ein Sit-in. Du

weißt schon, wenn sich Leute irgendwo hinsetzen und sich weigern zu gehen, bevor sie bekommen, was sie wollen." Lilly drehte sich zu Cort um, sich seiner Nähe überaus bewusst. Ihr Herz pochte, als sie sah, dass er nicht hörte, was sie sagte. Er war vollkommen darin vertieft, Grimassen für einen sehr zufriedenen Joshua zu schneiden.

Plötzlich schien er es gar nicht mehr so eilig zu haben, aus der Kammer zu entkommen, wie er zuerst gewirkt hatte.

Vorhin hatte er gewirkt, als hätte er Angst, mit ihr auf engem Raum eingesperrt zu sein.

Nachdem der erste Schreck verflogen war, gefiel ihr der Gedanke sogar.

Was gab es Besseres, als mit den zwei Menschen eingesperrt zu sein, die sie am meisten liebte? Nichts. Es war eine Antwort auf ein Gebet.

Oh du meine Güte!

Sie schluckte einen glücklichen Laut hinunter, der beinahe ihren Lippen entfleucht wäre, als sie an diese seltsame Fügung dachte.

Cort hatte den Hut aus der Stirn geschoben und

seine Haare lugten darunter hervor. Er brauchte einen Haarschnitt, doch das war nichts Neues. Er hatte schon vor einem Monat einen gebraucht, und seitdem waren seine Haare nur noch gewachsen. Doch es störte sie nicht. Sie hatte sich an alles, was ihn betraf, gewöhnt. Wie er sie anlächelte, wenn er sie sah, und wie er dann seine Hände in seinen Hosentaschen vergrub. Wie er zielstrebig einen Raum durchquerte, als hätte er eine Mission. Wie er lachte … oh ja, wie er lachte. Es brachte ihr Herz jedes Mal zum Strahlen, wenn sie sein tiefes Lachen hörte.

„Bleibt uns wohl nichts anderes übrig als zu warten", sagte sie und fuhr sich mit der Hand durchs Haar. „Samantha kann ja nicht ewig da stehenbleiben und selbst wenn, Bob sollte gleich kommen."

Cort schmiegte Joshua an seine Brust und ließ den Kopf des Babys an seiner Schulter ruhen. Er wirkte so vertraut mit Joshua.

„Bob? Gehst du mit ihm aus?" Cort sah sie fragend an.

„Nein, Bob ist ein Freund. Er kommt, um am Ende der Auffahrt ein Tor für mich zu bauen."

„Ihr zwei habt bei der Hochzeit gewirkt, als wärt ihr euch nahe. Ich dachte, vielleicht…"

„Wir sind Freunde, Cort", sagte Lilly mit Nachdruck, dann stand sie auf und ging auf ihn zu. Ihr Herz pochte in ihren Ohren. Vielleicht lag es am beengten Raum, doch sie glaubte, einen Anflug von Eifersucht in seiner Stimme zu hören. Sie blieb vor ihm stehen.

„Ich wollte heute eigentlich zu dir rüberfahren und dich nochmal fragen … ich meine, wir haben nie deine Patenschaft für Joshua zu Ende besprochen."

„Ich habe dir doch gesagt, dass ich für ihn da sein werde. Doch dir wird nichts passieren."

„Das weiß man nie. Der nächste Tag ist für niemanden sicher. Und als gute Mutter muss ich für Joshua vorsorgen, für den Fall, dass ich einmal nicht mehr da sein sollte."

„Warum willst du mich? Nur, weil ich dir vor der Geburt geholfen habe, bedeutet das nicht, dass ich qualifiziert bin, ihn großzuziehen."

„Du hast dabei geholfen, und das bedeutet, du hast ein Band mit ihm. Und mit mir. Doch ich weiß, dass du ihn mit Liebe großziehen und ihm beibringen würdest, Gott und alle um ihn herum zu respektieren. Du würdest ihm einen unerschütterlichen Glauben lehren. Das sind die wichtigsten Gründe für mich." Lillys Stimme brach. Sie kämpfte gegen die Tränen an, die in ihren Augen brannten. Sie wollte stark sein.

Sie wollte kein Mitleid von Cort.

„Woher willst du das wissen?" Die Frage war kaum mehr als ein heiseres Flüstern. Kaum gezügelte Emotionen glitzerten in seinen Augen. Emotionen, von denen Lilly wusste, dass er sie zu vergraben versucht hatte. Hoffnungen, die er zu unterdrücken versucht hatte.

Sie konnte nicht anders, sie berührte seinen Arm – den, den er um ihr süßes Baby gelegt hatte. So sicher. So beruhigend.

„Cort, ich weiß, dir ist furchtbares Unrecht getan worden. Jemand hat dir deine Träume genommen wegen etwas, auf das du keinerlei Einfluss hattest." Sie schniefte. „Doch du hast dich nicht von deinem Glauben abgewandt. Du hast selbst in deinem Schmerz an deinem Glauben festgehalten.“

„Aber ich war wütend.“

„Wut ist eine ganz natürliche Reaktion. Das ist okay. Ich bewundere deine Entscheidung, dich an einen ruhigen Ort wie diesen zurückzuziehen, um deine Wut zu verarbeiten, anstatt deine Wut herauszulassen und falsche Entscheidungen zu treffen wie ich es getan habe.“

Eine Träne rollte über ihre Wange. „Darum fühle ich mich gesegnet, dich in meinem Leben zu haben. Und Joshua auch.“

„Lilly, ich kann nicht–“

Sie legte drei Finger auf seine Lippen. Sie musste es aussprechen. „Die anderen Gründe, warum ich dich als Joshuas Paten haben will, sind, weil du ihn bereits liebst und weil du ihn genauso brauchst, wie er dich brauchen wird. Ich – ich verlange nicht, dass du mich liebst. Ich verstehe auf eine seltsame Art und Weise, dass…“ Ihr Herz brach. Vielleicht war Cort nur hergeschickt worden, um Joshua zur Seite zu stehen. Vielleicht war es ihr vorherbestimmt, allein zu sein.

Vielleicht hatten die Tipps-Frauen ein Schicksal, das sich nicht ändern würde. Sie rieb sich die Arme und trat zurück.

Cort zerriss es das Herz. Der Ausdruck von Hoffnung und Liebe in Lillys Gesicht hüllte ihn ein und rüttelte an seiner Entschlossenheit.

„Lilly, ich kann dir keine Kinder schenken." Verstand sie das nicht? „Um es mit den Worten deiner Großmütter auszudrücken – ich bin wertlos."

Lillys Augen blitzten. „Abgesehen von Granny Bunches haben meine Großmütter ihr Weltbild von Bitterkeit diktieren lassen. Bitterkeit kann mit der Zeit die Wahrnehmung so verzerren, dass man nicht mehr klar sehen kann. So haben sie ihr Schicksal gewählt. Das begreife ich jetzt. Ich will nicht, dass mein Leben von dem bestimmt wird, was sie mir gesagt haben. Du bist von unschätzbarem Wert für mich. Und für Gott."

Cort ging einen Schritt auf Lilly zu. Er liebte sie. Er hatte versucht, sich etwas vorzumachen. Er konnte Lilly nicht einfach so gehen lassen. Sie bedeutete ihm mehr als jedes Juwel. Und Joshua ... wenn er in Joshuas unschuldiges Gesichtchen blickte, wusste Cort, dass er sein Daddy sein wollte. Er wollte derjenige sein, der Joshua beibrachte, wie man seine Schuhe band. Er wollte derjenige sein, der Joshuas Hand hielt, wenn sie zum Weiher gingen, um Fische zu fangen. Er wollte Joshua beibringen, wie man ritt und wollte, dass der Junge ihn Dad nannte. Er wollte mehr als nur sein Pate sein. Lilly hatte gesagt, dass er für sie von unschätzbarem Wert war, und er wusste, dass dasselbe auch auf sie zutraf. Doch konnte er das Geschenk ihrer Liebe annehmen?

Als er in Lillys schönes Gesicht blickte, wusste er, was für ein besonderer Mensch sie war, und spürte Hoffnung in sich aufflackern. Er wollte derjenige sein, der jeden Abend zu ihr nach Hause kam. Er wollte sie sein Leben lang lieben.

Sein Puls pochte in seiner Schläfe. „Ich kann dir keine Kinder schenken." Er musste sie noch einmal warnen. Sie hatte so viel mehr verdient.

„Ich will nur die Kinder, die ich haben soll – sei es natürlich oder, oder wenn wir gesegnet sind und adoptieren dürfen." Lilly trat einen Schritt auf ihn zu. Ihre Augen strahlten. „Ich liebe dich, Cort. Könntest du mich lieben?"

Das Zittern in ihrer Stimme und die plötzlichen Fragezeichen in ihren Augen machten all seine Abwehrmechanismen nutzlos. Glaubte sie etwa, dass sie nicht liebbar war?

Ohne zu zögern zog Cort sie an sich. „Ich liebe dich, Lilly. Ich habe dich vom ersten Moment an geliebt." Er schlang seinen freien Arm um sie und zog sie an sich. Sie kam, und alles war, wie es sein sollte. Während er sie und Joshua hielt, schwoll sein Herz vor Gefühlen. „Lilly, ich kann dir nicht mehr Kinder geben, doch ich verspreche dir, dass ich dich und Joshua lieben werde, solange ich lebe. Und wenn du adoptieren willst, dann werden wir das tun."

Tränen glitzerten in Lillys Augen, als Cort den Kopf senkte und ihre Lippen mit seinen berührte. Sie legte die Arme um seinen Nacken, und er wusste, dass er zu Hause war. Er war mit der Frau zusammen, die für ihn bestimmt war. Er war gesegnet. Er hatte seinen Traum zurück. Ein Bild von Lilly umgeben von

Kindern tauchte vor seinem inneren Auge auf.

Vertrau mir, flüsterte eine Stimme in ihm. Und das tat er. Er senkte den Kopf und küsste die Liebe seines Lebens.

Sie küssten sich immer noch, als die Tür der Sattelkammer quietschend aufging. Cort und Lilly lehnten ihre Köpfe aneinander, und als sie sich umdrehten, sahen sie Samantha mit dem Türknauf im Maul, als wäre es ein Lolly. Loser saß mit wedelndem Schwanz neben ihr und blinzelte sie erwartungsvoll an.

Cort küsste Lilly aufs Ohr. „Es sieht aus, als hätte der Esel das geplant."

Lilly berührte Corts Gesicht und erlaubte sich zum ersten Mal, das Gefühl in vollen Zügen zu genießen. „Ich glaube, du hast Recht."

„Lilly, willst du mich heiraten?"

Sie küsste Joshuas Wange, dann küsste sie Cort auf die Lippen. „Ich dachte, du würdest nie fragen. Ja. Ja. Und ja."

Samantha scharrte mit dem Huf und zog ihre Aufmerksamkeit auf sich, bevor sie den Kopf hob, ihre Zähne zeigte und ein ohrenbetäubendes Iiiihh-Ahhh ausstieß. Loser bellte zustimmend, schnappte nach Samanthas Knie und rannte davon, während Samantha gemächlich hinter ihm her trottete.

Cort und Lilly lachten.

„Du weißt schon, dass Loser einen neuen Namen braucht", sagte Lilly und sah Cort in die Augen.

Cort ließ sich von ihrer Liebe einhüllen. „Oh ja. Hier gibt es keine Verlierer mehr."

Dann küsste er sie von ganzem Herzen.

EPILOG

Als Lilly die Menge vor der Kirche betrachtete, fiel ihr Blick auf Cort, der Joshua wie ein Profi auf dem Arm hielt. Sie waren umgeben von einem Schwarm von Gratulanten, angeführt von Norma Sue, Esther Mae und Adela. Lillys Herz schwoll vor Stolz, *ihre* Männer zusammen zusehen.

Die Hochzeit war eine knappe Stunde her, und sie konnte nicht fassen, dass sie jetzt Mrs. Cort Wells war. Wer hätte das gedacht? Lilly Tipps, verheiratet – und diesmal mit dem richtigen Mann! „Oh, Grannys, sieht ganz so aus, als hätte sich das Schicksal endlich gewendet", flüsterte sie vor sich hin, ohne jeden Zweifel sicher, dass Corts Liebe für immer war.

„Selbstgespräche?"

Lilly drehte sich um und sah ihre Trauzeugin, die sie anlächelte. „Nein, ich habe nur mit meinen Großmüttern über meinen neuen Ehemann gesprochen. Ich wette, sie lächeln jetzt."

„Da bin ich mir ganz sicher. Ich lächle auf jeden Fall. Ich freue mich so für dich. Und es ist so cool, wie ihr zwei zusammengekommen seid."

„Nicht zu viele Frauen können behaupten, dass ihr Held auf dem Rücken eines kleinen Esels mit einem deprimierten Hund im Schlepptau zu ihrer Rettung geritten sind." Lilly musste lachen, als sie an die Nacht, in der Joshua zur Welt gekommen war, dachte.

Lacy lachte mit. „Ich glaube nicht, dass Joshua uns glauben wird, wenn wir ihm die Geschichte erzählen."

„Ja, was für eine Geschichte", sagte Lacy. „Perfektes Timing."

Lillys Herz stolperte, als Cort auf sie zukam und neben ihr stehen blieb. Lacy nahm ihm Joshua ab und fing an, Grimassen zu schneiden, während der kleine Junge mit großen Augen ihre fusseligen blonden Haare anstarrte.

„Was ist perfekt?", fragte Cort und küsste Lilly zärtlich.

„Das", sagte sie und machte eine ausladende Geste in Richtung ihrer Freunde. „Ich fühle mich wie in einem Märchen." Tränen der Freude standen in ihren Augen. „Ich liebe dich so sehr, Cort. Ich hätte nie gedacht, dass mir je so etwas passieren würde."

Er zog sie in eine liebevolle Umarmung, von der sie sich wünschte, dass sie nie enden würde.

„Ich habe dasselbe gedacht", sagte er. „Ich habe nie zu träumen gewagt, dass mein Leben so gesegnet sein könnte. Du machst mich zum glücklichsten Mann der Welt, Lilly. Bereit einzupacken und loszufahren?"

„Sowas von. Bist du sicher, dass Samantha und Lucky zurechtkommen, solange wir weg sind?"

„Oh ja, die kommen schon zurecht. Bob hat versprochen, jeden Tag nach ihnen zu sehen. Und jetzt, wo Samantha wieder in ihrem alten Revier ist, ist sie so zufrieden, wie sie nur sein kann. Und Loser – ich meine Lucky – der ist ein neuer Hund. Er ist so glücklich, eine Freundin zu haben, dass er nicht einmal bemerken wird, dass wir weg sind. Ich kann immer noch nicht fassen, dass du unsere Hochzeitsreise mit einer Pferdeshow kombinieren wolltest."

Lilly berührte seine Wange. „Warum nicht? Ich freue mich darauf, deine Welt kennenzulernen, und Oklahoma scheint ein guter Start zu sein. Davon abgesehen kann ich es nicht erwarten, deine Familie zu treffen. Denk nur, Cort, wir sind eine Familie!"

„Familie", echote er und streichelte zärtlich ihre Wange. „Das hört sich gut an, Mrs. Wells."

„Ja, eine komische Familie…", mischte Lacy sich ein und hob Joshua hoch in die Luft, während sie ihm in sein Engelsgesichtchen blickte. „Samantha, Lucky, Lilly, Cort … plus Baby macht fünf. – Oh ja, Süßer. Ich habe das Gefühl, dass du eine ungewöhnliche Kindheit haben wirst."

Lilly lachte. Sie lehnte ihren Kopf an Corts Schulter und genoss das wunderbare Gefühl, in den starken Armen ihres Mannes zu sein. „Eins ist klar“, sagte sie und blickte in seine lachenden Augen auf. „Langweilig wird unser Leben nie.“

Und wieder schenkte Cort Lilly dieses Lächeln, das ein Prickeln durch ihren ganzen Körper jagte. „Solange ich mit dir zusammen bin, hört sich das perfekt an.“

Weitere Bücher von Debra Clopton

Windswept Bay
Von Diesem Moment An
Irgendwo Mit Dir
Mit Diesem Kuss & Für Immer Und Ewig
Warten Auf Liebe
Mit Diesem Ring
Mit Diesem Versprechen

Die Cowboys von Mule Hollow Serie
Liebe Mich, Cowboy
Tanz Mit Mir, Cowboy
Immer Ärger mit Lacy Brown
… plus Baby macht fünf
Mein Herz gehört dir, Cowboy

New Horizon Ranch Serie
Ein Cowboy für Maddie
Ein Cowgirl für Rafe
Ein Cowgirl für Chase
Ein Cowgirl für Ty
Eine Familie für Dalton
Eine Tierärztin für Treb
Maddies geheimes Baby
Ein Cowgirl für Austin

Die Cowboys von Ransom Creek
Ihr Cowboy-Held (Vorgeschichte)
Braut zu mieten
Cooper
Shane
Vance
Drake
Brice

Über die Autorin

Die Bestseller-Autorin Debra Clopton hat bereits über 2,5 Millionen Bücher verkauft. Ihr Buch OPERATION: MARRIED BY CHRISTMAS soll sogar als ABC Familienfilm verfilmt werden. Debra ist bekannt für ihre modernen Westernromanzen, texanischen Cowboys und temperamentvollen Heldinnen. Romantik und eine Prise Humor werden immer miteinander verflochten, um den Leser zum Lächeln zu bringen. Als Texanerin in sechster Generation lebt sie mit ihrem Ehemann auf einer Ranch im Herzen von Texas und freut sich immer über Zuschriften von ihren Lesern.

Besuche Debras Website unter
debraclopton.com/deutsch

Melde dich für ihren Newsletter
www.subscribepage.com/KostenloseTexascowboyromantik

Triff sie auf Facebook unter
www.facebook.com/debra.clopton.5

Folge ihr auf Twitter unter @debraclopton

Kontaktiere sie unter debraclopton@ymail.com